그들을 따라
유럽의 변경을
걸었다

푸시킨에서 카잔차키스, 레핀에서 샤갈까지   서정 지음

그들을 따라
유럽의 변경을
걸었다

모요사

불안과의 대면

전혀 다른 환경에 내던져진 처음 경험은 겨울 한가운데 들어선 모스크바에서였다. 헌책방에서 구한 책이 풍기는 냄새에 코를 킁킁거리며 기숙사에서 시간을 보내다 세상 구경이나 할까 하고 지하철 역사로 들어서면 거기서도 오래된 종이 비슷한 냄새가 났다. 지하철이 발 빠르게 데려다준 오래된 장소들—박물관과 미술관과 기념관들—에서 그 냄새는 하나의 몸으로 되살아나는 듯했다.

한 달에 한두 번, 심지어 매주 시간이 날 때마다 유치원생부터 팔순 노인까지 기를 쓰고 찾아가는 트레티야코프 미술관과 푸시킨 미술관, 친목계 모임 같은 분위기의 중년 부인들이 볕 좋은 오후에 모여 산책 가듯이 가는 톨스토이 뮤지엄과 바스네초프 아틀리에, 데이트하는 젊은 남녀가 손잡고 들어가는 푸시킨 기념관과 스타니슬랍스키 작업실을 보는 것은 충격이었다. 모스크비치에게 지식인과 예술가의 발자취를 더듬는 일은 평생에 걸쳐 반복할 만한 재미와 자긍심을 일깨우는 일이었다. 이는 새 시대를 창조한다는 표어 아래 어린 시절부터 민중을 지속적으로 유사한 경험들에 노출시키는 이른바 소비에트식 교육의 영향임을 부인할 수 없다.

공부와 생업과 가족의 일로 모스크바와 상트페테르부르크, 아테네와 민스크로 옮겨 다니며 살게 되었지만 그 여행기 같은 생활기에는 여전히 모험과 순응이 적절히 섞여 들어가 있다. 모스크바에서 버릇이 들었기에 가는 곳마다 작가와 사상가, 화가와 음악가의 삶을 시간여행 하듯 되짚는 것이 당연하게 여겨졌다. 여기에 묶인 글들은 그렇게 일상을 살던 도시에서 지식인과 예술가들의 체취를 느낀 이야기로 시작하지만 그 시야는 점점 확대된다.

지난 세기 다양한 민족의 운명이 소비에트의 영향권 아래 있었지만 20세기 이전에도 러시아는 유럽이 아니면서 유럽이 아닐 수 없는 기막힌 처지에서 지난한 싸움을 계속해왔다. 그렇기에 서양을 이해하는 첫걸음으로 러시아를 택했듯 나는 다시 그 러시아라는 창문으로 유럽을 바라보기 시작했다. 그래서 거주하던 일상의 공간들이 비잔틴과 정교正教라는 큰 틀 안에서 묶인다고 보았을 때 그 북단인 러시아와 남단인 그리스 사이에 아직 가보지 못한 채로 남아 있는 미지의 동과 서를 기회가 될 때마다 밟고 다녔다. 그곳들은 공교롭게도 유럽의 중심으로부터 벗어난 변두리였고 거기에는 당면한 문제들에 대해 나름의 방식으로 고민하며 살아가는 사람들이 있었다.

여행 시기는 각각 다르지만 여행기는 대체로 북에서 남으로, 동에서 서로 움직인다. 도스토옙스키, 고흐, 쇼팽같이 맘먹고 뒤를 쫓아다닌 인물들도 있는 반면, 자연스럽게 반복적으로 만나게 된 이상 관심을 가지지 않을 수 없는 대상도 있었는데 샤갈이나 카잔차키스가 그런 경우다. 비텝스크는 러시아 어디쯤이라고 알려져 있지만 엄연히 벨라루스 땅이다. 이 조용한 마을 출신인 샤갈이 상트페테르부르크와 모스크바를 거쳐 파리로 진출한 경로 그대로를 나도 따라다니며 살게 된 셈인데다 그의 인생 여정은 오랜 시간 관심을 가져온 디아스포라적 관점에서도 흥미를 끄는 점이 분명 있었다.

대단한 정력가에 외국어 천재인데다 예술가이며 행정가인 카잔차키스는 그리스 본토의 거친 산지와 에게 해의 푸른 물결을 마주할 때마다 떠올리지 않을 수 없다. 게다가 그 자신이 공산주의자가 되겠다며 러시아어를 배우고 기어이 소련 땅을 네 차례나 방문하지 않았던가.

그런가 하면 예외적으로 어떤 한 사람이 아니라 공간 자체가 하나의 인격으로 인식된 경우, 혹은 그 지역 형편을 이해하는 데 그 공간의 전체적인 스케치가 필요하다고 판단된 경우는 현지에서 만난 사람들과의 대화를 엮어보기도 했다. 발트 삼국 중 하나인 리투아니아의 아욱슈타이티야 숲 속에서 느낀 포스트 소비에트 사회의 단면이라든가, 이념분쟁으로 인한 분단과 재통합의 상징과도 같은 도시 베를린에서 확인한 미래지향적 태도가 제대로 전달되었으면 했다.

오늘날 여행이라는 것은 그야말로 문화적 대유행이다. 물질적 여유가 있다면 당연히 떠나는 것이 여행이고, 예전에 독서나 심지어 쇼핑이 차지했던 자리마저―여건이 허락한다면―여행이 차지하게 되었다. 좀 과장해서 말하자면 떠나는 것만이 유일한 살 길인 것처럼 말하는 사람들도 많다. 그만큼 보통 사람들의 일상에서 허탈함이 속속 감지된다는 이야기다. 시대의 속물주의적 근성을 그대로 드러내 보이는 것 같기도 하지만 그럼에도 일상의 흐름을 중단시키고자 하는 나름대로의 순수한 의도를 폄하할 수만은 없는 노릇이다. 어딘가로 떠나고자 하는 이에게는 더 나은 삶에 대한 기대가 있으며, 사건이 될 수도 있고 인상 혹은 만남이 될 수도 있는 시간의 틈새에서 손에 쥐게 될 작은 발견에 대한 열망도 있다. 그러나 이런 것들로 거의 병적이라 할 현대인의 여행 욕구가 다 설명될 수는 없을 것이다.

여행은 대개 여행자의 경제적 여유 위에서 가능한 것이라고 여겨지곤 하지만, 그것은 여행자의 삶의 안정보다는 불안을 보여줄 때가 많다. 여행은 삶의 막막함과 종잡을 수 없음의 표현에 불과할 수 있다. 그래서 여행을 인문과 관련시키는 것이 스노비즘의 혐의를 피해가고자 하는 교활함의 발로로 비쳐질 수 있다. 그럼에도 인문과의 관계 맺음을 통해 여행은 불안의 실체를 찾아가는 시도가 될 수도 있지 않을까.

나는 지난 여행에서 저 불안과 싸워가는 과거와 현재의 인물들을 만날 수 있었다. 그들은 기약 없고 보장 없는 싸움을 하며 아름다움을 세우려 하고 있었다. 여행은 내게 낯선 것 가운데 낯익은 아름다움을 확인하며 불안을 넘어설 힘을 얻는 계기로 지각되기 시작했다. 그것이 불안을 온전히 규명하게 되지는 못할지라도, 무력한 시도에 머물지라도.

2016년 2월
서정

차례

오레스트 키프렌스키, 〈푸쉬킨 초상〉, 캔버스에 유채, 63×54cm, 1827.

Aleksandr Sergeevich Pushkin

러시아인 푸시킨

푸시킨과 차르스코예 셀로, 모스크바, 상트페테르부르크

　푸시킨이라는 이름은 러시아인들이 자신들이 누구인가를 확인하고자할 때 거울을 보듯 가만히 들여다보게 되는 기준점 중 하나다. 오레스트 키프렌스키●가 1827년에 그린 초상화로 우리는 러시아 근대문학의 아버지 푸시킨의 얼굴을 처음 대면했을 가능성이 높다. 몇몇 성공적인 초상화가 전해지고 있지만 어느 것도 키프렌스키의 것만은 못하다. 무심한 듯하지만 당당하고, 편안한 듯해도 마냥 흐트러지지만은 않은 자세, 약간 비딱하게 왼편으로 향한 시선이 저 멀리 있는 것을 꿈꾸는 듯하지만 그 자유분방한 포즈마저 견고한 의지의 세계와 조화를 이루고 있음을 드러내는 듯하다. 곱슬곱슬한 머리털은 어느새 귀밑을 파고들어 턱선 가까이까지 넘실거린다. 화가가 완성된 그림을 내밀었을 때 푸시킨 본인도 무척 만족했다고 한다. 대단한 나르시시즘이 엿보인다.

　　마치 거울에 비추듯 나 자신을 보는데,

　　이 거울은 나를 치켜세운다.

　　그것은 대단한 뮤즈들의 편애를

　　내가 낮춰보지 않음을 드러낸다.

● Orest Kiprensky, 기존의 양식적인 초상화의 틀을 벗어나 동시대 인물을 리얼하게 그린 러시아 초상화가.

그렇게 로마에도 드레스덴에도 파리에도
이후로 내 모습이 알려지리라.●1

　전형적인 슬라브인의 외모와는 거리가 먼 이 인물이 누구보다 러시아적
인 인물임은 그에 대한 러시아인들의 애정과 존경심으로 증명된다. 그리고
이는 러시아의 복잡다단한 정체성 찾기의 과정을 반추하게 한다. 푸시킨의
외증조부는 표트르 대제의 총애를 입은 대신으로 아비시니아 출신의 흑인
이었고 귀족의 영예를 안았다. 러시아어로 진짜 러시아를 기막히게 표현할
운명으로 세기말인 1799년 모스크바에서 태어난 알렉산드르 세르게예비
치 푸시킨이 귀족 가문의 귀염둥이 도련님이 아닌 낭만주의적 성향과 사회
비판 의식을 갖춘 청년으로 우리의 관심무대에 화려하게 등장하는 것은 차

차르스코에 셀로 에카테리나 궁전 정원.

● 이 책에 인용된 문헌의 출처는 미주로 처리했으며, 옮긴이를 명시하지 않은 경우는 필자가 직접 옮긴 것이다.
◆ '황제의 마을'이라는 뜻. 상트페테르부르크 남쪽 교외에 위치.

르스코예 셀로◆에 개교한 귀족학교 리체이의 학생이던 시절이다. 푸시킨의 이름으로 찾는 첫 번째 여행지는 바로 이곳이다.

시인의 사망 백주기를 맞아 1937년에 아예 푸시킨 시로 개명한 이곳은 녹지의 비율이 높고 고전주의풍의 나지막한 건물들이 질서정연하게 마을을 이뤄 한가로움을 즐기기에 그만이다. 사실 상트페테르부르크 근교에는 교외 궁정으로 이름난 마을이 적지 않은데, 표트르 대제의 여름 궁전으로 알려진 페테르고프라든가 예카테리나 여제가 그의 후계자인 파벨 1세를 위해 조성한 파블롭스크 등이 그것이다. 표트르 대제 때 조성한 마을인 차르스코예 셀로 또한 이후 예카테리나 여제가 축조한 여름 별궁으로 잘 알려져 있지만 이곳이 다른 별궁 마을들과 구별되는 것은 푸시킨이 공부했던 리체이를 찾는 성지순례자와도 같은 방문객들 때문이다.

러시아어의 섬세하고 풍부한 운율을 느껴보려는 모든 노력은 끝내 푸시킨으로 통한다. 러시아의 아이들은 학기 중 수시로 마련되는 발표회 무대에서 두세 페이지 분량의 시—이를테면 민담을 토대로 푸시킨이 엮어낸「살탄 왕 이야기」는 어린아이들에게 들려주는 옛날이야기 형식의 산문시인데 삽화가 곁들여지기는 해도 무려 오십 장가량 이어진다—를 배우처럼 외우는 것을 예사로 여기고, 러시아인들은 술자리의 시작과 끝을 적절한 시 한 수 던지는 것으로 열고 맺는 것이 몸에 배어 있다.

푸시킨의 시 서너 편을 처음 외워보려고 애쓰던 시기가 떠오른다. 학교와 직장의 여러 모임에서 내 차례가 되면 무슨 말이라도 운을 넣어 이어가야 하는 경우가 종종 생겨서 그때를 대비해 외우던 것이라 큰 재미는 없었고, 이십대가 거의 지나가고 있던 터라 머릿속도 복잡했다. 그런데 결혼을 하고 아이를 낳아 그 아이들이 러시아에서 유치원과 학교를 다니게 되었을 때 뜻밖의 사실을 깨달았다. 어느 날 교실 발표회 때 아이가 외운 여덟 줄짜리 짤막한 시는 어휘의 선택과 배치의 절묘함, 일상어가 지니는 리듬감의 극대화를 통해 완벽한 세계를 이루고 있었다. 언어 감각을 깨치기 시작할 무렵부터 잘 조합된 단어들을 지속적으로 외우면서 세상을 발견할 채비를 갖추는 것이다. 그날 아이가 외운 시는 이것이다.

> 낯선 땅에서 오래된
> 고향 풍습을 정성스레 따른다.
> 환한 봄의 축제에서
> 작은 새 한 마리를 날려 보낸다.
>
> 나는 위로에 닿았으니
> 신께 불평할 게 무엇인가.
> 한 피조물에게지만
> 자유를 선사할 수 있었는데.

— 푸시킨, 「작은 새」(1823년)[2]

긴 타원형을 밑면으로 하는 실린더처럼 생긴 상아 빛깔의 리체이 건물로 들어섰다. 입구에는 시인이 1811년부터 1817년까지 교육을 받았음을 알리는 석판이 긍지를 주체할 수 없는 양 걸려 있는데, 십대의 푸시킨이 형성된 현장에 대한 기대감을 갖게 한다. 3층 입구로 들어서면 툭 트인 홀이 나온다. 황제 직속의 귀족 학교인 까닭에 이곳에서는 궁정 사람들의 입회 아래 각종 기념행사와 중요한 시험이 치러지곤 했다. 러시아 리얼리즘 회화의 거장 일리야 레핀Il'ya Efimovich Repin의 1911년 작 〈차르스코예 셀로에서의 푸시킨〉에는 1815년 상급반 시험장에서 언어를 다루는 천재적인 능력을 자랑하던 시인의 뛰어난 표현력과 그에 놀라움을 금치 못하는 입회인들의 모습이 유

1 리체이 건물 외관. 2 각종 기념행사와 중요한 시험이 치러지던 중앙홀.
3 계몽주의 서적들이 즐비한 도서실. 4 고전 강의실.

쾌하게 담겨 있어 소년 푸시킨의 위상을 짐작케 한다.

뒤쪽으로 좁은 복도를 따라 꾸며져 있는 도서관 개념의 서가에는 프랑스
어로 된 계몽주의 서적들이 즐비하다. 대연회실을 지나 개인 학습실에 이르
면 일인용 책상들이 놓여 있는데 펜싱 등으로 자유시간을 보내던 학생들의
모습을 자연스레 상상하게 된다.

학습공간에서의 백미는 뭐니 뭐니 해도 인문학과 고전에 대한 강의가 이
루어졌던 교실이다. 시험성적에 따라 등수대로 맨 앞줄 왼쪽 자리부터 착석
했다고 하는데 푸시킨은 아마도 전 과목에 걸쳐 고른 성적을 거둔 수재는
아니었던 모양이다. 자연과학 실험실로 꾸며져 있는 다음 방 책상에서 어느
해인가의 성적표를 보고서 알았다. 주변의 중·고등학교에서 견학을 왔다
가 함께 설명을 듣게 된 학생들이 학예사의 다른 설명에는 심드렁하더니 성

1 푸시킨 재학 당시 리체이 학생들의 성적표. 26번에 푸시킨의 이름도 보인다.
2 음악실 피아노 위에 놓인 악보와 연주회 팸플릿.

적표 공개 테이블에 이르자 갑자기 벌떼처럼 몰려든다. 오로지 푸시킨의 이름을 찾기에 바쁘다. 소비에트식 교육의 전통적인 채점 방식은 고득점에서 저득점으로 갈수록 숫자가 줄어드는 것이었다. 5점을 만점이라고 하면 4점은 서양식 B학점이 되고 3점은 C학점이 된다. 하지만 푸시킨이 리체이 학생이던 시절에는 좋은 성적부터 나쁜 성적순으로 1점부터 4점까지 매겨지고 0은 낙제를 뜻했다는데 과연 그의 성적표에는 오직 세 과목만이 최고점인 1점으로 기록되어 있다. 러시아 시와 프랑스어 수사학, 그리고 펜싱이다. 언어에 출중한 재능을 지닌 그였지만 독일어만은 아주 싫어해서 의도적으로 공부를 꺼렸다고 한다. 황제의 사람들을 길러내는 최고의 귀족학교답게 최신의 실험 도구들을 들여놓은 과학실에 하필이면 과학 과목에 모조리 낙제점을 받고 만 푸시킨의 성적표가 공개되어 있다는 게 재미있다.

3층 끝부분은 미술실과 음악실로 꾸며져 있다. 그중 음악실의 고풍스런 피아노 위에는 성악을 위한 악보 한 부와 행사 팸플릿 한 부가 놓여 있는데 리체이 개교 6주년에 졸업을 기념해 열린 1817년의 음악회에 관한 것이다. 프로그램에서 노래와 시 낭독, 그리고 연극 상연으로 학생들의 성장을 가늠하는 러시아적인 교육 전통의 일면을 엿볼 수 있다. 이와 같은 관행은 지금도 면면히 이어지고 있는데 학기말에 치러지는 구술 평가만큼이나 중요하게 여겨지는 행사가 학기 중 두세 차례 마련되는 콘서트다. 순서가 아무리 길어져도 모두 차례로 시 한 편씩을 외우고 역할을 나누어 맡아 연극을 완성하며 독창이든 합창이든 노래를 부른다.

기숙학교인 만큼 가장 위층인 4층은 생활관이다. 귀족 자제들의 거주 공간이었다고는 하나 계단에서부터 복도에 이르기까지 이렇다 할 장식적 요소를 찾아보기는 어렵다. 수도사들의 공간이라 해도 무리가 없을 만큼 청결한 복도에는 작은 문들이 오밀조밀 달려 있다. 문 하나에 얼굴을 들이밀고 내부를 들여다보았다. 좁은 방에는 옆으로 한 번만 구르면 바닥으로 떨어지게 생긴 좁은 침대 하나와 역시 한 사람만을 위한 단출한 책상, 그리고 도자기 대야가 놓인 세면대뿐이다. 알렉산드르 푸시킨의 14번 방도 다를 것이 없다. 바로 옆 13번 방에는 이반 푸쉰이라는 명표가 걸려 있는데, 푸시킨은 재학 당시에도 유명인이었는지 성이 비슷한 푸쉰이 푸시킨 바로 옆방에 배정받게 되자 감개무량해했다고 한다. 이때부터 푸시킨과 평생의 친구가 되는 푸쉰은 미래에 데카브리스트●로 역사에 등장하는 청년들 중 하나가 된다. 당시 그가 시베리아로 유형을 가자 푸시킨은 「이반 푸쉰에게」라는 시를 헌사하기도 했다. 데카브리스트의 난으로 사회가 보수주의로 급선회하기

1,2 리체이 4층 생활관의 모습. 3 14번 푸시킨의 방.
4 좁은 방에는 단출한 침대와 책상, 도자기 대야가 놓인 세면대뿐이다.

전 리체이에는 프랑스 등지에서 유학을 마치고 돌아온 자유주의 성향의 젊은 교사들이 적지 않게 포진하고 있었다. 이들이 전한 새 시대의 풍조가 젊은 귀족 학생들에게 다양한 시각으로 새 러시아를 고민할 기회를 주었으리라는 데 의심의 여지가 없다. 푸시킨이 시대정신을 읽고 그 격동의 서사 속으로 온 존재를 밀어 넣는 데 결정적인 역할을 한 것이 이 리체이 시절이었던 것이다.

리체이에서의 마지막 관람 순서는 2층 동시대 전시실이다. 푸시킨이 힘차

● 데카브리스트는 러시아어에서 12월을 뜻하는 '데카브리'라는 단어에서 나온 말로 '12월 당원'이라 통칭한다. 나폴레옹 전쟁 때 서구 자유주의 사상을 접한 귀족 청년 장교들이 당시 러시아 사회의 주요 정치적, 경제적 기반이었던 농노제 폐지와 입헌제 확립을 목표로 봉기를 꾀하던 중 1825년 12월 14일 상트페테르부르크 원로원 광장에서 거행된 새 황제 니콜라이 1세에 대한 선서를 거부하면서 대거 처형되거나 유배지로 보내졌다.

게 열어젖힌 19세기가 어떤 시대였는지를 보여주는 동시에 각 연도별 졸업
자들의 명단과 공적이 꼼꼼히 챙겨져 있다. 리체이의 문을 박차고 나간 푸
시킨의 행보를 상상하니 벌써 수년이 지나버린 모스크바 아르바트 거리의
푸시킨 아파트 박물관을 방문했던 기억도 몇 가지 떠오른다.

소련의 음유시인으로 알려진 불라트 오쿠자바(1924~1997년)를 기리는 멜
랑콜리한 동상이 서 있는 아르바트 거리 43번가를 지나쳐 그 거리의 끝에
이르면 날아갈 듯 가벼운 푸른색으로 산뜻하게 칠해진 푸시킨과 곤차로바
의 신혼집이 눈에 들어온다.

1817년 리체이를 졸업하고 외무성 하급관리로 이름을 올려놓으면서 사
회생활을 시작한 그는 진보적인 사상가 표트르 야코블레비치 차다예프◆
와 교류하고, 데카브리스트의 한 그룹에 참가하면서 전제정치와 불화하고
확고한 농노제 타도를 외치며 왕성한 창작활동을 시작한다. 1820년 첫 서

모스크바 아르바트 거리의 푸시킨 신혼집.

◆ 귀족 출신의 사상가로 알렉산드르 게르첸 등과 함께 서구주의자의 대표 인물이다.

사시 『루슬란과 류드밀라』를 완성했지만 「농촌」, 「자유에 바치는 시」 같은 정치적인 시가 문제가 되어 남부 러시아의 키시뇨프와 오데사로 유배를 당한다. 1824년에는 망명에 실패해 외가의 영지가 있는 미하일롭스코예에 유폐되면서 셰익스피어의 영향을 받은 비극 『보리스 고두노프』를 완성해 극작가로서의 면모를 세상에 알린다.

좌천과 유폐를 거듭한 지 6년 만에 니콜라이 1세의 특사로 풀려난 푸시킨은 드디어 모스크바로 돌아왔으나 여전히 위험인물로 분류돼 당국의 감시를 받으며 우울한 나날들을 보내야 했다. 그가 사교계의 여왕이자 당대 최고의 미인인 나탈리야 곤차로바를 만난 것은 다시금 새로운 창작의 의지를 불태우던 때였고, 1831년 푸시킨은 격렬한 구애 끝에 열세 살 연하의 곤차로바와 어렵사리 결혼에 성공한다. 아름다움에 대한 열망이 없는 자가 어찌 시인이 될 수 있으랴. 그것은 거두어질 수 없는 어리석음인 동시에 순수함의 증거이기도 한 것이다.

푸시킨은 글 쓰는 일로 생계를 꾸려간 러시아 역사상 최초의 전업작가였다. 그는 귀족이긴 해도 재산이 풍족한 편이 아니었고, 그의 아내 곤차로바는 사교계의 여왕에 걸맞은 대가를 시인에게 톡톡히 치르게 했다. 이 신혼집에 그들이 살았던 기간은 매우 짧다. 결혼 직전 아파트를 임차한 푸시킨이 그의 신부와 이곳에서 살림을 꾸린 기간은 고작 3개월에 불과하다. 그러나 이곳은 그의 이름을 달고 보존되어 있는 그 어떤 공간보다 화려하고 고급스럽게 꾸며져 있다. 황제의 별궁을 본뜬 미니어처 같기도 하고 고급 백화점의 쇼윈도 같기도 한 공간을 보고 있노라면 천재를 번뇌에 빠뜨린 팜파탈이 원망스럽기도 하지만, 결혼 당시 나탈리야 곤차로바의 나이가 18세에 불과했음을 감안하면 이해가 되기도 한다.

곤차로바에게 받아들여진 푸시킨은 말할 수 없이 행복해했다. 그러나 1831년 겨울에 결혼식을 올린 신혼부부는 이듬해 봄 상트페테르부르크로

1 니콜라이 울랴노프, 〈궁중무도회 거울 앞에 선 푸시킨과 그의 아내〉.
2 이반 마카로프, 〈나탈리야 니콜라예브나 푸시키나〉, 1849.
3, 4 신혼집의 장식적인 가구들.

이주했고 이들을 기다린 것은 희대의 스캔들과 그에 뒤따른 비극적 결말이었다.

　그는 자신이 그녀를 열정적으로 사랑하고 있음을 처음으로 확실히 깨닫게 되었다. 농사꾼 처녀와 결혼하고 자신의 노동으로 생계를 이어간다는 소설적인 생각이 그의 머릿속을 파고들었다. 이 단호한 행동에 대해 생각하면 할수록 그는 이것이 매우 분별 있는 생각이라고 여기게 되었다.[3]

　위의 인용문은 『벨킨 이야기』 중 「귀족아가씨—농사꾼 처녀」 편에 나오는 알렉세이 베레스토프의 입장이다. 알렉세이의 아버지 이반 베레스토프는 러시아인이라면 러시아식으로 살아야 한다는 생각을 고집스럽게 이어간 시골 기업가였는데 이웃인 지주 그리고리 무롬스키와 사이가 나빴다. 그리고리는 허황된 일을 하다 재산을 탕진하고서 모스크바를 떠나 시골에 있는 자신의 영지로 왔는데 정원 가꾸는 일에서부터 가솔들의 옷차림까지 전부 영국식을 고집했고 이반 베레스토프는 이를 가소롭게 여겼던 것이다. 그런데 무롬스키의 열일곱 살 난 딸 리자가 막 대학을 졸업하고 영지로 돌아온 베레스토프의 아들 알렉세이에게 반하고 만다. 아버지들 간의 불화 때문에 자신의 관심을 표현할 방법이 없어진 리자는 시골 처녀로 변장해 알렉세이에게 다가가고 알렉세이도 그녀의 순박하고 건강한 아름다움에 반한다. 그런데 어떻게 된 일인지 아버지들 간에 돌연 극적인 화해가 이루어지고 자녀들을 혼인시키자는 의견이 모아지자 사정을 알 수 없었던 알렉세이는 고민에 빠진다. 그리고 아버지가 아무리 강요해도 자신은 끝내 시골 처녀와 결혼하고 말 것이라는 결심을 굳힌다.
　귀족 청년이 자신의 모든 것을 버리고 시골 처녀를 선택해 영지의 경영이 아닌 자신의 노동으로 살아가겠다는 결심은 시대적 상황으로 봤을 때 낭만적인지는 몰라도 '매우 분별 있는 생각'은 물론 아니다. 세기의 미모에 홀딱 반해 그녀의 사치벽을 자신의 글쓰기로 충당해 나가겠다는 결심을 '매우 분별 있는 생각'으로 여겼을 푸시킨을 떠올리면 그의 인생이야말로 소설적 요소들로 가득하다고 볼 수밖에 없다.

『예브게니 오네긴』과 『스페이드의 여왕』, 『청동의 기사』 등의 걸작들이 곤차로바를 만난 후의 작품들 목록에 올라가 있다. 혼자 좌충우돌하던 시기와 비교해 서로 매우 다른 배우자를 만나 어려움을 겪은 시기가 그의 창작력에 치명적인 손상을 입힌 것 같지는 않다.

모스크바에서 푸시킨 순례지로서 또 하나 의미 있는 곳은 푸시킨스카야 지하철역 광장인데, 이곳에 푸시킨 동상이 서 있다. '이즈베스티야' 등 주요 언론사들이 집결해 있고, 모스크바에서 유동 인구가 가장 많은 복잡한 환승지구 중 하나다. 1880년 사회 각계각층에서 모금된 순수 성금만으로 건립된 이 동상의 제막식은 당시에도 큰 화제였다. 기념연설에 초대된 몇몇 작가가 있었지만 가장 큰 영예는 도스토옙스키에게 돌아갔다. 지금도 상트페테르부르크의 도스토옙스키 기념관에는 당시의 초대장과 기념 리본이 보관되어 있다.

러시아인들의 푸시킨 사랑은 보통 외국인들의 상상을 초월하는 수준이다. 그를 통해 근대 러시아어가 태어났다고 평가되며 문학사의 기준이 푸시킨 이전과 이후로 나뉘기 때문이기도 하지만, 그의 작품 속 대사나 구절들이 대중의 삶에 깊이 뿌리내리고 있기 때문이기도 하다. 푸시킨의 운문이 부담스럽다면 짤막한 산문들을 접하면 되고, 그도 내키지 않으면 노래극을 먼저 보아도 된다. 『루슬란과 류드밀라』, 『모차르트와 살리에리』, 『보리스 고두노프』, 『예브게니 오네긴』 그리고 『스페이드의 여왕』 등 수많은 작품들이 글린카, 림스키코르사코프, 무소륵스키, 차이콥스키 등을 거쳐 무대에 올려졌다. 평이하면서도 아름다운 러시아어의 진수를 보여준 그의 작품들은 다양한 장르적 실험을 가능케 했던 것이다.

가곡 연주회에 가볼 기회가 있다면 거기서도 푸시킨을 피해가기란 어려울 것이다. '페테르부르크를 그린 회화와 음악'이라는 제목의 러시안 뮤지엄 강의에 갔다가 다양한 주제의식과 대담한 표현방식으로 빛나는 러시아 성악곡들의 매력에 흠뻑 빠졌었는데, 밀리 발라키레프와 체자르 큐이, 안톤 아렌스키의 곡에 붙은 노랫말은 대부분 푸시킨의 서정시들이었다. 다음 시에 글린카가 곡을 붙인 낭만 가곡도 겨울밤을 데웠다. 한때, 시인이 열렬히 사모했던 여인 안나 케른에게 바쳐진 시다.

나는 기적의 순간을 기억하네:
내 앞에 그대가 나타났지,
스쳐 지나는 환영처럼,
순결한 아름다움의 화신처럼.
가망 없는 슬픔에 지쳐,
소란스런 안달의 불안 가운데,
부드러운 음성이 울리고
사랑스런 모습이 보였네.

세월이 흘렀네. 격렬한 폭풍이
일어 예전의 희망은 흩어지고,
나는 그대의 부드러운 음성을
잊었네. 그대의 천상의 모습도.
세상 끝, 유배지 어둠 속에서
고요 속에 나날이 이어져갔네.

신성도 영감도 없이,

눈물도 삶도 사랑도 없이.

그러다 영혼이 깨어났다네,

바로 그때 그대가 다시 나타났네.

스쳐 지나는 환영처럼,

순결한 아름다움의 화신처럼.

그리고 기쁨에 겨워 심장은 뛰고,

다시 부활하나니,

신성과 영감과

눈물과 삶과 사랑이.

— 푸시킨, 「나는 기적의 순간을 기억하네」(○○○에게)(1825년)[4]

　　그리고 상트페테르부르크에서 버릇처럼 몇 번이고 찾게 되는 곳은 작가의 마지막 주소지인 모이카 운하거리 12번지다. 박물관 소개 책자에는 푸시킨이 이 집을 빌린 임대계약서의 기간이 2년이었으며, 1836년 당시 약속한 임대기간을 채우지 못하리라고는 아무도 상상하지 못했을 것이라고 말하고 있다. 1837년 1월 27일 푸시킨은 자신의 아내와 염문을 뿌린 프랑스인 장교 조르주 단테스와 결투를 벌인다. 누군가 익명으로 푸시킨에게 부정한 여인의 남편이라고 빈정대는 편지를 썼고 이를 조르주 단테스의 양아버지인 네덜란드 공사 헤케른의 짓이라고 여긴 푸시킨은 참을 수 없는 분노를 느꼈다. 형식적으로는 자신의 가문을 모욕했다며 단테스가 먼저 결투를 신청했고 푸시킨이 이에 응했다. 이 결투로 푸시킨은 하복부에 치명적인 총상을 입게 돼 이틀 만에 세상을 등진다. 이 결투를 두고 그의 진보적인 사상을 미워

모이카 운하거리의 푸시킨 집 정원.

한 궁정대신들의 음모였다고 말하기도 하는데—특히 레르몬토프가 분통을 터뜨려가며 이같이 말했다—이는 희대의 천재를 잃은 당대와 후대의 사람들에게 위로가 될 수 있을지언정 푸시킨이라는 한 인물을 총체적으로 파악하는 데는 별로 도움이 되지 못한다.

'소설적'인 죽음을 맞이한 그를 따라 먼저 모이카 운하거리 12번지를 나와 네프스키 대로에 있는 '문학 카페'까지 걸어보기로 했다. 푸시킨 당시에는 '볼프와 베란제'라는 이름의 제과점이었고 거기서 결투 입회인을 만나 결투장까지 동행할 계획이었다. 발걸음에 따라 10분에서 15분 정도가 소요되는 거리였다. 운하의 반짝이는 수면을 바라보다가 문득 결투 당일을 떠올리니 1월이다. 그러면 이곳은 온통 빙판이었을 것이다. 대로 쪽으로 조금만 움직이면 에르미타주 미술관을 호위하는 궁전광장이 마치 앞마당처럼 아담하게 한눈에 담긴다. 당시에도 귀족 나리들 사이에 인기가 있었다던 제과점은 이제 네프스키 대로의 명소가 되었다. 1층엔 작가를 꼭 닮은 밀랍인형이 책상에 앉아 사색에 잠겨 있고 문학계의 주요 인사 같은 분위기를 풍기는 가르

볼프와 베란제. 지금은 문학 카페로 불리는 곳의 외관과 내부.

데로브(겉옷을 맡기는 곳)지기는 추체프의 시를 읊으며 인사를 건넨다.

짙은 초록색이 기본을 이루는 인테리어에 잘게 주름을 잡은 클래식한 갓을 씌운 램프가 테이블마다 박혀 있는 2층에 올라가 보르쉬(비트와 각종 채소, 고기를 넣고 뭉근하게 끓인 수프)나 살랸카(토마토소스로 맛을 낸 고기, 채소 수프) 같은 뜨끈한 수프에 비프 스트로가노프(볶은 쇠고기를 사워크림인 스메타나로 버무린 요리) 같은 든든한 요리를 먹으며 네프스키 대로를 오가는 바쁜 사람들의 행렬을 무심히 바라본다. 창가에는 한 인형작가의 작품들이 남녀 한 쌍씩 짝을 이뤄 장식되어 있는데 오네긴과 타치아나, 루슬란과 류드밀라, 마랴와 부르민 등으로 모두 푸시킨이 작품 속에서 그려낸 인물들이다.『벨킨 이야기』에는 다음과 같은 글이 나온다.

　이로 인해 젊은이들 사이에서 그의 이미지는 크게 손상되었다. 용감함을
인간의 최고 가치로 보며 어떠한 악덕도 용감성만 있으면 으레 용서했던 젊은
사람들에게는 가장 용서할 수 없는 것이 바로 용기의 부족이었던 것이다.[5]

알렉세이 아바쿠모비치 나우모프, 〈푸시킨과 단테스의 결투〉, 1885.

　『벨킨 이야기』 중 「발사」 편에 나오는 실비오는 자신을 능멸한 젊은 백작
을 보기 좋게 혼내주고 전장으로 떠나 영웅이 되었지만 푸시킨은 그러지 못
했다. 치명상을 입고 입회인에게 업혀 모이카 12번지의 집으로 돌아왔을 때
곤차로바와 식구들에게는 저녁 식탁이 막 차려진 때였다고 한다. 러시아인
들에게 1837년 1월 27일부터 29일까지—총상을 입은 후부터 숨을 거두기
까지—이 집에서 무슨 일이 있었던 것인지가 여전히 초미의 관심사라는 점
이 바로 작가에게 보내는 이들의 진심 어린 애정을 의심치 않게 한다. 그러
니 박물관에 들어서면 전시관계자가 지나치게 세세한 것들에 매달려 설명

이 느리게 진행되더라도 불평하지 말아야 한다.

사실 푸시킨은 당일 아침 좀 이른 시각에 일어나 여느 때처럼 오전 시간을 보냈다. 글을 읽고 쓰는 일과 서류를 정리하는 일이었는데 명랑한 표정으로 노래를 흥얼거리기까지 했다고 한다. 본래 식구들이 드나드는 출입구는 따로 있었으나 식당으로 통하는 문이 지금의 방문객용 입구이며 시인이 실려 온 당일 저녁부터 문학 천재의 병환을 염려한 사람들을 맞이하는 막중한 업무가 이곳 식당에서 이루어졌다. 거기에는 남부 러시아에서 유배 생활을 하던 시절 키시뇨프에서 구입해 훗날 결혼하는 여동생에게 건네준 휴대용 술병과 술잔 세트가 특유의 붉은색 유리를 번쩍거리며 구슬프게 놓여 있다. 손님용 거실에는 키프렌스키의 초상화 복제품이 걸려 있고 투르게네프의 일기 속 메모가 소개되어 있기도 하다. 메모의 내용은 두 사람의 대화에 관한 것으로, 1월 28일 푸시킨의 담당의인 아른트가 분주히 오가는 정황과 시인 자신이 손을 내저으며 죽음이 오고 있다고 말했던 것까지이다.

이어지는 공간은 아마도 쑥덕대기 좋아하는 아낙네들이 가장 마음 상해할 곳일 텐데, 바로 나탈리야 곤차로바의 부두아르, 즉 내실이다. 녹색 유리로 된 향수병, 파티 의상을 위한 꽃 장식을 꽂아놓는 용도의 청동 꽃병, 가는 팔목을 집어삼킬 듯 유난히 두껍게 조각된 산호 팔찌 등이 화장대 위에 콧대 높게 놓여 있다. 벽에 걸린 초상화는 1828년 시인이 처음 만났을 때의 안주인 모습이다. 무거운 유화가 아니라 종이에 수채로 그린 초상화라 곤차로바의 새침한 표정이며 드레스에 딸린 레이스까지도 가볍게 날아가버릴 것만 같다. 뒤로 이어지는 수틀이 놓인 방은 곤차로바의 시집가지 않은 두 자매가 지냈던 방이다. 그중 가장 맏이인 예카테리나 곤차로바는 결투가 벌어진 그달 초에 다름아닌 푸시킨의 결투 상대였던 단테스의 아내가 되었다. 궁정의 음모가 있었건 없었건, 사실 관계만 놓고 보아도 단테스는 희대의 망나니가 아닐 수 없다. 반대편에 재연된 아이들의 방에서 시인의 네 아이들—

나탈리야 곤차로바의 부두아르와 아이들의 방.

그리고리, 마리아, 나탈리아, 알렉산드르—의 얼굴이 그려진 연필화를 보고 있노라면 젊은 아버지를 잃은 어린 자식들의 허망함이 눈에 보이는 듯 절절하다.

그리고 마침내 시인의 서재다. 아주 평범한 나무 재질의 엄청나게 큰 책상 위는 늘 종이 더미와 필기도구, 읽던 책들로 빈틈을 찾을 수 없을 정도였으며, 푸시킨 본인은 한쪽 구석에 놓인 팔걸이의자에 앉아 있었다고 한다. 방의 삼면을 둘러싸고 있는 서가에 꽂힌 책들은 백과사전류와 다양한 분야의 편람, 역사와 지리, 통계, 언어학 등의 서적과 러시아 전통 민요 모음집, 그리고 러시아와 유럽의 다양한 작가들이 펴낸 작품집 등이다.

서가에는 1770년에 출간된『4,291개의 고대 러시아 속담집』도 있는데 그 중 시인이 특별히 더 관심을 가진 47개 속담에는 십자표가 되어 있다. 예를 들면 "까마귀끼리는 눈알을 쪼아 먹지 않는다" 같은 표현이다. 이 표현을 푸시킨은 1836년 10월 차다예프에게 쓴 편지에서 사용했는데 그에게 이 서신이 보내지지는 않았던 것 같다. 당시 큰 스캔들을 일으킨『철학 서신』의 간

푸시킨의 서재.

행으로 차다예프가 박해받고 있음을 푸시킨은 알았던 것이다.

서재에는 시인 바실리 주콥스키의 초상화도 걸려 있는데 이런 설명이 딸려 있다.

승리를 거둔 학생에게 패배하고 만 스승으로부터.

그가 자신의 시 『루슬란과 류드밀라』를 완성한 대단히 경축할 만한 날, 1820년 3월 26일 위대한 금요일.

주콥스키는 러시아 초기 낭만파의 최초 시인으로 영국과 독일의 낭만파 시인들의 영향을 받았다. 혈기왕성한 푸시킨이 황제의 노여움을 살 위기에 처할 때마다 방패가 되어 위기를 모면케 해주고, 어떻게든 푸시킨과 단테스가 단둘이만 있게 놓아두지 않으려 애썼다. 주콥스키는 푸시킨에게 다가온 죽음의 그림자 앞에서 애통해했고, 예정된 죽음이 확정되자 서둘러 아파트의 평면도를 그리고 가구 배치라든가 집의 특이할 만한 사항들을 세세히 기록했다고 한다.

　가까운 사람들조차도 변덕이 심하고 경박스럽다고까지 증언할 정도였으며, 황제를 격렬하게 비난하다가는 돌연 열렬히 환영하기도 하는 등 모순적인 면모를 보이기도 한 이 대문호를 이해한다면, 소처럼 일하면서 땅의 아들로 묵묵히 사는가 싶다가 돌연 자유와 해방을 향해 불구덩이 속으로 뛰어들었던 피의 전사인 러시아인들을 좀 더 가깝게 느끼게 될 것이다. 니체가 지적한 것처럼 도저히 뛰어넘기 힘든 현실을 극복하기 위해 몸을 웅크리면서 참고 견디는 숙명론이 조금도 이상할 것 없는 러시아, 카잔차키스가 목도

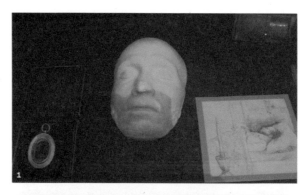

1 푸시킨의 데드 마스크.
2 알렉산더 알렉세예비치 코즐로프, 〈관 속의 푸시킨〉, 캔버스에 유채, 1837.

한 것처럼 혁명의 불꽃으로 활활 타올라 피의 복수가 대지를 뒤덮는 러시아
가 한 몸에 있다.

마지막 방은 대기실, 혹은 현관이다. 집에 들어서기 위한 공간을 관람의
가장 마지막 순간에 방문하게 되는 이유는 전시 테이블 속 유리창을 들여
다보면 알 수 있다. 시인의 데드 마스크다. 이 집을 찾은 조문객 중 두고두고
회자된 예는 단연 투르게네프일 것이다. 당시 18세로 페테르부르크 대학에
재학 중이었던 그는 관으로 다가가 자신의 우상으로부터 머리털을 잘라 간
직했던 것이다. 그는 은으로 만든 메달 속에 이것을 넣어 내내 성물처럼 간
직했고 파리에서 죽어가면서 이 메달을 러시아로 되돌려주라고 부탁했다.

시인은 가문의 영지 미하일롭스코예에서 멀지 않은 스뱌토고르스키 수도
원에 묻혔다. 외가인 한니발 가문이 이 수도원의 주요 기부자였기에 가족들
에게는 수도원 내의 우스펜스키 사원 제단 아래에 영면할 수 있는 권한이 있
었던 것이다. 리체이를 마칠 무렵부터 시작된 미하일롭스코예 방문은 시간
이 지날수록 점점 잦아졌던 것 같다. 모스크바 출생이지만 이곳의 평화로운
분위기에 젖어 안식을 얻곤 했던 그를 떠올리면 그에게 진정 고향이라 할 만
한 곳은 미하일롭스코예가 아니었을까 싶다. 푸시킨은 1824년에서 1826년
까지 이곳에서 유배기간을 보냈고 이 수도원이야말로 당시 시인에겐 러시아
민중에 뿌리내린 관습과 전통을 확인하는 학습장이 되었던 것이다. 수년에
걸쳐 작업한 『예브게니 오네긴』의 경우도 대부분 이곳에서 영감을 얻었다.

> 평화로운 영지 비밀스런 보호자여,
> 너에게 기도하니 내 선량한 가신이여,
> 내 동리, 숲 그리고 거친 뜰을 지켜다오.
> 내 가족의 검소한 수도원도![6]

미하일롭스코예, 푸시킨 외가의 영지.

현재 외가의 영지가 있던 미하일롭스코예와 그가 영면한 스뱌토고르스키 수도원 일대의 푸시킨스키예 고리(본래 이름은 스뱌타야 고라, 성스런 언덕이라는 뜻), 그리고 푸시킨이 유배시절 하루가 멀다 하고 드나들었다던 친구 불프 가문의 이웃 영지 트리고르스코예 전체가 자포베드닉(보호지구)으로 지정되어 있다. 이 보호지구는 상트페테르부르크로부터 남쪽으로 사백 킬로미터가량 떨어져 있다.

1836년에 어머니의 시신이 담긴 관을 사원에 안장하면서 훗날 자신의 시신 매장을 위해서 수도원 출납계에 은화 10루블을 기탁한 푸시킨이 머지않은 이듬해 이른 겨울에 그 자신도 제단에 눕게 될 줄 알았을까. 갑자기 다가온 불행을 두고 징후를 더듬게 되는 것은 남겨진 자들의 가책 같은 것인지 모른다. 1924년 수도원은 폐쇄되었고 이후 대조국전쟁(제2차 세계대전) 동안 심각한 손상을 입었다. 그럼에도 푸시킨의 시신이 담긴 관만은 욕보이지 않았는데, 이를 두고 러시아인들은 기적이라고 말한다.

한 편의 시 같은 한 천재의 사연은 여기까지다.

스뱌토고르스키 수도원과 푸시킨의 묘.

Fyodor Mikhailovich Dostoevskii

신산한 일생과 말년의 안식

도스토옙스키와 상트페테르부르크, 스타라야 루사

상트페테르부르크에서 가장 넓고, 가장 긴, 이 도시의 중심도로 네프스키 대로를 서둘러 가로지른다. 마라트 거리 끝자락에 건물 전체를 끌고 금방 어디라도 내달릴 듯 기세가 대단한 증기기관차 머리를 보고 흠칫 멈춰 선다. '오리엔트 특급'이라는 이름의 레스토랑이다. 어느새 쿠즈네츠키 거리와 도스토옙스키 거리가 교차하는 곳에 이른다. 표도르 도스토옙스키가 말년인 1878년부터 1881년까지 살았던 곳으로 이 시기는 생전에 작가로서의 명성이 최고조에 달했던 때다. 1880년에 이 집에서 최후의 걸작 『카라마조프가의 형제들』이 완성되었다. 물론 작품 구상의 대부분은 여름 별장인 스타

블라지미르스키 대성당 뒤편 쿠즈네츠키 거리의 도스토옙스키 박물관. 그의 마지막 집이다.

아이들 방. 도스토옙스키가 직접 그린 아이들의 옆모습 실루엣 초상화가 걸려 있다.

라야 루사에서 이루어졌다. 이 점을 밝혀두지 않는다면 노브고로드 주 주민들의 자부심에 큰 상처를 주는 꼴이 된다.

　박물관으로 꾸며진 공간 안에 드디어 발을 들여놓는다. 그의 작품들이 다분히 비극적인 인생과 긴장된 일련의 사건들을 다루고 있지만, 그는 지극히 가정적인 남편이자 자상한 아버지로 일상을 살았다고 한다. 아이들 방에는 그가 직접 그린 아이들의 옆모습 실루엣 초상화와 그 자신이 매일 소리 내어 아이들에게 읽어주던 동화책들이 가지런히 놓여 있다. 도스토옙스키는 발표하는 작품 중 상당수가 당대에 이미 큰 인정을 받았지만, 형 미하일과 함께 했던 잡지 사업 실패와 죽은 형의 가족을 비롯한 적지 않은 구성원의 생계를 책임져야 했던 사정으로 인해 늘 경제적으로 어려웠고, 이에 더해 도박 중독 증세를 보였다. 그는 선금을 받아 쓴 다음에야 겨우 작품을 넘겨줄 때가 많았고, 건강상의 문제로 해외에 요양 차 떠나 있을 때도 계속해서 집필 원고를 출판사로 보내 소액 받아 쓰기를 반복했다고 한다.

　1821년 모스크바의 빈민들을 위한 자선병원 의사의 둘째 아들로 태어난

그는, 어려서부터 월터 스콧류의 환상적이고 낭만적인 역사소설에 파묻혀
지냈다고 한다. 아버지의 권유로 페테르부르크 공병학교에 입학한 후 공병
관으로도 일했지만, 이내 퇴직하고 글쓰기에 몰두했다. 이후 처녀작 『가난
한 사람들』(1846년)이 당대 최고의 평론가 비사리온 벨린스키에게 호평을
받으며 화려하게 문단에 데뷔한다. 생시몽, 푸리에 등의 공상적 사회주의에
공감해 페트라솁스키 서클◆의 일원이 되었다가 체포되어 사형을 선고 받았
으나 형 집행 직전 황제의 특별 감형으로 시베리아 유형 길에 오른다.

  유형기간 동안 도스토옙스키는 정교적 신비주의◆와 러시아 민중의 그리
스도 신앙에 깊이 천착하게 된다. 과부 마리아 이사예바와의 결혼, 잡지 『시
대』 창간, 『죽음의 집의 기록』 발표, 아내의 죽음, 잡지 운영 실패로 인한 거
액의 빚 등으로 허덕이고 있을 때, 밀려드는 일감을 제시간에 소화해내기 위

통일감 있게 꾸며진 식당.

● 1845~1849년 사회주의적 사상을 가진 외무부 관리 미하일 페트라솁스키가 조직한 체제 비판적인 독서 모임.

◆ 세계의 부정이나 육체의 경시가 아닌 신적 진실과 아름다움에 이르게 하는 고행을 통해, 세계를 지배하는 거짓
  을 드러낼 빛에 이르고자 한다. 백치의 지혜처럼 이성을 넘어서는 진리의 담지를 신봉한다.

해 고용한 속기사가 바로 얼마 후 재혼 상대가 된 안나 그리고리예브나 스니트키나(결혼 후 안나 그리고리예브나 도스토옙스카야가 된다)다. 이렇게 한 달 만에 완성된 장편 『도박꾼』은 이 둘을 맺어준 작품이 되었다.

부모님은 우리를 응석받이로 키우지 않으셨는데, 바로 그 때문에 우리는 부모님을 존경하고 깊이 사랑했다. 아동용 책들은 아예 없었고, 누구도 우리를 '발달시키려' 애쓰지 않았다. 대신 우리에게 늘 이야기를 들려주셨다. 아버지가 들려주시는 건 '바보 이반 이야기' 한 가지뿐이었지만 그 이야기는 정말 변화무쌍했다. 우리 남매는 이반이 그토록 지혜롭게 온갖 재난에서 빠져나가는 능력을 지녔는데 왜 그를 바보라고 부르는지, 항상 의아해했다.[1]

안나의 자전적 일기를 모은 책 『회고록』에는 존경하는 대작가를 만난 순간의 떨리는 감정, 간질 발작과 도박벽으로 괴로워하는 남편을 지켜보며 함께 고통 받고 그를 위로하는 그녀의 애틋한 하루하루가 자세히 기록되어 있다. 위 인용은 자신의 어린 시절을 회상하는 구절로 밝고 사려 깊은 그녀의 내면세계가 어떻게 형성되었는지를 보여준다.

도스토옙스키가 마지막 순간까지 집필 활동을 하던 서재에는 그의 사망 시간에 멈추어진 시계가 창가에 덩그러니 남겨져 있어 작가의 빈자리를 두드러지게 한다.

1881년 1월 28일(구력)* 저녁 8시 38분.

재혼 이후 심신의 건강을 상당히 회복했던 그에게 일생을 통틀어 그나마 가장 유복하고 안정적인 생활을 이어가던 때가 바로 이 집에서의 몇 년이 아닐까 싶다. 가재도구들은 화려하진 않지만 꼭 필요한 가구들이 밉상스럽지 않게 적당한 우아함을 지니고 배치되어 있다. 사망 직전 그는 아들에게 데카브리스트의 아내들이 준 신약성서를 유언처럼 물려주었고, 그가 눈

도스토옙스키의 서재. 창가에 놓인 시계는 그의 사망 시각인 8시 38분을 가리키고 있다.

을 감은 소파 위에는 평생 그토록 좋아했던 라파엘로의 그림이 걸려 있었다. 2월 1일 그가 알렉산드르 네프스키 수도원 묘지에 묻히기 직전 관 뚜껑이 열리고 슬픔에 잠긴 지인들의 몇 마디가 이어졌다. 페트라솁스키 서클에서 작가와 젊은 날을 함께했던 시인이자 소설가인 알렉산드르 팔름, 그리고 당시로서는 젊은 철학자였던 블라디미르 솔로비요프◆도 그들 중 하나였다.

식당과 거실까지 합쳐서 모두 다섯 칸으로 구성된 그의 아파트 공간을 통과하면, 그의 각 장편들과 관련된 소품들과 각국어로 번역된 그의 소설들을 전시해놓은 콘셉트 룸이 나온다. 러시아 사실주의 화가 바실리 페로프가 그린 작가의 초상화(1872년)를 둘러싼 서가에서 반갑게도 한국어 번역

● 제정 러시아 시대의 기준력은 율리우스력이었다. 소비에트 인민위원회는 혁명 이후인 1918년 1월 26일 법령에 따라 율리우스력을 폐기하고 그리고리우스력을 기준력으로 사용하도록 했는데, 지금 일반적으로 사용되는 역법이 그리고리우스력이다. 두 역법 간에는 시차가 존재하는데, 현재로서는 율리우스력의 날짜에 13일을 더하면 그리고리우스력의 날짜가 된다. 따라서 1918년 1월 26일 이전의 기념일은 당시 날짜에 13일을 더해야 한다. 러시아에서 10월 혁명 기념일과 성탄절이 각각 11월과 1월에 있는 것 또한 이런 이유에서다.

◆ 19세기 후반 활동한 러시아의 종교철학자로 역사학자 세르게이 솔로비요프의 아들이다. 과학과 철학이 종교 통합의 토대 위에 도덕성을 회복해야 한다고 주장했다.

도스토옙스키 작품들과 관련된 물건들이 정리된 콘셉트 룸.
푸시킨 동상 제막식의 초청장과 리본이 보인다.

판을 만날 수 있었다. 도스토옙스키 전공자들이 필수로 소장해야만 하는 30권짜리 전집도 초상화 바로 아래쪽에 가지런히 자리 잡고 있음은 물론이다. 1880년 모스크바 시내 최대 중심가인 트베르스카야 거리에 세워진 푸시킨 동상 제막식 행사에 연설자로 초대되었던 도스토옙스키를 기념하는 물건들―초청장, 참가자들을 위한 리본 등―도 전시되어 있다. 당시 이 행사는 문화예술계 최고의 명예로운 자리였음에 틀림없다.

러시아에서 작가의 위치는 프랑스나 독일의 경우와 좀 다르다. 러시아의 작가들은 계몽주의적 사명을 띤 교사이자 비판적 저널리스트이며 거의 유일한 지식인 그룹이었다. 서구 유럽에서 어떤 인물을 두고 그가 작가인가 사상가인가를 어느 정도 구분할 수 있다면, 20세기 이전 러시아에서 작가는 사상가의 역할을 겸하는 경우가 많았다. 도스토옙스키의 경우 물론 철학서 한 권 집필한 바 없으나 그가 형상화한 인물 각각은 독립된 사상의 화신이다. 『죄와 벌』의 라스콜니코프는 자신의 삶에서 초인사상을 실험하며, 『악령』의 키릴로프는 신으로부터 분리된 인간이 결국 인신人神 사상으로 향하게 됨을 보여준다.

현재의 인간은 진짜 인간이 아닙니다. 이제 행복과 자랑에 넘치는 새로운 인간이 출현할 것입니다. 살고 있어도, 살아 있지 않아도 마찬가지인 사람, 즉 신인新人 말입니다. 누구든 고통과 공포를 정복하는 사람은 스스로 신이 될 것입니다. 그렇게 되면 지금까지의 신神은 없어지고 말 것입니다.[2]

도스토옙스키의 창작은 존재론적 질문 주위를 집요하게 맴돌았다. 실증주의와 허무주의의 물결 속에서 그는 인간이 명백하게 윤리적 존재임을 주장했다. 그는 인간의 마음이란 선과 악이 끊임없이 충돌하는 무대이며, 인간의 도덕적 행동은 이성이나 강한 정신력에 의해서가 아니라 신에 대한 살아 있는 감각에 의해서 이루어진다고 보았다. 도스토옙스키의 작품 속에서 인간의 가치는 그의 도덕적 완성에 있지 않다. 오히려 어린아이, 무력한 자, 의지할 데 없는 자에게서 충만한 구원이 드러난다. 첫아이를 잃은 후 자신이 체험한 무력함과 절망감을 작가는 편지와 일기를 통해 토로한 바 있다. 『카라마조프 가의 형제들』에서 조시마 장로는 어린아이를 잃은 어머니를 이렇게 위로한다.

먼 옛날에 "라헬이 자식들을 생각하며 눈물을 흘렸으되 위안을 얻지 못했으니, 그 자식들이 죽고 없었기 때문이라" 했으니, 아기 어머니, 당신도 지상에서 그 같은 운명에 처한 것입니다. 그러니 위안을 얻으려 하지 말고 우시오. 단지 울 때마다 당신의 아들이 하늘나라의 천사가 되어 내려다보다가 당신의 눈물을 보고 기뻐하며 그것을 하느님께 알려드린다는 사실을 반드시 기억하십시오.[3]

도스토옙스키의 인물들이 열렬히 사모하는 유토피아의 이미지는 『미성년』에서 클로드 로랭의 그림 〈아시스와 갈라테아〉를 감상하는 베르실로프

클로드 로랭, 〈아시스와 갈라테아〉, 캔버스에 유채, 102.3×136cm, 1657.

의 대사를 통해 묘사되기도 한다(클로드 로랭의 그림은 『악령』에도 등장해 이상
향을 대변한다).

바로 이 시공간을 유럽인들은 자신들의 정신적 요람으로 가슴에 새겨두고
있다는 것이라는 생각이 들었어. 그런 생각에 잠기자 내 마음도 어느새 혈육
같은 애정으로 가득 차는 것을 느꼈다. 그곳이 바로 인류가 꿈꾸는 지상 천국
이었지. 그 시공간에서 신들은 하늘에서 내려와 인간들과 평화롭게 지내고
있었던 것이지. (……) 지금까지 한 번도 느끼지 못했던 행복감이 내 가슴 한
쪽을 뚫고 지나가, 서늘한 아픔이 느껴질 정도였다. 바로 그 감동은 인류에
대한 사랑에서 비롯되는 것이었어.[4]

그는 또한 아름다움이야말로 인간을 인간답게 하고 인간이 그 자체로 추
구하게 되는 가치라 보는 동시에 그것에 드리워진 죽음의 그늘도 간과하지
않았다. 드미트리 카라마조프는 동생 알료샤에게 다음과 같이 말한다.

아름다움이란 무시무시할 정도로 끔찍한 것이란다! 무서운 것이지, 아름다움은 규정되지 않은 것이고 결코 규정할 수도 없는 것이며 신이 던진 유일한 수수께끼이니까. (……) 이성의 눈에는 치욕으로 보이는 것도 마음의 눈에는 끊임없이 아름다움으로 보이니까. 그러니 아름다움은 소돔 속에 존재하는 것이 아니겠니?[5]

다시 전시관의 유리장 안으로 눈을 돌려 안나 그리고리예브나의 물건들을 바라본다. 안나의『회고록』에 의하면, 도스토옙스키는 길을 가다 아름다운 귀걸이가 보이면 아내를 위해 마음에 담아두고 여러 번 오가며 품질이나 가격, 그 장신구에 어울릴 의상들을 가늠해보며 즐거워하다가 특별한 날 기대감으로 그것을 구해 선물할 정도로 자상한 면이 있었다고 한다. 미적 감각 또한 빼어나서 디자인이나 색감, 재질 등에 무척 민감하고 세심하게 물건을 고르는 습관이 있었다는 기록도 있다. 남편의 작품세계를 마음 깊이 이해하고 존경하는 아내 덕분에, 또 간질과 도박벽까지도 묵묵히 받아들여주는 그녀로 인해 인생의 말년 도스토옙스키는 결코 쓸쓸하지 않았다. 아내와 정반대의 인생관을 지니고 살아 늘 근심이 많았던 톨스토이와 대조되는 대목이다. 안나와의 운명적인 만남의 순간, 즉『도박꾼』속기를 위해 그녀가 작가를 처음 찾아오던 날 그녀의 손에 들려 있던『도박꾼』원고 파일도 빠질 수 없는 전시물로 자리 잡고 있다.

도스토옙스키가 그려냈던 '비합리적인 인간의 면모'를 극명하게 반영하는 것이 이 도박벽에 시달리던 작가 자신의 불안한 인간상일 것이다. 신으로부터 오는 구원을 간절히 염원하던 지독히도 솔직하고 타락한 동시에 순수한 영혼의 중심을, 나는 진열대 위에 놓인 룰렛 게임세트 앞에서 마음 아프게 바라보게 된다. 시베리아 유형 당시, 앞서 가 있던 데카브리스트의 부인들을 통해 건네받은 신약성서도 빠질 수 없는 전시 품목이다. 머릿속에

1 도스토옙스키 거리에서 바라본 블라지미르스키 대성당 첨탑.
2 폰탄카 강변의 겨울. 멀리 아니치코프 다리가 보인다.

서 미슈킨, 라스콜니코프, 스타브로긴, 알료샤와 이반(각각 『백치』, 『죄와 벌』, 『악령』, 『카라마조프 가의 형제들』의 주인공들)의 세계가 엎치락뒤치락해 나는 고꾸라지듯 지하출구를 빠져나왔다.

　아니치코프 다리 아래로 흐르는 폰탄카 강으로부터 남쪽의 리고프스키 대로에 이르기까지 네프스키 대로의 우편右便 곳곳 또한 도스토옙스키를 세세히 추억한다. 19세기 중후반 작가와 그 가족들이 머물었던 페테르부르크의 주소지는 행정구역상 모스크바 구역의 제1, 2크바르탈●을 벗어나지 않는다. 이를테면 루빈슈타인 거리 13번지에 있는 콘서트홀은 당시 예술가 클럽(후에 협회)이 자리 잡고 있었고 유형과 해외 체류기간을 모두 보내고 난 작가가 1870년대에 자주 드나들었던 곳이다. 『미성년』의 집필을 막 끝낸 도스토옙스키가 이곳에서 열린 어린이 연말음악회 욜카에서 머리를 식혔다는 글이 1876년 1월 도스토옙스키가 독자적으로 발간한 잡지 『작가 일기』에 나오기도 한다. 그런가 하면 젊은 날 폰탄카 강변을 비탄에 빠져 거니는 도스토옙스키의 모습은 『가난한 사람들』에서 이렇게도 나타난다.

> 다리 위에는 눅눅한 과자 부스러기와 다 썩어가는 사과를 파는 노파들이 앉아 있었는데 하나같이 더럽고 옷은 축축하게 젖어 있었어요. 폰탄카를 산책하는 게 재미없어지더군요! 발밑에는 축축한 화강암 보도, 양옆에는 연기에 그을려 시커먼 아파트들, 발밑에 깔려 있는 안개, 머리를 치켜 올려도 또 안개……. 오늘 저녁은 그렇게 슬프고 암울했습니다.[6]

해당 범위 내 가장 남쪽에 위치한 리고프스키 대로에는 공병학교 입시 준비로 아버지, 형과 함께 머물렀던 퇴역 대위의 아파트가 있고, 걸어서 5분 거리에는 그가 공병학교를 졸업하고 잠깐의 복무 이후 본격적인 글쓰기 작업으로 들어가 발자크의 『외제니 그랑데』를 러시아어로 번역하며 머물렀던 블라디미르스키 대로 11번지의 아파트도 있다. 네프스키 대로 맞은편이긴 하지만 반대편에서도 바로 보이는 마야콥스키 거리 초입에는 마차 제

● 19세기 페테르부르크는 서른 개의 경찰 관할 구역으로 나뉘어 있었고 각각의 구역은 다시 '크바르탈kvartal'로 갈라져 있었다. 1867년 이후에는 '크바르탈' 대신 '우차스토크'라 불렀다.

작자 표트르 야코블레프의 저택이 자리 잡고 있다. 네크라소프●가 살았던 곳으로 도스토옙스키가 지인 그리고로비치의 소개로 『가난한 사람들』의 초고를 들고 그를 찾아갔던 곳이기도 하다. 인근의 포바르스코이 페레울록 13번지는 작가와 함께 공병학교를 다녔던 육군 소장 콘스탄틴 이바노비치 이바노프가 머물렀던 곳이다. 그는 옴스크에서 근무하던 중 시베리아 유형기를 막 통과해낸 작가를 다시 만났고 이후 이곳 페테르부르크에서도 만남을 이어나갔다. 이바노프는 데카브리스트의 딸이기도 한 그의 아내와 함께 간질 발작으로 고생하는 도스토옙스키를 극진히 보살폈고, 1870년대 초 페테르부르크의 이 아파트로 이주해 와 작가의 안정적인 쉼터가 되어주었다고 한다.

니콜라옙스카야 거리(현 마라트 거리)에서 안나 그리고리예브나가 겪은 일화는 이후 단편 「백 살의 노파」의 모티프가 되기도 했다. 1876년 3월 초 어느 볕 좋은 날 안나는 남편의 『작가 일기』 출판과 관련한 업무를 위해 이 거리 8번지에 위치한 인쇄소에 들른 참이었다. 사무실로 가려고 지하로 들어가려던 찰나 문 앞 벤치에 등이 굽을 대로 굽은, 무덤에 세 번은 들어갔다 나왔을 법한 노파가 앉아 쉬고 있는 모습을 보았다. 15분쯤 지나 볼 일을 보고 나와 같은 길 4번지에 위치한 어린이 옷 가게로 들어가려던 그녀는 좀 전의 그 노파가 이번에는 이 가게 앞 의자에 앉아 있는 것을 발견하고는 알은체의 표시로 미소 띤 얼굴로 가볍게 고개를 끄덕여 인사를 보냈다고 한다. 가게에서 딸의 신발을 사가지고 나와 걸어가니 이번에는 2번지 앞 계단에 쭈그리고 앉은 노파가 다시 보였다. 그제야 그 노파와 얘기를 나눈 작가의 아내는 그녀가 백다섯 해를 살았다는 것과 손주들을 만나러 가는 길이라는 것을 알게 되었다. 안나는 노파에게 동전 몇 닢을 건네주었고 노파의 가

● 19세기 러시아의 시인으로 일찍이 평론가 벨린스키의 눈에 띄어 등단했다. 잡지 「동시대인」과 「조국 수기」의 편집인이었다.

족들에게 복을 빌어주었다. 집에서 얘기를 전해 들은 작가는 이 구도에 살을 붙여나가서, 손주들을 만난 노파가 대화 도중 갑작스럽게 가족들이 지켜보는 가운데 평화롭고 조용한 죽음을 맞이하는 이야기를 만들어냈다.

블라지미르스키 대성당이 있는 블라지미르스키 광장은 이 모든 주소지를 찾아보는 중요한 이정표가 되는데, 당연한 일이겠지만 도스토옙스키는 집 가까이에 있던 이 성당을 자주 찾았고 그곳에서 시무하던 신부들의 이름이 작가 부부의 메모 속에도 자주 등장하곤 한다. 다가온 죽음의 징조처럼 객혈이 시작되었을 때 고해성사를 위해 작가의 집으로 불려 온 이도 저 성

1 블라지미르스키 광장에 서 있는 도스토옙스키 동상.
2,3 현재의 센나야 광장과 1841년의 센나야 광장.

당의 니콜라이 신부였다. 1997년 광장 남단에는 깍지 낀 두 손을 무릎 위로 올리고 여전히 수심에 찬 얼굴을 한 도스토옙스키의 동상이 세워졌다. 알렉산드르 넵스키 수도원 내 티흐빈스코예 묘지에 세워져 묘비를 대신하고 있는 조각을 제외하고는 상트페테르부르크에서 찾아볼 수 있는 유일한 작가의 형상이다.

이제 조금 더 서쪽으로 움직여본다. 센나야 광장 주변이다. 지금도 상트페테르부르크 시내에서 가장 복잡한 구역 중 하나임에 분명하다. 건초를 쌓아놓고 파는('센나야'란 건초를 뜻하는 '세노'에서 나온 말이다) 대규모 시장으로 많은 사람들이 오가게 된 이 지역은 도스토옙스키가 인근 스톨랴르니 페레울록 9번지 아파트에 살았던 19세기 후반, 빈민가와 사창가가 밀집한 지역으로 악명을 떨쳤고 소위 우범지역으로 분류되었다. 그 가운데 『죄와 벌』이 탄생했다. 1866년의 일이었다.

거리는 지독하게 무더웠다. 게다가 후텁지근한 공기, 혼잡, 여기저기에 놓인 석회석, 목재와 벽돌, 먼지, 근교에 별장을 가지지 못한 페테르부르크 사람이라면 누구나 다 알고 있는 독특한 여름의 악취, 이 모든 것들이 그렇지 않아도 혼란스러운 청년의 신경을 한꺼번에 뒤흔들어놓았다. 이 지역에 특히 많은 선술집에서 풍기는 역겨운 냄새와 대낮인데도 끊임없이 쏟아져 나오는 술 취한 사람들이 거리의 모습을 더욱 불쾌하고 음울하게 만들고 있었다. (……) 센나야 광장에서 가까운, 사창가가 운집해 있는 페테르부르크 한복판에 위치한 이 거리와 골목은 수공업자들과 공장 노동자들이 우글거리는 낯선 풍경을 연출하고 있었으므로, 색다른 모습을 한 사람과 만난다고 해서 놀라는 것이 오히려 이상할 정도였다.[7]

라스콜니코프가 정확히 730보를 세며 전당포에 이르던 그날로 돌아가

1 도스토옙스키가 1864~1867년까지 살았던 카즈나체이스카야 거리의 올론킨 아파트.
여기서『죄와 벌』이 집필되었다. 2『죄와 벌』에서 라스콜니코프의 집으로 설정된 곳.
3 라스콜니코프의 집에 붙은 석판에는 "페테르부르크 이 지역 주민들의 비극적 운명은
　　도스토옙스키에게 인류 전체를 향해 선의 존재를 열정적으로 증거하게 하는
　　토대가 되었다"고 씌어 있다. 4『죄와 벌』에서 소냐 마르멜라도바의 집으로 설정된 곳.

나도 골목을 누비다가는 라스콜니코프의 기개와는 비교도 할 수 없는 나약
함과 위선만을 자신에게서 확인하고 뒤돌아섰다.

　그러다 몇 년 후 가을이 절정에 들어선 때, 벨리키 노브고로드●를 거쳐

─────────────

● 러시아의 고도古都. 소련의 작가 막심 고리키의 고향이 고리키 시에서 니즈니 노브고로드로 변경되자 노브고로
　드는 크고 위대하다는 뜻의 '벨리키'를 앞에 붙여 구분 지었다.

스타라야 루사 페레리티차 강변.

인근 작은 마을을 찾아가게 된 것은 물론 도스토옙스키 때문이었다. 노브 고로드로부터 한 시간 반가량 떨어진 지방 도시 스타라야 루사●를 흐르는 페레리티차 강변에는 표도르 미하일로비치 도스토옙스키가 소유했던 여름 별장이 서 있다.『작가 일기』와 안나 그리고리예브나의『회고록』에 스타라야 루사라는 지명이 끊임없이 등장하는 탓에 그곳에 대한 궁금증이 일지 않을 수 없었다. 페테르부르크에서의 주소지가 여럿이라고는 하나 모두 월세를 내고 세 들어 살았으니 온전한 자기 소유의 집은 이곳이 유일하다.

1872년 한 성직자의 집을 세내어 이 마을에서 여름을 보냈던 도스토옙스키는 저렴한 물가와 요양지라는 최적의 환경에 매료되어 이듬해 지금의 박물관 주소지에 있던 퇴역 장교의 주택 2층을 임대해 또다시 여름을 보냈다. 여름이면 어김없이, 때때로 가을과 겨울까지 가족과 이곳에 머물며 글을 써내려가던 작가는 집주인이 타계한 1876년 건물을 구입해 가족의 소유로 만든다. 스타라야 루사는 13세기에서 14세기까지 노브고로드 공국에 질 좋은 소금을 독점적으로 납품해 이름을 날린 이력이 있으나, 모스크바를 중심으로 주변의 크고 작은 공국들이 통일을 이룬 15세기 말 무렵에는 러시아의 지경이 넓어진 탓에 다른 소금 산지들이 생기면서 소금 납품지로서는 쇠퇴했다. 하지만 식염천이 흐르고 진흙 목욕을 할 수 있어 휴양지로서는 여전히 인기가 있었다. 또 스타라야 루사는 12세기 말 이후 굵직한 정교 사원들이 차례로 자리 잡을 만큼 정교 문화의 지역 중심지로서도 기능했다. 간질 치료에 늘 신경을 써야 했고 정교 신앙 안에서 영혼의 쉼을 갈구했던 도스토옙스키에게는 좋은 조건이었다.

오늘날에도 제법 인기 있는 휴양지라고는 하나 방문객의 눈에는 어쩔 수 없는 퇴락의 흔적이 역력해 보였다. 그러나 눈부시게 빛나는 가을 태양 가

● 고대 러시아의 이름인 '루시'에 오래되었다는 뜻의 형용사 '스타라야'를 붙인 이름.

1 도스토옙스키의 여름 별장 외관.
2 1층에서 2층으로 오르는 계단실의 색유리.

운데 초록 목조 가옥 앞에 당도했을 때는 그 지역의 낙후함 따위를 금세 잊
고 작가의 별장 손님이 되었다. 모퉁이에 자리 잡은 집이기에 건물이 면한 거
리의 이름 또한 둘이다. 도스토옙스카야 나베레주나야(도스토옙스키 강변도
로)와 피사쳴스키 페레울록(작가 골목). 스타라야 루사에서 도스토옙스키를
거두어 간다면 무엇이 남을까?

1층 두 개의 홀은 도스토옙스키가 살던 당시나 지금이나 때때로 다양한
용도 변경이 이루어지고 있는 듯했다. 생활공간인 2층은 6개의 방으로 나
뉘어 있는데 1층에서 2층으로 오르는 계단 끝에서 바로 보이는 색유리가 인
상적이다. 방 모퉁이를 지키고 서 있는 노파에게 당시의 것인지를 물으니 그
렇다고 한다. 베란다의 붉은색 나무 마루 위로 노랗고 파란 유리 빛이 나비
날개처럼 내려앉고 있었다. 삐걱거리는 계단, 독특한 색감의 유리는 모두 이
집의 엄연한 증인이 되어 우리를 맞이한다.

이어지는 현관방—페레드냐야라는 이 공간은 2층 공간으로 들고 나기 위
한 곳이지만 어엿한 하나의 방이다—에는 작가의 실크햇과 가죽 장갑, 그가

1 도스토옙스키의 실크햇과 가죽장갑.
2 도스토옙스키의 책상. 작품 구상을 위한 메모와 스케치가 보인다.

하루도 거르지 않고 최선을 다해 읽던 신문들이 펼쳐져 있다. 비단과 가죽의 결은 어찌나 섬세하고 고운지 만지지 못하고 눈으로 보고만 있는데 그 시선에라도 긁힌 자국이 생겨버릴 것만 같다. 쓰는 행위에만 열중해 실제 '삶의 흐름'과는 멀어질까봐 염려하던 작가는 '생동하는 삶'의 팩트에 따라 자신이 사유하기를 바랐고 그런 의미에서 신문을 성경과 나란히 두고 죽을 때까지 손에서 놓지 않았다.

안나가 즐겨 앉던 풍금이 있는, 이 집에서 가장 격식을 갖춘 가구들로 꾸

여름 별장에 걸린 라파엘로의 〈시스틴의 성모〉와 한스 홀바인의 〈그리스도의 시신〉 모사본.

며진 거실을 지나면 도스토옙스키의 서재로 들어선다. 작가는 이 방에서 『악령』을 완성했고, 『미성년』의 몇 장을 썼으며, 그 유명한 〈푸시킨 연설〉을 위한 원고를 작성했고, 『카라마조프 가의 형제들』 대부분을 썼다. 이곳에 거주하고 나서 얼마간 시간이 흐르자 러시아 전체에 더욱 이름이 난 도스토 옙스키에게 매일 적지 않은 편지가 도착했다고 한다. 편지 봉투에 "친애하 는 도스토옙스키 선생께, 노브고로드 구베르나 스타라야 루사에 있는 그의 소유 집 앞"이라고 쓰인 것이 보인다. 편지의 내용은 실로 다양했다고 한다. 작품을 읽고서 소감을 밝히는 글에서부터 자신의 도덕적 고민을 해결하기 위한 조언을 구하는 부탁에 이르기까지. 그는 실제로 이 질문들에 답하는 데 많은 시간을 할애했다고 전해지며 서신 왕래의 증거가 남아 있기도 하다.

한편 그의 서재에는 라파엘로가 그린 〈시스틴의 성모〉와 한스 홀바인의 〈그리스도의 시신〉, 티치아노의 〈성전 세〉의 모사본이 차례로 걸려 있다. 그 가 생전에 가장 좋아했고 사본을 집필실에 걸어두고 늘 보았으며 이런저런 모양으로 작품 구상에 도움을 얻었던 그림들이다. 작가의 상트페테르부르 크 아파트에도 걸려 있던 〈시스틴의 성모〉는 구름처럼 허공에 떠서 강보에

식당에 놓인 그랜드피아노.

쌓인 아기를 안고 자애로운 얼굴로 서 있다.

식당에는 그랜드피아노가 놓여 있고 그가 가장 좋아하는 작곡가였다는 베토벤의 얼굴을 그린 스케치가 걸려 있다. 식사 후 자주 열렸던 낭독회에서 그의 주된 레퍼토리에는 실러의 『군도』를 비롯해 바실리 주콥스키와 니콜라이 카람진, 고골, 푸시킨 등 러시아 작가들의 작품과 찰스 디킨스, 빅토르 위고의 작품들이 포함되었다. 그와 동시에 아이들에게 가장 열렬히 읽어준 책은 성경이었다. 아이들을 돌보는 일에 그가 집착에 가까운 관심을 가진 것은 두 명의 자녀를 일찍 잃은 것에 대한 회한이 그를 끊임없이 괴롭혔기 때문이기도 했다. 박물관 안내문은 그가 "아이들이 참석한 식탁에서 어른들만의 주제를 가지고 이야기를 이어가는 법이 없었다"고 전하고 있다.

아이들 방 바로 앞에 가장 소박한 모습으로 자리 잡은 공간이 안주인 안나 그리고리예브나의 방이다. 다른 무엇보다도 소파에 가지런히 놓여 있는 가죽 서류가방이 눈에 먼저 들어오는데 그녀가 남편의 초고를 보물처럼 넣어가지고 편집자들을 만나러 다녔던 것이라 한다. 평생 경제적 자유라고는

안나 그리고리예브나의 방과 그녀가 도스토옙스키의 초고를 넣어 다니던 서류가방.

누려보지 못한 남편의 삶에 기꺼이 뛰어들어 실제적인 문제들을 손수 해결하려 동분서주했던 이 여인의 노고는 러시아 문학계의 큰 행운이었다.

뜰은 상당히 넓었다. 화려한 색감의 꽃들이 계획에 따라 심겨진 화단 같은 것은 없었다. 흰칠한 자작나무와 전나무가 보기 좋게 서 있고, 텃밭 같은 것들과 건물의 외벽과 같은 색으로 칠해진 벤치가 드문드문 있었다. 담장 너머 상황도 크게 다르지 않았다. 동네 자체가 어찌나 고요한지 강변에서 시끄럽게 떠드는 존재라곤 때마침 좋은 날을 맞은 오리들뿐이다.

집 뒤편에는 바로 정교회 건물이 눈에 들어온다. 러시아의 기원을 말해주는 '루시'라는 이름도 모자라 오래되었다는 뜻까지 이름으로 안은 이 지방 도시에서 작가는 비로소 자기 이름으로 된 집도 하나 얻고, 대도시 페테르부르크에 비해 몇 분의 일도 되지 않는 생활비로 비교적 풍성한 삶을 누렸다. 이웃들의 삶과 사회적 사건 속에서 자신이 창조해낸 인물들에 생동감을 불어넣으며 영적 안정감을 주는 교회에도 마음껏 드나들면서 그는 말년을 보냈던 것이다.

안나 그리고리예브나의 초상.

Fyodor Mikhailovich
Dostoevskii

열병을 지나 다다른 곳

도스토옙스키와 바덴바덴

인터넷 사이트 즐겨찾기 목록에 팟캐스트 〈정은임의 영화음악실〉을 추가했다. '정영음'으로 불리며 영화 보기와 세상살이를 연결해주는 그 목소리가 묵묵히 울려 펴지던 1990년대 중반의 기억들에 젖어 있자니 감개무량하다. 그런데 이십 년 전 목소리를 찾아 떠나는 여행이 있는가 하면, 백 년 전 인물을 찾아 이야기 속의 이야기를 직조해나가는 팬심fan心도 있다. 인생을 걸 만한 팬심에 빠져 바덴바덴—물론 그는 소련 밖을 실제로는 여행해본 적이 없었다—을 찾았던 사람, 레오니드 치프킨을 따라 나도 이제 막 바덴바덴의 주교구성당 앞마당에 내린 참이다.

기차가 속력을 늦췄을 때 그는 눈을 떴다. 창밖으로는 바덴바덴 역의 촘촘한 붉은 벽돌 건물들이 천천히 흘러가면서 멈추고 있었다. 안나 그리고리예브나는 창에 눈을 대고는 역의 건물들과 플랫폼을 서성거리는 사람들을, 마치 마중 나온 누군가가 있기라도 한 듯 바라보고 있었다. 이곳이 바로 생생히 살아 있는 진짜 바덴바덴인 것이다. 그녀는 이미 남편과 함께 바덴바덴의 중심가인 리히텐탈러 거리를 산책하고 있는 자신을 떠올리고 있었다. 이 거리는 잘 차려입고 한껏 멋을 부린 사람들이 휴가를 보내는 곳이라고들 했다. 그녀는 레이스가 달린 검은색 숄을 주름이 달린 화려한 의상으로 바꾸어 입을 것이었다. 그래야 페쟈에게 행운이 올 것이기 때문이었다.[1]

1926년 민스크에서 태어난 유대인 의사 레오니드 치프킨은 나치군 침공과 스탈린의 유대인 탄압 시기를 거쳐 서른 무렵부터 모스크바에 거주했다. 반체제적인 사고를 지닌 지 오래였으며, 글쓰기에 골몰했고 글 솜씨 또한 빼어났으나 생계에 대한 불안으로—금전적인 압박과 소비에트 당국의 감시로부터 평생 자유롭지 못했다—죽을 때까지 '혼자 쓰고 혼자만 읽는' 글쓰기를 계속했다. 그의 마지막 소설이 된 『바덴바덴에서의 여름』은 1977년에 집필을 시작해 1980년에 탈고했다고 전해지는데, 그는 1982년 심장마비로 사망하고 만다. 사망 무렵 미국의 러시아 이민자 잡지 『노바야 가제타*Novaya Gazeta*』에 글이 실리기는 했으나 미국에서의 정식 출간은 그의 사후 이십 년 만에 이루어졌다(이 책은 1987년 영어로 번역되어 런던 쿼테트 북스Quartet Books에서 출간된 바 있다. 미국에서는 2001년 펭귄 판으로 출간되었는데 수전 손택이 서문을 써서 유명세를 탔다).

"너 아직도 도스토옙스키한테 빠져 있는 거니?" 어머니의 친구이자 레닌그라드에서 그를 환대하는 노파 갈랴의 말에서 보이듯 치프킨은 도스토옙스키를 추적하는 여행을 시작한다. 실제로 그가 발로 움직이는 경로는 모스크바의 레닌그라드 역에서 기차를 타고 레닌그라드의 모스크바 역*에 내려 도스토옙스키가 대표작들을 집필했던 집과, 작품 속 인물들이 거주하던 지역의 모델이 되었던 곳을 거쳐 지금은 작가의 박물관으로 꾸며진 '죽음'의 집(작가가 죽음을 맞이한 집인데 이러한 애칭은 그의 작품명 『죽음의 집의 기록』과 겹쳐진다)을 찾아가는 것이지만, 그가 풀어놓는 이야기의 주된 무대는 도스토옙스키가 도박에 빠져 여비를 전부 잃고 만 독일의 온천 휴양지 바덴바덴이다.

치프킨은 아마도 도스토옙스키 전집*이며 그에 대한 온갖 연구서와 평

---

* 러시아 대도시의 기차역은 목적지에 따라 이름이 붙는다. 모스크바에 있다고 해도 레닌그라드 행 기차가 출발하는 곳은 레닌그라드 역이 되고, 키예프 행 기차가 출발하는 곳은 키예프 역이 된다

전 등을 통달한 듯하다. 자신이 탄 기차가 트베리에서 잠시 섰다고 전하더니 곧 유형에서 돌아와 관리들에게 읍소하는 트베리 시절의 도스토옙스키를 떠올린다(도스토옙스키는 시베리아 유형을 마치고 상트페테르부르크로 가기 전 트베리에서 지낸 적이 있고 이때의 아내는 마리아 드미트리예브나 이사예바였다). 그러다 도스토옙스키가 두 번째 드레스덴 방문 시기에 거주했던 모퉁이 집에서 써내려가기 시작한 『악령』의 무대가 이 소도시 트베리의 질척한 거리인 것처럼 말한다. 그는 마치 『악령』의 주인공 스타브로긴과 그 추종자 표트르 베르호벤스키가 눈앞에 있는 양 묘사하는데 "만약 필요하다면 살인이라도 할 것 같은 회색빛 얼굴"을 한 베르호벤스키가 자신의 학창시절 동급생이었던 아무개를 떠올리게 한다면서 그 동급생이 "자기 일에 질리고 지쳤"으며 "자기 말의 아주 필수적인 요소이기라도 한 듯 알아챌 수도 없이 특이하게 욕설을 사용했다"고 기억해낸다. 이렇듯 치프킨의 소설 속에서는 레닌그라드를 향하고 있는 20세기의 '나'와 러시아를 떠나 쫓기듯 유럽을 떠도는 19세기의 '그'(도스토옙스키), 그리고 같은 시기 그가 형상화했던 인물들의 이야기가 별도의 설명 없이 마구 교차된다. 그 흐름을 좇아 이야기의 맥락을 파악하려는 과정에서 독자는 세기를 넘나드는 이야기의 전개에 속도감을 느끼지 않을 수 없고 19세기의 러시아와 20세기의 소비에트 사회가 놀라울 정도로 닮아 있다는 생각을 하지 않을 수 없게 된다.

'문학의 신'이 아닌 인간 도스토옙스키를 그린 안나 그리고리예브나(작가의 두 번째 부인)가 쓴 『회고록』의 내용에 크게 의지하고 있는 것이 분명한 레오니드 치프킨의 소설에는 발작을 일으키고, 도박판에서 헤어나지 못하고, 잘 차려입지 못한다고 아내를 타박하는 괴팍하고 나약한 표도르 도스토옙스키—종종 애칭 페쟈로 불리는—가 장편소설 속 주인공으로서 흥미롭게

◆ 이 전집은 무려 30권이다. 길고 짧은 소설들뿐 아니라 월간지로 펴내던 「작가 일기」, 편지, 메모 등도 포함되어 있어 보통 사람들이 이를 다 챙겨 읽기란 쉬운 일이 아니다.

프리드리히 욕장과 쿠어하우스.

형상화되고 있으며, 백 년 전 그의 고뇌가, 소비에트 몰락 직전의 모스크바와 레닌그라드를 발 딛고 살아가는 레오니드 치프킨의 힘겨운 여정, 꼬리를 무는 물음들과 무리 없이 오버랩된다.

도스토옙스키는 1862년 이래 모두 여덟 차례의 유럽 여행을 하게 되는데, 그때마다 도박장이 있는 휴양도시들을 들러 처절한 도박판을 벌이곤 했다. 그리고 그러한 여행 중에는 작가와 묘한 관계에 있던 폴리나 수슬로바가 함께하기도 했다.

그는 안나와 결혼한 뒤에도 요양을 위해, 대가족 부양의 중압감으로부터 일시적으로라도 해방되기 위해, 혹은 채권자들로부터 물리적으로 피해 있기 위해 스위스와 독일, 이탈리아 등지로 쫓기듯이 떠나곤 했다. 안나와 재혼한 직후인 1867년부터 1871년까지 4년에 걸친 유랑이었다. 그러니까 내겐 이 한가로운 목욕의 도시—바덴바덴은 그 이름 자체가 목욕탕을 뜻한다—가 도스토옙스키의 고통으로 일그러진 얼굴, 그리고 그 얼굴을 어루만지는 안나의 한없는 측은함의 손길과 다름없다.

언덕배기에 있는 성당 앞에 차를 세우고 구르듯이 경사를 달려 내려와 바로 근처에 있는 프리드리히 욕장이니 저 뒤편에 있다는 카라칼라 욕장이니 하는 것들엔 눈길도 주지 않고 그저 빠르게 걷고 걸어 쿠어하우스^{Kurhaus}를 찾은 것은 바로 그 때문이다. 표도르 도스토옙스키와 레오니드 치프킨의 시간들을 모두 등에 업고 가볍지만은 않은 마음으로 찾은 바덴바덴이었고 때는 유럽인들의 바캉스 기간이었다.

그는 이제 짝수 패로든 홀수 패로든, 아니면 높은 패로든 낮은 패로든 거의 이기지 못했다. 비가 오든 바람이 불든, 1457보로 맞추어 걷기에 성공하든 실패하든 마찬가지였다. 카지노 건물로 들어가면서 모자와 젖은 우산을 수위에게 건네준 후, 계단을 올라 도박 홀로 들어섰다. 그는 두근거리는 가슴으로 낯선 사내를 찾아보지만 그 사내는 보이지 않았다. 그와 마주친다면 다시 어깨를 부딪칠지 확신하지 못했기 때문에 그는 가벼운 마음으로 숨을 내쉬곤 했다.[2]

잔뜩 흐린 하늘이더니 쿠어하우스 앞뜰을 한 바퀴 둘러보고 있을 때 굵고 무거운 빗방울이 떨어져 머리며 어깨에 꽂혔다. 휴대용 접이 우산 하나로 버티다가 바람까지 불어대니 쫓기듯이 정원의 정문 쪽으로 뛰어 큰 나무 그늘 아래 숨어보았으나 날이 쉽게 개일 것 같지 않아 비 피하기는 이내 포기하고 건물 안으로 발걸음을 옮겼다. 쿠어하우스는 의심할 여지없이 카지노다. 물론 콘서트홀이 있고 격식을 갖춰 입고 들어가야 하는 레스토랑이 함께 입점해 있지만, 초록 카펫에 초록 커튼이 무겁게 드리워지고 담배연기가 자욱하게 샹들리에를 파고드는 신기루 같은 카지노의 존재감을 뒤엎기에는 역부족이다.

독일의 휴양지 바덴바덴에 7월의 저녁이 내리고 있었다. 먼 곳, 슈바르츠발

쿠어하우스 카지노.

트나 튜링거발트쯤의 하늘에 보랏빛 먹구름이 걸려 있고, 그 너머 더 먼 곳 어 딘가에는 번갯불까지 번쩍이고 있었다. 좀 더 도시 쪽으로 가까이 오면 도시 를 둘러싸고 있는 언덕이 있으며, 그 언덕에는 빽빽이 초목이 자라고 있었다. 또 붉은 벽돌로 된 알테스 성과 노이에스 성이 보이고, 뾰죽이 솟아 있는 탑들 과 오래된 기사들의 성도 볼 수 있었다.[3]

과연 러시아인들이 전통적으로 즐겨 찾는 휴양지가 맞기는 한 모양이었 다. 콘서트홀의 프로그램을 홍보하는 각종 브로슈어들 중에는 드미트리 흐 보로스톱스키의 이름도 보였다. 그야 이미 세계적인 바리톤이 된 지 오래지 만, 왠지 바덴바덴에서의 콘서트는 러시아인들만을 위한 것처럼 보일 정도 였다. 차이콥스키와 라흐마니노프, 무소륵스키 등으로 짜인 프로그램이었 으니 이러한 느낌이 과한 것은 아닐 것이다.

우아하고 한가로운 휴양도시에 있는 카지노는 사실 심심풀이 소일거리 이상은 아닐지 모른다. 그러나 페쟈에게는 달랐다. 이 사실이 그를 괴롭게 했을 것이다. 다른 이들에겐 그저 근사한 사교의 장이었을 쿠어하우스 근처 에서 그는 투르게네프나 곤차로프 같은 주머니가 두둑한 소위 '나리' 출신 작가들과 마주쳤다. 그들은 "엔지니어 출신이 벼락출세를 해서 작가입네 하 고 다닌다"(도스토옙스키가 공병학교를 졸업하고 관련 업무에 종사했던 적이 있기에 그렇게 비아냥거렸던 것으로 보인다)며 페쟈의 기를 죽이기 일쑤였고, 그런 상대 를 만나면 감정이 격해지고 금세 후회할 어리석은 난동을 부리게 되는 것이 었다. 그러고는 룰렛 앞으로 달려갔다. 애초에는 산처럼 높이 쌓인 금화를 긁어모으겠다고 덤벼들었으나, 종국에는 이런 지지부진한 나를 넘어서보 겠다는, 잃기 위해 안달인 사람의 발악과도 같은 시간들로 이어졌다.

흡사 지체 높은 귀족의 저택 앞마당처럼 잘 정돈된 잔디밭엔 비가 부슬 부슬 내리는데도 스프링클러가 쉴 새 없이 돌아가고 있었다. 물 뿌리는 일이

쿠어하우스 옆의 트링크할레와 코린트 양식의 기둥에 기대어 담배를 피우는 여인.

물기를 주기 위한 목적에서가 아니라 그냥 복도에 그림 한 장 걸어놓듯 눈을
시원하게 하기 위해서인 것처럼.

　바로 옆에 서 있던, 코린트 양식의 기둥이 꽤 우아하게 정렬된 트링크할레
Trinkhalle(온천수를 마시기 위한 홀)에 비를 피하려고 들어갔을 때, 비에 젖을
락 말락 난간에 기대어 말없이 담배만 피우고 있는 휴양객 차림의 중년 여

성 하나가 눈에 들어왔다. 목욕탕과 카지노가 있는 흥청망청한 분위기란 말은, 그저 피상적인 관찰자만이 가책 없이 쓸 수 있는 지루한 표현일 것이다. 갑자기 얄타라든가, 흑해의 휴양지를 무대로 안톤 체호프가 그려낸 단편 「개를 데리고 다니는 여인」 중 한 장면이 떠오를 정도다. 물론 주인공 안나 세르게예브나처럼 말없이 혼자 서 있으나 하얀 스피츠는 보이지 않는다.●

이제 괴테 광장을 지나쳐 리히텐탈러 거리를 걷는다. 치프킨이 "잘 차려입은 커플들이 산책하는 리히텐탈러 거리의 샛길 중 한 곳에서 헤진 옷을 입은 안나 그리고리예브나는 단호한 걸음으로 빠르게 걷고 있다"던 바로 그 바덴바덴의 대표 산책로다. 실제로 보는 거리는 회고록이나 소설을 읽을 때보다 훨씬 우아하고 아름다웠다. 쿠어하우스에서 나와 걷는다면 왼편, 정교회 쪽에서 접근한다면 오른쪽에 맑은 오스 강Oos Bach이 보기 좋게 흐르고 반대편에는 극장, 미술관, 갤러리, 시립박물관 등이 줄지어 서 있다. 우후죽순으로 생겨날 법한 카페나 여타 상업시설들은 별도의 제재가 있는 모양인지 극소수에 지나지 않았다. 아주 단정한 모습의 거리는 잔디와 가로수가 풍성하게 넓은 공간을 차지하고 있어서 공원 안에 있는 산책로 같은 느낌이 들 정도다. 이 가로수 길의 나이도 3백 년을 훌쩍 넘었다고 한다.

시립박물관에서 방향을 틀어 베르톨트 거리로, 다시 빌헬름 가로, 그러니까 점점 더 폭이 좁은 길로 접어들었다. 아르누보 스타일로 꾸며진 장미정원 Gönneranlage으로 가는 길이다. 작은 빗방울을 머금은 꽃잎이 유난히도 생기 있게 보이는 가운데 그리 덥지 않은, 휴양지다운 공기의 조건이 유지되고 있었다. 주변을 둘러보니 어느새 우리들뿐이다. 지나치는 건물마다 기품 있

● 「개를 데리고 다니는 여인」은 각각 가식적인 결혼생활을 유지하며 살아가던 두 남녀가 휴양지에서 스치듯 만나 사랑의 감정을 느끼고 불륜에 빠진다는 단순한 구조의 이야기다. 살아 있는 감정의 교류와 윤리적 혼돈 사이에서 갈등을 겪는 ─ 그러나 실제로는 결단의 시간이 유예되었을 뿐인 ─ 주인공들의 섬세한 심리를 포착함으로써 진실한 삶에 대한 질문을 던진다.

리히텐탈러 거리 옆 녹지와 장미정원.

고 우아하다. 예쁘장하게만 치장하려 애쓰지 않고 자연스럽게 연륜을 쌓아
온 분위기라서 방문객들의 평균 연령과 흡사한 분위기를 지니고 있는 건물
들이다. 장미정원은 이런 곳이다. 담쟁이 식물로 이룬 벽이 자연스레 너른 공
간을 구획하고 있고, 때때로 물 흐르는 소리가 주위를 환기시키는 곳. 이름
은 장미정원이지만 주가 되는 것은 오롯이 초록이요, 낮은 채도의 파스텔 톤

72

꽃들이 그저 은은히 초록을 비추는 그런 곳이다. 옷차림에서 자연스럽게 멋이 흐르는 여인들이 많았다. 나는 잠시 앉아 손에 든 안드레이 타르콥스키의 일기를 읽었다. 타르콥스키 또한 도스토옙스키의 취향이나 습관에까지 관심이 많았다.

도스토옙스키는 두 자루의 촛불 밑에서 독서를 하였다. 그는 램프를 좋아하지 않았다. 그는 일하는 동안 많은 담배를 피웠으며 이따금 진한 차를 마셨다. 그는 단조로운 생활을 영위하였다. 그가 좋아한 빛깔은 바다의 파도 빛이었다. 그는 흔히 자신의 여주인공들에게 바로 그 빛깔의 옷을 입혔다.[4]

장미정원을 나오니 러시아 정교회가 나타났다. 러시아인들이 모이는 곳에 정교회가 없을 리 없다. 규모 면에서 보자면, 교회라기보다 출근길 신자들이 잠시 들러 성호를 긋고 하루를 시작하곤 하는 기도실인 차소브냐 Chasovnya 정도밖에 안 돼 보였다. 그래도 어김없이 이콘은 몇 군데 걸려 있

장미정원 인근 정교회.

었는데, 이것은 러시아 철학자 예브게니 트루베츠코이가 '미래 인류의 원형'
이라고 칭했던, 정교회를 이해하는 데 필수불가결한 요소다. 트루베츠코이
는 이콘화에 그려진 성인들의 쇠약한 얼굴이 자기만족적인 육체의 왕국에
낯선 규범을 대조시킨다고 적었다.

정교회 건물에서 오른쪽으로 나 있는 언덕으로 쭉 뻗은 길을 가니 이제
는 파베르제 뮤지엄까지 발견하고 만다. 파베르제는 러시아 황실에 달걀 모
양의 정교하고 화려한 장식물을 납품하던 프랑스 혈통의 보석 세공인이었
다. 가볼까 싶었지만 그만두었다. 그보다는 빨리 약국을 찾아야 했다. 팔목
에 며칠간 매달려 있던 메탈 장식이 땀이라는 지원군을 만나 알레르기 증세
를 날로 심하게 만들고 있었기 때문이다. 팔목에서 시작된 물집은 어느새
팔꿈치 부근까지 번져 있었다. 여름이라 감추려야 감출 수도 없는 환부였으
나 지난 며칠간 이 증세 때문에 사람들과 눈을 맞추고 얘기를 나눌 때마다
매우 위축되는 자신을 발견할 수 있었다. 그러한 위축감은 고질적인 질병이
있어도 심해질 것이고, 경제적인 압박감이 있어도 그럴 것인데 도스토옙스
키는 그 모든 경우에 해당되었다. 룰렛 앞에 선 작가 자신의 경험이 녹아들
어간 장편『도박꾼』의 구절들을 살펴보자.

"그럼 당신은 결국 룰렛이야말로 유일한 탈출구이자 구원이라고 여전히 확
신한다는 건가요?" 하고 그녀는 비웃듯이 물었다. 나는 다시 한 번 아주 진지
하게 그렇다고 대답했다. 반드시 돈을 딸 것이라는 내 확신에 대해서라면. 우
습게 들려도 어쩔 수 없다. 그건 나도 안다. '그러나 나를 그냥 내버려만 두라.'[5]

도스토옙스키는 룰레텐부르크Ruletenburg(룰렛의 도시. 작가가 생각했던『도
박꾼』의 원제이기도 하다)에서 극도의 흥분 가운데 우연에 자신을 의탁하는
인물의 이야기를 통해 인간 본성과 사회를 분석한다. 주인공이 설명하는 러

시아인의 성격과 도박의 관계는 다음과 같다.

"문명화된 서구인이 선행과 덕성의 신조로 취급하는 것이, 역사적으로 아마도 주된 항목인 듯한데, 바로 자본을 손에 넣는 능력이지요. 그런데 러시아인은 자본 획득에 무능력할 뿐 아니라 도리어 그것을 함부로 아무렇게나 허비해버립니다. 그렇긴 하지만 우리 러시아인들에게도 돈은 역시나 필요한 것이지요." 나는 덧붙였다. "그래서 결과적으로 우리는 그러한 능력을 매우 기뻐하고 또 갈망하는 것입니다. 예를 들어 룰렛 앞에서 단 두 시간 만에 힘들이지 않고 갑자기 부자가 되는 것 말입니다. 이건 엄청난 유혹이지요. 그래서 우리는 쓸데없이 도박을 하고, 일하지 않고, 그러고는 몽땅 잃고 마는 겁니다."[6]

한 등장인물은 룰렛을 아예 '러시아적 게임'으로 규정한다.

룰렛은 무엇보다 러시아적인 게임이지요. 지금까지 당신은 진실했고, 도둑질을 하는 것보다는 어느 집 하인이 되기를 원하겠지요. (……) 그러나 앞으로 어떻게 될지 생각하는 것이 나는 두렵소. 이제 됐소. 잘 있으시오! 물론 당신은 돈이 필요할 테죠? 여기 금화 열 닢을 주겠소. 보나마나 또 다 잃을 테니 더 이상은 안 줄 테요. 받으시오. 그럼 나는 가오. 어서 받으라니까![7]

그는 여기에서도 러시아적 무질서와 서유럽적 질서를 비교한다. 우연성에 휩쓸려가는, 그래서 환상의 영역에 거하는 러시아인(우연성의 과잉이 환상의 상태를 초래한다)과 치밀한 계산과 계획하에 우연성과 환상을 최소화시키는 유럽인을 비교한다(이는 도스토옙스키의 편견일 수 있다).

그러나 환상은 이성적으로 극복될 수 없다는 것이 작가의 견해였다. 환상에 대한 도덕적 판단은 큰 의미가 없다는 것이다. 그 후에도 이 주제는 작가의 주요 주제 중 하나였고, 그의 견해(또는 편견)는 신념으로 발전되어갔다. 다시 치프킨의 말을 들어보자.

이 시기에 그는 특히 슬라브족에 대해 많은 글을 쓰고 있었다. 특히 러시아 민족에게 부여된 신성한 임무, 즉 이성의 압제에서 유럽을 해방시켜야 한다는 임무를 강조하곤 했다. 신이 부여한 이러한 운명의 바탕에는 러시아의 민족정신과 성정이 지닌 특별한 독자적인 성격이 깔려 있다고 그는 생각했다. 이런 주장을 할 때면 그는 하층민들이 쓰는 어휘들을 다양한 맥락과 다양한 뉘앙스로 사용하곤 했는데, 어떤 어휘들은 검열을 통과하기 어려운 것들이었다. 이런 어휘를 사용한 것은 다른 사람들을 모욕하거나 비난하기 위한 것이 아니라, 러시아인의 영혼 안에 존재하는 저 섬세하고 심오하며 심지어는 성스럽다고 할 수 있는 감각을 표현하기 위한 것이었다.[8]

러시아 민담들을 능수능란하게 활용함과 동시에 유럽 문화를 흡수해서 러시아 근대문학어를 확립한 작가인 푸시킨은 '러시아적 문제'를 최초로 설정한 작가이기도 하다. 도스토옙스키는 자신의 정신적 선배가 러시아 비극성의 본질을 러시아 토양으로부터 유리된 인텔리겐치아의 문제로 파악했다고 말하며, 그 해결책은 러시아가 민중적 진실, 곧 러시아 민중이 담지하고 있는 그리스도에게로 회귀하는 것뿐이라고 주장했다. 러시아 철학자 니콜라이 베르자예프는 도스토옙스키의 푸시킨 동상 제막식 기념 연설문("겸손하라, 교만한 인간이여"가 그 주된 어조다)을 언급하면서 그가 러시아 민중의 겸손을 말하면서도 그에 대한 긍지 또한 숨기지 않았다고 분석했다. 실제로 도스토옙스키는 러시아 민중이야말로 유일한, 신을 잉태한 민족으로 여겼으며, 표트르 대제의 개혁에 대해서도 그 의미를 유럽화의 계기나 러시아적인 것의 파괴로 보지 않고, 러시아적인 것이 보편성을 획득해가는 과정이자 계기로 보았다. 이는 서구주의와 슬라브주의의 대립을 넘어 '우리는 누구인가'를 말하고자 하는 시도라고 할 수 있었다. 도스토옙스키를 러시아적인 작가로 보는 동시에 유럽적인 작가로 보아야 한다는 것이 일반적인 견해다. 그는 러시아를 사유할 때 유럽이라는 타자를 늘 의식했다.

　도스토옙스키는 사회적 삶과 사상의 영역에서뿐 아니라 내밀한 영역에서도 괄목할 체험을 하게 된다. 아니 전자의 성취는 후자의 체험에 기초한 신념의 결과라 할 수 있을 것이다. 1871년 4월 도스토옙스키 부부가 아직 유럽에 체류하고 있을 때, 작가는 '더 이상 글을 쓸 수 없을 것'이라는 절망감에 시달리고 있었다. 그때 그의 아내는 작가를 북돋아주기 위해 놀랍게도 룰렛 도박을 하러 가라며 가지고 있던 돈의 절반 이상을 쥐어준다. "새로이 격렬한 감정을 체험하고 도박과 모험을 향한 자기 마음을 충족시키고 나면 표도르 미하일로비치는 안정된 마음으로 돌아올 것이고, 돈을 따겠다는 희망이 얼마나 공허한지 확신하면서 새로운 힘으로 창작에 매진해 2~3주 안에 잃은 돈을 모두 되찾을 것이라는 사실을"[9] 그녀는 알았던 것이다. 도스토옙스키는 신이 나서 도박장이 있는 도시로 떠났고, 결과는 물론 비참했다.

　　표도르 미하일로비치는 나와 아기, 우리 가족에게서 돈을 앗아간 자기 자신을 질책했다. 이 일주일 동안 그가 겪은 극심한 괴로움은 그로 하여금 다시는 룰렛 도박을 하지 않겠다고 결심하도록 만들었다. (……) 표도르 미하일로비치의 룰렛 도박에 대한 마음이 식었다는 이 엄청난 행운을 내가 금방 믿을 수 없었던 것은 당연한 일이다. 사실 그는 이전에도 여러 번 도박을 하지 않겠다고 내게 약속했으나 지킬 수가 없었다. 그러나 이번 행운은 실현되었고, 정말로 마지막 룰렛 도박이 되었다.[10]

에마뉘엘 레비나스* 식으로 표현하자면 도스토옙스키의 고통은 그의 고통에 화답한 안나의 얼굴을 마주 대함으로써 윤리성을 획득했던 것이다. 도스토옙스키는 1871년 4월 28일 아내에게 보낸 편지에서 "이제 나는 결심했소. 거의 십 년 동안(아니, '형이 죽은 후 내가 빚에 짓눌리게 되면서부터'라고 하는 게 낫겠군) 나를 괴롭혀온 혐오스러운 환상이 사라졌소. 나는 그동안 돈을 따는 걸 꿈꾸어왔소. 심각하고도 무섭도록 말이오. 그런데 이제 모든 게 끝났소! (……) 나는 도박에 묶여 있었소. 이제 나는 종종 그랬듯이 도박하는 상상을 하느라 밤을 새는 일 없이 작업에 대해 생각할 것이오"라고 적었다.[11] 그는 이성적 다짐의 감옥과 환상의 늪을 마침내 넘어섰던 것이다.

● Emmanuel Levinas, 리투아니아 출신의 유대계 프랑스 철학자. 기존의 서양철학이 자기중심적 지배를 확장하려 한 존재론이었다고 비판하면서 타자에 대한 책임을 강조했다.

〈영면한 도스토옙스키〉, 이반 크람스코이, 드로잉, 1881년 1월 29일.

침모니카에 있는 톨스토이 집에 놓인 가족 사진 액자.

Lev Nikolaevich Tolstoi

깨어 있는 불안한 양심이 갈망한 것은

톨스토이와 하모브니키

집에 있는 책들 중에는 표지와 속지 전체가 분리되거나 속지 일부가 찢어져서 넓적한 투명 테이프로 응급수술을 마친 것들이 제법 되는데, 그중 가장 난해한 수술 대상은 뭐니 뭐니 해도 아이들 책이다. 특이한 판형이라서, 함께 실려 있는 그림이 좋아서, 그리고 무엇보다 아이와 함께한 추억이 아까워서, 더 이상 그 책을 찾지 않게 된 후에도 버리지 못하고 있는 것들 중에 『필리폭』*이 있다.

한 시골 마을에 필리폭(필립)이란 남자아이가 살았다. 형이 학교에 갈 때면 자기도 따라가겠다며 일어서지만 어머니는 아직 어리다며 한사코 집에 있으라고 한다. 아버지는 숲으로 일하러 나가고 어머니도 볼일을 보러 집을 나가면 필리폭은 페치카 앞에서 할머니와 시간을 보낸다. 어느 날 할머니가 졸음을 이기지 못해 꾸벅꾸벅 조는 사이 필리폭은 집에 남아 있던 아버지의 털모자를 주워 쓰고는 형이 다니는 학교로 달려간다. 학교는 건넛마을에 있기 때문에 다리가 푹푹 빠지는 눈길을 걷는 것도 힘겹지만 생경한 동네의 낯선 집 마당을 지날 때마다 늑대 같은 개들이 짖어대는 통에 공포에 휩싸인다. 우여곡절 끝에 학교 마당에 들어서니 이번엔 어찌 저 안에 들

● 한국에 번역된 책 제목은 『학교에 가고 싶은 필리폭』(대교아인슈타인, 2004년)이다.

톨스토이가 집필한 어린이책들. 맨 아래 왼쪽에 『필리폭』 표지가 보인다.

어가야 할지 막막해 뒷걸음질 친다. 그때 동네 할머니는 "다들 공부하고 있는데 너는 뭐하고 있느냐"며 필리폭을 다그치고 엉겁결에 아이는 문을 열고 교실로 들어선다. 누구냐는 선생의 물음에 아무 말도 못하고 있다가 울음을 터뜨린 아이를 보고 그제야 마음이 누그러진 선생은 반 아이들에게 상황을 설명해달라고 부탁한다. 아이들은 그가 반 친구 코스차의 동생이며 늘 학교에 오고 싶어 했는데 부모님이 말려서 여태 못 왔다고 설명한다. 선생은 활짝 웃으며 부모님께 허락을 받아줄 테니 앞으로 학교에 나오라고 말하고, 아이는 좋아서 형에게서 배운 글자 읽는 법을 서툴게 시연해 보인다. 큰 털모자 속에 빨간 볼을 감춘 아이를 그린 귀여운 삽화가 있는 이 이야기의 작가는 레프 니콜라예비치 톨스토이다.

독서 경험이 많지 않은 사람들도 톨스토이의 작품 한두 개쯤은 쉽게 떠올릴 수 있는데, 아마 그가 교훈적인 내용이 담긴 짤막한 이야기들을 많이 남긴 것도 이유 중 하나일 것이다. 러시아에는 특히 취학 전 아이들에게 읽어줄 만한 톨스토이의 귀여운 동화들이 적지 않게 출판되어 있다. 그는 현재까지도 세계적으로 가장 영향력 있는 작가 중 하나로 손꼽히지만, 일반 독자들은 이 위대한 영혼의 소유자를 대단한 도덕주의자이며 잘 다듬어진 성자의 아이콘쯤으로 여겨 가장 종교적인 작가로 추앙하기도 한다. 반면 일부 전문가들은 그가 사상가로 전향한 이후 주목할 만한 작품을 내지 못했다며 폄하하기도 한다. 그만큼 그의 실제 사정을 파악하는 일은 간단치 않아 보인다.

레프 톨스토이는 1828년 8월 28일 남러시아 툴라 근교의 영지 야스나야 폴랴나(러시아어로 '빛나는 들녘'이라는 뜻)에서 태어났다. 1844년 카잔 대학에 입학하지만 곧 공부를 그만두고 영지로 돌아왔다. 농민들의 계몽에 사명감을 가지고 투신하지만 별 성과를 거두지 못했다. 이후 다소 방탕한 생활 태도를 보이는가 싶더니(모스크바와 페테르부르크를 오가며 여자에 탐닉하고 재

영지 야스나야 폴랴나.

산을 탕진한 것도 사실이다) 크림 전쟁에 참전하고 다시 고향으로 돌아와 농민 학교를 여는 등 농민 속으로 들어가는 삶을 계속해서 시도했다. 지주로서 영지 내의 농민 생활을 개선하려는 이상주의는 번번이 벽에 부딪혔으나 그를 절망케 한 것은 외적인 실험들의 초라한 성과라기보다 모순된 자신의 내면을 직시할 때의 모멸감이었다. 1852년 『유년 시대』를 발표해 시인 니콜라이 네크라소프의 지지를 얻어내며 작가로서 성공적으로 출발한 그는 그로부터 십 년 뒤인 1862년 소피아 안드레예브나와 결혼한다. 하지만 지극히 현실주의적인 세계관을 가진 아내와의 불화는 이미 예고된 것이나 다름없었다.

톨스토이 순례지 중 가장 중요한 장소라면 물론 그의 영지 야스나야 폴랴나일 것이다. 그러나 생활이란 으레 그렇듯 교외 전차를 타고 몇 시간씩 이동해 나들이를 즐길 만한 여유가 없었던 것이 당시 모스크바에서 나의 처지였다. 그러니 야스나야 폴랴나까지는 엄두를 못 내도 하모브니키라면 사정이 달랐다. 학교나 집에서 버스를 타고 프룬젠스카야 강변도로를 따라 조금만 내려가면 언제든 쉽게 가볼 수 있었다. 게다가 이 하모브니키 지역에 있는 톨스토이의 집은 독특한 매력을 지니고 있으니, 자신의 신념을 펼칠 이상적인 공간이었던 야스나야 폴랴나를 뒤로하고 내키지 않는 도시 생활을 시작한 톨스토이가 여전히 내적 자유를 위한 스스로의 싸움을 멈추지 않고 계속해간 흔적을 여기서 꼼꼼히 살펴볼 수 있기 때문이다. 자신의 생활 패턴에 아쉬움이 많을 수밖에 없는 도시 생활자들에게 적잖은 위로가 되는 공간이다.

영지 야스나야 폴랴나를 떠나 수차례 모스크바를 방문하기도 하고 잠시 머물기도 하던 톨스토이는, 1881년 가족과 함께 아예 이곳으로 이사해 근 이십 년에 이르는 길고도 복잡한 모스크바 생활에 들어간다. 그의 나이 쉰세 살. 톨스토이가 『전쟁과 평화』(1869년), 『안나 카레니나』(1877년)를 발표

모스크바 하모브니키의 톨스토이 집 전경.

하며 작가로서 안정적인 궤도에 오른 후이자 깊은 정신적, 세계관적 위기를 겪고 있을 때였다.

모스크바로 이주한 것은 그의 아내 소피아의 희망이었다. 아이들의 교육 문제가 그 이유 중 하나이긴 했지만, 시골 생활을 즐기던 톨스토이와 달리 그의 아내는 도시에서 자란 도시 체질의 여인이었다. 호사가들은 그녀를 악처로 치부하곤 하지만, 결혼 후 각자의 세계관에 차이가 많다는 것을 뒤늦게 알아버린 부부가 세상에 어디 한둘이겠는가. 게다가 톨스토이 백작의 경우에는 극과 극을 달리는 거듭된 전향을 거쳤으니 소피아 안드레예브나만을 일방적으로 매도한다면 그녀로서는 억울한 면도 없지 않을 것이다. 그럼에도 지극히 현실적인 감각을 따르며 상류사회의 번쩍거리고 시끌벅적한 사교문화를 즐기는 아내와 살려니 톨스토이로서도 괴로웠던 것은 사실이리라. 번화한 지역에 집을 구해 몇 주간 생활해보았지만 도시의 소음과 손님들의 잦은 방문은 그의 집필 활동에 큰 걸림돌이 되었다. 그러다가 이 집을 발견했다. 도시를 떠나야만 실현될 수 있을 것 같은 그의 이상과 도시를 쉽게 떠날 수 없는 그와 주변의 현실이 하모브니키라는 공간을 절충안으로 받아들이게 한 것이다.

넓은 뜰이 있는, 시골다운 한적함이 있는 공간이 그의 맘에 들었다. 봄, 여름, 가을, 겨울 각 계절마다 서로 다른 풍경으로 저마다의 교훈을 보여주는 이 집의 정원을 걷는 시간이 나도 좋았다. 톨스토이의 생활 철학이 스며 있는 그의 모스크바 집을 많은 사람들이 찾는다. 사람들은 톨스토이의 집을 쳐다보고 있는데, 정작 그는 또다시 그 집을 떠난다.

톨스토이의 집이 위치한 하모브니키 지역은 세력가들이 이곳 땅을 소유하게 되면서 17세기경부터 알려지기 시작했다. 당시 궁정에 직물을 공급하던 트베리 직물업자들이 자리 잡기 시작한 이후로 이 지역은 섬유 가공업으로 유명한 곳이 되었다고 한다. 그가 살던 시기에도 이 집은 삼면이 이런 공

톨스토이의 서재와 겨울의 뒷뜰.

장들과 일꾼들의 기숙사로 둘러싸여 있었는데, 그들이 빚어내는 부지런하고 분주한 소리가, 개인과 사회의 운명을 고민하던 그를 탁상공론에 머물지 못하게 했다고 작가는 고백하고 있다.

하모브니키 저택의 구조는 다음과 같다. 아래층과 위층 한쪽은 매입 당시 그대로 두고, 대신 위층을 넓혀 높은 천장을 지닌 큰 방 세 개를 만들었다. 그 옆으로는 긴 복도를 사이에 두고 기존의 작은 방 여럿이 있다. 한쪽은 지금의 레프 톨스토이 거리로 창을 내었고, 반대편 창들은 널따란 정원을

1 썰매가 놓여 있는 헛간. 2 톨스토이가 타던 자전거. 3 소박한 부엌 집기들.

향하고 있다. 야스나야 폴랴나와 마찬가지로 어떠한 전기시설도, 수도관도, 하수시설도 설치하지 않았고, 유력한 백작의 저택이라고 하기엔 가구와 식기 등 생활 집기가 상당히 절제된 모습이다. 수리를 마친 건물에는 방이 모두 열여섯 개가 되었다. 아래층에는 식당과 주인 부부의 침실, 아이들 방, 가정교사와 하녀를 위한 방들이 있다. 위층의 높은 천장 쪽에는 손님들을 위한 넓은 응접실이 있고, 기존의 낮은 천장 쪽에는 둘째 딸 마리아의 방, 하녀의 방, 톨스토이의 서재와 집무실이 꾸며져 있다.

본관 주위에는 별채가 자리 잡고 있는데, 톨스토이의 작품을 출판하던 그의 아내(소피아 안드레예브나는 레프 톨스토이의 원고 정리를 돕고 저작권을 관리하며 작품 출판에도 적극적으로 개입했다)와 출판업자 가족이 출판 사무실로 쓰던 건물이다. 옆으로 마구간과 헛간, 부엌도 보인다. 그러나 작가가 가장 아끼던 공간은 혼자 생각에 잠기곤 하던 정원이었다.

그는 자신의 일상사가 다음과 같은 삶의 기본적 태도에 합하게 되기를 소망했다.

자신을 위해서가 아니라 남을 위해 살 것, 숭고한 뜻만 좇을 것이 아니라 지금 있는 자리에서 작은 개선을 위해 열심히 일할 것.

이를 바탕으로 다음과 같은 네 가지 일일 실천 덕목이 정해졌다.

"육체노동, 정신노동, 수공 일을 할 것, 사람들과의 사귐."

아침 7시면 일어나 서재와 작업실을 스스로 청소하며 하루를 시작했고, 말을 돌보고 썰매를 손질하기도 했으며, 신발은 직접 만들어 신었다. 예순일곱 살에 자전거 타는 법을 배워 타기 시작했고, 아이들과 함께 말타기와 썰매타기를 즐겼으며 평범한 사람들처럼 살고 싶어서 최소한의 검소한 의복만을 지녔다. 간소한 삶의 실천을 목적으로 스스로에게 술, 담배, 육식을 금했다. 안락한 생활 속에 자신의 삶을 좀먹도록 방치하지 않는, '항상 깨어 있는 불안한 양심'은 러시아 지성의 전통이라고 할 수 있었다.

톨스토이는 초기작 『카자키(코사크 사람들)』(1863년)●에서 주인공을 통해 이렇게 토로한다. "민중에게 문명화의 징후가 덜 보일수록, 그 민중은 스스로 더 큰 자유를 느끼게 된다."[1] 이것은 이성에 대한 신뢰를 기반으로 한 역사의 진보와의 싸움이었고 정치와 교육, 타락한 종교와의 싸움이었다. 더 정확히 말한다면 그는 그것들과 싸우는 것이 아니라 그것들로부터 벗어나 밖으로 나오라고 촉구한다. 『고백록』(1884년)에는 1857년 스물아홉 살인 그가 첫 유럽 여행에서 받은 인상을 적고 있는데, 파리에서 우연히 사형 집행 장면을 목격하고는 문명의 진보에 기초한 그 어떤 이론도 이 행위를 정당화할

● 삼 년에 걸친 작가의 카프카스 체험이 녹아 들어간 작품으로 한 러시아 귀족과 코사크 여인의 사랑을 그리고 있다. 도시 귀족의 약삭빠름과 나약함에 위대한 자연을 기반으로 한 코사크 사람들의 진실한 삶을 대조시켰다. 투르게네프와 체호프가 극찬한 작품이다.

수 없을 것이라고 말한다.

　단편 「루체른」에는 이 시기에 작가가 체험한 인간성 몰락에 대한 또 다른 이야기가 펼쳐진다. 어떤 티롤 사람이 광장에서 노래를 부르고 있었는데 어찌나 매혹적으로 부르는지 모두가 황홀하게 감동하여 그 노래를 들었다. 그러다가 노래가 끝나고 이 가수가 군중 사이를 돌아다니며 사례를 구하니 군중은 그를 외면하면서 비웃기까지 했다는 것이다. 톨스토이는 마치 그 자신이 돈을 구하다가 거절당하고 비웃음을 산 것같이 모욕감을 느꼈다. 서구 문명이 자랑하는 자유와 평등의 허구성을 목격한 것만 같아 괴로웠다. 여기서도 그는 문명과 야만, 자유와 구속을 측정하는 잣대가 대체 무엇이냐고 거듭 묻는다. 그는 루소식의 자연주의적 생활에서 한 걸음 더 나아가 러시아 농민의 삶에서 희망을 찾았다. 때문에 그에게 일체의 지주 귀족적 삶은 부정되어야 마땅한 것이었다.

　다른 한편으로, 톨스토이의 금욕주의는 사실 주체할 수 없는 육체적 쾌락의 유혹을 그가 얼마나 뿌리치기 어려웠는가에 대한 반증이기도 했다. 톨스토이는 자기 안의 동물과 싸웠다. 사람들은 동물적 생동감을 표현한 그의 초기 소설들을 좋아했지만, 그 자신은 점점 식물이 되고 싶어 했다. 톨스토이의 아내는 작가와 성행위를 하던 장면을 떠올리며 "그는 짐승 같았다"는 표현을 자주 쓰곤 했다. 톨스토이는 노인이 돼서도 성적 환상으로 고통받곤 했다. 그는 음란에 맞서 투쟁했지만 성욕을 끝까지 억누를 수는 없었다. 톨스토이는 죽음이 가까워 올수록 연애의 기억은 삶을 고양시킬 수 없다는 것을 깨닫게 된다. 그러나 몸은 여전히 이성異性이 주는 위로를 그리워한다. 생의 의욕에 대한 감각은 그로 하여금 최고의 작가가 되게 했지만, 그 감각은 그가 성자가 되는 데는 큰 걸림돌이 되었다고 할 수도 있겠다.

　『안나 카레니나』 이후 톨스토이는 장편소설을 포기하기에 이른다(말년에 발표한 『부활』은 예외적인 경우인데 기존 장편과는 다른 성격을 가지고 있다고 해야 할 것이다). 그는 1880년대에서 1890년대에 걸쳐 자신이 고민해온 예술론을 담은 『예술이란 무엇인가』(1897~1898년)에서 예술의 효용이 미의 완성이나 쾌락의 추구가 아니라 감동을 통해 인류의 감정적 소통을 도움으로써 형제 애를 깨닫게 하는 데 있다고 주장하며, 전달 과정에서 가장 중요한 덕목은 명료함과 진실함이라고 말한다.

> 현 세대 예술의 사명은 인류의 행복이 인간 상호 결합에 있다는 진리를 이 성의 영역에서 감각의 영역으로 옮겨, 현재 지배적인 폭력의 자리에 신의 왕 국, 즉 우리 모두에게 인간 삶의 최고 목적으로 여겨지는 사랑의 왕국을 세우 는 데 있다.[2]

> 예술의 임무는 이성적 논리의 형태로는 이해할 수 없고 접근하기 어려운 것을 납득할 수 있고 접근할 수 있게 만드는 데 있다. 보통 진정으로 예술적 체험을 할 때 그는 자신이 이것을 전에 알고 있었으나 단지 말로 표현할 수 없 었던 것으로 느낀다.[3]

•

소위 설교자로서의 정체성이 커지기 시작한 시기에 그가 발표한 중편 『크로이체르 소나타』(1890년)를 살펴보자. 한 객차 안에서 사랑의 본질에 관 한 논쟁이 벌어지는데, 아내의 불륜 사실을 알고 살인을 저지르고 만 한 남 자가 화자에게 들려주는 이야기가 내용의 주를 이룬다. 소설의 제목은 베토 벤의 '피아노와 바이올린을 위한 소나타 9번'의 이름으로 불륜에 빠진 남녀 가 연주하던 곡이다. 주체할 수 없는 욕망의 절정인 성관계와 사랑 없이 일 그러져버린 부부관계 등에 담긴 작가의 환멸이 그대로 드러나 있다.

> 결혼은 존재해왔고 또 지금도 존재하는데, 비밀스러운 어떤 것, 신 앞에서

의무 지워진 비밀을 결혼 안에서 보는 사람에게만 그렇습니다. 그런 사람들에게 결혼은 존재하지만, 우리에겐 아니지요. 우리는 결혼에서 오로지 성관계만을 보고 아내를 맞이하니 기만, 아니면 폭력이 뒤따라옵니다. (……) 흔하게 일어나는 일인데, 남편과 아내가 평생을 함께 살아갈 외적인 의무를 스스로 질 때, 그러다 두 달째부터 벌써 서로를 미워하고 갈라서고 싶지만 그럼에도 여전히 함께 살 때, 저 무서운 지옥이 나타나게 됩니다. 술을 진탕 마셔대고, 서로에게 총을 겨누고, 살해하고, 독살하는 것이지요. 자기 자신도, 상대방도.**4**

　나는 결코 그녀를 배신하지 않았던 남자입니다. 보세요! 다섯 아이들을 놓고, 그녀는 그 음악가 놈을 안았단 말입니다. 그놈의 붉은 입술 때문에요. 인간도 아니지요! 이건 암캐예요. 가증스런 암캐! 옆방은 자신의 삶 내내 사랑으로 대해온 척한 아이들의 방이었어요. (……) 내가 아는 건 말이죠, 아마도 내내 그랬을 거란 말입니다. 아마 그녀는 오래전부터 하인들과 놀아나 사생아를 줄줄이 낳았을 테고 그게 다 내 아이들인 양 지내왔겠죠. (……) 내 심장에 영원 전부터 웅크리고 있던 이 질투란 짐승은 내 심장을 갈가리 찢어놓겠지요.**5**

또 예술적 형상화의 영향력에 대한 경계 또한 스스럼없이 내비친다.

　"그들은 베토벤의 크로이체르 소나타를 연주했어요. 첫 프레스토**presto**(매우 빠르게) 부분 아세요? 아세요?" 그는 소리쳤다. "아! 이 소나타는 정말 끔찍해요. 특히 이 부분이요. 그리고 음악이란 것 자체가 끔찍한 거예요. 이게 도대체 뭔가요? 난 모르겠습니다. 음악이란 무엇인가요? (……) 그건 영혼을 들어올리거나 끌어내리는 방식이 아니라 영혼을 자극하는 방식입니다. 어떻게 애기해야 할까요? 음악은 나로 하여금 스스로를, 내 진짜 모습을 잊게 하고, 나를 내가 아닌 다른 곳으로 데려갑니다. 음악의 영향력 아래서는 실제로 내가 느끼지 못하는 것을 느끼는 것 같고, 내가 이해하지 못하는 것을 이해하는 것 같고, 할 수 없는 것을 할 수 있을 것처럼 느낍니다.[6]

2층 손님용 식당과 1층 가족용 식당.

결혼과 가정에 대한 본질적 고민 속에서도 톨스토이에게는 자녀가 많았다. 음악을 한 큰아들 세르게이와 그림을 그린 큰딸 타치야나, 아버지를 꼭 닮은 작은딸 마리아 외에도 네 명의 자녀들이 이곳으로 이주해 살았고, 이곳에서 세 명의 아이들이 더 태어났다. 방문객 또한 끊임없었는데, 톨스토이는 번잡한 모임을 즐기지 않았지만 사람들이 자신을 찾는다면 굳이 마다할 권리 또한 없다고 여겨 그들을 맞았다. 예술인들을 특히 반겼는데, 알렉산드르 스크랴빈, 세르게이 라흐마니노프, 니콜라이 림스키코르사코프 등의 음악가들이 그를 찾아와 콘서트를 열었다. 일리야 레핀, 니콜라이 게, 발렌틴 세로프, 빅토르 바스네초프, 바실리 폴레노프 같은 화가들이 그의 가족들을 화폭에 담기도 했고, 안톤 체호프, 막심 고리키, 니콜라이 레스코프, 이반 부닌 등의 작가들이 그와 대화하기를 즐겼음은 물론이다. 사람들은 그의 말을 존중했다. 그는 깊이 생각한 바를 말하고, 말한 것은 반드시 행하려 애쓰는 사람이었기 때문이라고 그들은 입을 모았다.

하모브니키 시기의 후반에 톨스토이는 두호보르파(세계형제단 그리스도교 공동체)*와 교류를 시작하고, 그 지도자였던 표트르 바실리예비치 베리긴과 십오 년에 걸쳐 편지를 주고받았다. 장편 『부활』(1899년) 등의 인세는 세계형제단의 캐나다 이주비용에 헌금되었다. 사유재산, 음주, 육식, 맹세, 군 복무 등에 대한 부정과 거부는 톨스토이에게 새로운 것이 아닌 그리스도의 부활 현상으로 받아들여졌다. 베리긴이 "문자는 사람을 죽이고, 학교는 전쟁을 가르친다"며 문자와 책, 학교 교육을 비난했음에도 불구하고, 톨스토이는 기성 종파와 확연히 차별되었던 세기말의 '신新 그리스도인'들에게서 사상적 동지를 발견했다. 여전히 책의 효용성을 옹호했으나, 이미 자신의 초기 저

● Dukhobor, 러시아어로 '영靈의 투사'라는 뜻. 18세기의 러시아 정교회에서 독립한 교파의 신도. 영혼의 소리를 최고 권위로 삼고, 영혼의 전생轉生을 믿으며, 그리스도의 신성神性과 교회 설립을 인정하지 않고, 세속적인 권위에 반대해 납세·병역 따위를 거부했다. 1886년부터는 '세계형제단 그리스도교 공동체Christian Community of Universal Brotherhood'로 알려지게 된다.

니콜라이 게, 〈레프 톨스토이 초상〉, 캔버스에 유채, 207×73cm, 1884.

작들을 부정했던 그에게 성자들의 공동체적 성취가 눈앞에 펼쳐지는 광경
은 감격스러운 것이었다. 톨스토이는 1897년 최초의 노벨평화상 수상을 거
부하며 세계형제단에 평화상을 수여할 것을 재단 측에 제안하기도 했다.

1901년 9월, 열아홉 해 겨울을 이곳에서 보내고 톨스토이는 모스크바를
떠났다. 그리고 사망하기 한 해 전인 1909년 여행 삼아 모스크바 근교를 찾
은 적이 있을 뿐이다. 소피아는 남편의 죽음 이후, 이 집을 모스크바 시에 기
증했고, 집기들은 톨스토이 협회에 넘겼다. 수리를 거쳐 1921년 이곳은 국
립 톨스토이 박물관으로 세상에 개방되었다.

타르콥스키가 자신의 예술론 격인 『봉인된 시간』에서 러시아 지성의 특
징이라고 주창한 "강한 책임감에 사로잡혀 있으며, 자신의 만족이라는 것
을 멀리하며, 이 세상의 불행한 사람들에 대하여 동정심에 가득 차 있으며,

믿음과 자비 그리고 이상을 올곧게 추구하는 성품"[7]을 톨스토이는 분명히 지니고 있었다. 이상주의자이면서 쾌락주의자였던 자신의 젊은 날에 대한 환멸이 평생을 따라다녔던 한편, 농노제와 전제정치의 폐해를 비판하고 농민학교를 열어 계몽과 자립에 열정을 쏟은 말년에도 그는 정신적 궁핍함을 떨칠 수 없었다. 그의 가차 없는 정직성은 자신의 실천에 만족할 수 없었다. 이러한 톨스토이의 모순적 성향과 실천에 대해 러시아 출신의 망명 철학자 세묜 프랑크●는 톨스토이가 "열정적이고 현세적이고 죄 많고 격렬한 존재로서 자연발생적 충동이 그를 인도하는 모든 것을 부정하고 그 모든 것에 대항한 싸움을 거쳐 종교적 빛에 다가간다"[8]고 적고 있다.

1894년 일기에서 톨스토이는 '삶이 신으로의 유일한 길'이라는 신념을 다음과 같이 적고 있다. "아니다, 이 세상은 농담이 아니다. 영원으로 가기 위한 시험의 계곡이 아니다. 영원한 세상 중의 하나이며, 아름답고 기쁨에 차 있다. 이 세상은 함께 사는 이들과 우리 이후 이곳에서 살아갈 이들을 위해 더 아름답고 더 기쁘게 만들 수 있을 뿐 아니라 그렇게 만들어야만 하는 세상인 것이다."[9]

대작가 톨스토이조차도 종종 진부한 표현들을 남길 때가 있다. 그러나 저 싸움의 멍에를 스스로 지고 진리의 추구로 돌진했던 그 인간의 크기로 인해 톨스토이는 이러한 문장들에서조차 위대하다.

전기 작가 제이 파리니가 그려낸 작가의 말년 이야기『톨스토이의 마지막 정거장』은 톨스토이의 죽음을 둘러싼 정황을 이해하기 위한 흥미로운 도구가 된다. 당시 두 입장이 대립했다. 한쪽은 소피아 안드레예브나로 대표되는 가족으로, 그들은 당연히 저작권 및 재산의 상속을 원했다. 다른 한쪽은

● 러시아 은시대(19세기 말~20세기 초)의 철학자로, 개인과 인민의 자유와 사회적 창조가 전통과 종교의 가치와 대립하는 것이 아니라 상호 결박되어 있음을 보여주는 것을 자신의 주요 과제로 삼았다.

블라디미르 체르트코프로 대표되는 톨스토이주의자들로, 그들은 톨스토이를 이상으로 대했고, 톨스토이의 잡다한 고뇌를 그로부터 거세하기를 원했다. 톨스토이의 아내는 평범한 욕구를 가진 여자였고, 세심한 관심과 물질적 안정을 원했다. 톨스토이는 추종자들에 둘러싸여 있는 것을 즐겼했다. 작가의 저작권을 놓고 소피아는 가족에게, 체르트코프는 민중에게 속하게 하느라 혈투를 벌인다. 톨스토이 자신은, 민중에 대한 의무감과 가족에 대한 책임감 사이에서 고민한다. 톨스토이의 아내는 남편에게 동성애 죄목을 덮어씌우려고 한다. 톨스토이주의자들은 작가의 아내가 대작가의 아내로서 자격 미달이라고 생각한다.

톨스토이는 이들 모두로부터 떠나 홀로 죽음을 맞이한다. 1828년 귀족가문의 일원으로 영지인 야스나야 폴랴나에서 태어난 톨스토이는 1910년 가출한다. 그러나 그의 가출이 가족을 비롯한 주변 사람들과의 불화와 그들의 몰이해 때문이라고만 보는 것은 물론 지나친 단순화다. 그는 자신의 신념과 실제 삶의 괴리에 대해 극도로 민감했다. 농민과 노동자들 사이에서 단순한 삶을 살 수 있기를 열망했다. 그러나 그는 태생적으로 귀족 지주였다. 러시아 출신의 문학 연구자로 도스토옙스키의 평전을 쓴 바 있는 콘스탄틴 모출스키는 도스토옙스키가 『미성년』에서 "예술적 틀 속에 카오스의 풍경을 담는 역설적 과제를 수행하려 했다"면서 "이 소설의 사회-철학적 관념, 소설의 줄거리와 주인공들은 톨스토이와 전적으로 대치된다. 『전쟁과 평화』의 주인공들은 자기들의 출생에 대한 충실성에서 견고하다"[10]라고 지적한다. 그의 사상적 전향 이전의 작품인 『전쟁과 평화』에 대한 지적이라지만 톨스토이 분석에서 여전히 유효한 틀로 작용하는 관점이다. 자신의 이상과 출신 사이의 괴리감을 돌파하려는 가차 없는 정직성의 끝에 톨스토이의 가출과 죽음이 있다고도 할 수 있을 것이다.

그는 삶을 있는 그대로 긍정하며 그것을 열렬히 추구하면서도 늘 그 너머에 대한 의식에서 자유로울 수 없었다. 『고백록』에서도 인정하고 있듯이 그의 세계관의 중심에는 죽음에 대한 두려움이 자리 잡고 있었다. 그러나 이는 동물적 본능과 구별되는 "생의 유한성 앞에서의 공포, 생의 무의미성 앞에서의 공포"였다.

이렇듯 그의 가출은 현세적, 내세적 성격을 복합적으로 지닌 행동이었을 것이다. 러시아의 상징주의 시인이자 이론가인 뱌체슬라프 이바노프는 이 마지막 순간을 극적으로 표현해낸다.

쉼 없는 인간적 지향의 마지막 외침, 그리고 뒤이어 세상 끝으로부터 들려오는 듯한 무언가를 환영하는 감탄사, 현세의 고통스러운, 내세의 탄성을 지르는 이 두 소리가, 무수한 영혼의 미로 속에서 자신의 혼란스러운 반응으로 순간적 접촉의 사건과 무수한 영혼의 일치를 통해 진실된 하나 됨을 이루었다.[11]

집을 나간 톨스토이는 감기가 폐렴으로 번져 결국 아스타포보 역에서 생을 마감한다. 그리고 그의 삶과 죽음은 우리에게 질문으로 남겨진다. 톨스토이는 『이반 일리치의 죽음』(1886년)에서 오랜 육체적, 정신적 고통 끝에 죽음을 맞는 이반 일리치의 임종 장면을 다음과 같이 묘사하고 있다.

어떤 두려움도 없었다. 죽음도 없었기 때문이다. 죽음 대신 빛이 있었다. (……) 죽음은 끝났다. 그는 자신에게 말했다. 죽음은 더 이상 없다.[12]

죽음과 함께 죽음은 끝나며 비로소 자유의 빛을 맞이하는 것인가?

야스나야 폴랴나에서의 톨스토이와 소피아.

Novodevichy Monastery,
Aleksander Nevsky
Monastery

망자들의 숲

노보데비치 수도원, 알렉산드르 네프스키 수도원 묘지

나의 창 아래
하얀 자작나무,
그 위를 덮은 눈은
영락없는 은.

눈으로 테를 두른
솜털 가지들엔
하얀 술들
꽃을 피운다.

잠 덜 깬 정적 속에
자작나무가 서 있고
금빛 불꽃 속에
눈송이들이 타오른다.

아침빛은 느릿느릿
큰 원을 그리며
새로 은가루를

가지들에 흩뿌린다.

—세르게이 예세닌, 「자작나무」, 1913년[1]

전나무, 때로는 자작나무로 거대한 대륙을 이루는 숲들을 어렵지 않게 만날 수 있는 곳이 러시아라지만, 이도 모스크바나 상트페테르부르크 같은 대도시에서는 어림없는 일이다. 차를 타고 얼마간 달려 나가면 그래도 숲다운 숲을 경험할 수 있겠지만 그도 큰맘 먹어야 가능한 게 고단한 하루를 보내는 도시 생활자의 처지다. 그럴 땐 이내 묘지로 발길을 돌리게 된다.

나이에 상관없이 불안은 늘 따라다닌다. 뜻있게 잘 살아보겠다는 생각이 젊은 날엔 당당한 권리처럼 느껴지다가도 어느 날 슬그머니 내려놓은 의무 같아져서 문득 서글퍼지기도 한다. 묘지에서라면 이러한 괴리감도 그대로 안은 채 얼마간 시간을 보낼 수 있다. 죽음 앞에 선 생生이라는 사실만큼 확실한 것이 또 어디 있을까? 러시아의 두 수도(상트페테르부르크 시민들은 자신들의 도시를 한사코 '북쪽 수도'라 부른다)는 산책 코스로 좋은 대표적인 묘지공원을 하나씩 품고 있다. 모스크바 남서쪽에 있는 노보데비치 수도원과 상트페테르부르크 네프스키 대로 남동쪽 끝에 있는 알렉산드르 네프스키 수도원이다.

오리가 떠다니는 빛나는 연못가에 붉은 벽돌담으로 둘러싸인 노보데비치 수도원은 16세기에 지어졌다. 스몰렌스크 탈환 기념으로 건립된 수도원이라지만 종탑과 크고 작은 교회들이 조화롭게 배치된 모습은 평화롭기만 해서 그 호전적인 건립 배경을 떠올리기가 쉽지 않다. 그러나 따지고 보면 이 수도원은 매우 권위적인 성격이 강하기는 하다. 장소 자체가 요새적인 특징을 지닌데다가 크렘린 내에 위치한 성모승천사원과 마찬가지로 왕족 및 귀족들을 위한 전용 묫자리를 뒤편에 따로 마련해둔 것이다. 여성 수도원인

노보데비치 수도원 묘지의 입구와 내부. 조용히 산책을 즐기기에 그만이다.

까닭에 지체 높은 가문의 처녀와 귀부인들이 자신의 신앙적 의례를 행하기 위해 수시로 드나들기도 했고 때로 왕족 여인들이 자의로, 혹은 타의로 은둔생활을 하기도 했다. 이러한 세력가들을 위한 자리이기에 훗날 그 권위를 빌려 명망 있는 예술가와 정치가들이 그 부속 묘지에 차례로 안치될 수 있었다.

묘지 입구로 들어서면 군대나 정치판에서 세력 다툼을 하던 인물들의 묘비가 즐비하다. 흐루시초프 같은 공산당 서기장도 어른 보폭으로 서너 걸음 정도 되는 공간만을 차지할 정도다. 묘비들은 보통 고인의 대표적인 업적이나 인물됨을 주제로 다양하게 형상화된 탓에 조각작품을 볼 때처럼 심미적 차원에서도 감상하게 되는데 그런 관점에서라면 이 세력가들의 묘비란 차라리 그냥 지나치는 편이 낫다. 그러나 침묵의 시간을 위해서라면 곳곳에 놓인 벤치에 앉아 묘비가 되었건, 그 옆에 흙둑을 뚫고 나와 돌기둥을 휘감아 올라가는 들풀이 되었건 내키는 대로 바라보고 있으면 그뿐이다. 방문객들이 제법 많은데도 그들은 약속이나 한 듯 말이 없다. 시간을 일부러 쪼개어 들른 사람이라도 마음이 바쁘다면 차분하게 앉아 있지 못하는 곳인 까닭에 그들에게는 묵상의 자세가 보인다. 삶의 소용돌이 속에서 괴로워하는 자신을 잠시 쉬게 할 요량이라거나 동경하는 특정 인물의 뒤를 좇아온 것임에 틀림없다.

제각기 다르게 생긴 묘비들을 훑으며 다니다보면 낯익은 이름들이 속속 눈에 들어온다. 종종 도시 여행의 처음이나 마지막에 2층짜리 관광버스를 타거나 강줄기를 따라 흘러가는 유람선을 타는 것과 마찬가지 심정으로 묘비 사이를 거닐게 될 때도 있다. 그 나라, 그 도시를 무대로 금빛 날개를 한껏 펼쳐 날아간 사람들의 이름을 살피는 것은 여행지를 이해하는 또 다른 접근법이다. 또 이 대단한 인물들의 이름을 읊조리다보면 모스크바의 수많은 기념비적 장소들 가운데 어느 곳을 방문하면 좋을지 감을 잡을 수 있을지도 모른다.

빈 하늘에 흔들리는 자작나무를 고요한 평화 속에 그리던 19세기 풍경화가 이삭 레비탄의 묘비는 그의 그림들만큼이나 여백이 많은 단출한 모습이다. 가장 러시아적인 풍경이 무엇이냐고 물을 때 언제나 제일 앞서 이름을 올릴 만한 작가다. 볕이 좋아 수도원 묘지를 찾았다가 비석에 새겨진 레비탄

1 이삭 레비탄의 묘. **2** 이삭 레비탄, 〈호수. 루시〉, 캔버스에 유채, 149×208cm, 1900.
3 니콜라이 고골의 묘. **4** 안톤 체호프의 묘.

의 이름을 보고는 그가 그린 풍경이 눈앞에 펼쳐져 결국 트레티야코프 미술관으로 발길을 옮긴 때가 적지 않다.

19세기 작가 니콜라이 고골의 경우엔 그리스나 로마의 대리석 조각상 마냥 원기둥 위로 흉상을 앉혔다. 여학생 같은 단발머리를 하고 그의 대표작처럼 어깨에는 외투를 걸쳤다. 우크라이나 출생인 그는 로마와 팔레스타인 지방에 잠시 머물기도 했지만 그가 쓴 작품의 주 무대는 페테르부르크다. 사망지가 모스크바인 까닭에 모스크바에 잠들어 있지만 우리는 북쪽 수도에서 그의 유령을 만나게 될 것이다. 물론 모스크바는 그의 미완성 유작『죽은 혼』이 바쳐진 도시임에는 틀림없다.

희곡과 단편소설로 많은 사랑을 받은 안톤 체호프의 묘비는 또 어떤가. 인간 본연의 심성을 소중히 품은 집 같기도 하고, 조용한 기도처 같기도 한 모습이다. 모스크바 시내 곳곳에는 '빌레티'라고 쓰인 매표소가 수도 없이 많다. 이 도시를 찾는 관광객들에게야 볼쇼이 극장에서 보는 〈백조의 호수〉가 최고라지만, 이곳 모스크바 시민들의 문화생활을 더 자주, 지속적으로 책임지는 곳은 오히려 볼쇼이 극장 옆 말리 극장이라든가 치스티예 프루디에 있는 사브레멘닉(동시대인) 극장, 아르바트 뒤편에 있는 바탕고프 극장, 그리고 카메르게르스키 페레울록에 있는 소위 므하트MKHAT라고 불리는 모스크바 예술극장 등이다. 〈벚꽃 동산〉이나 〈갈매기〉로, 〈세 자매〉로 체호프를 제대로 만날 수 있는 곳은 바로 이곳들일 것이다. 특히 공식 이름에 '체호프 기념'이라는 표현이 따라붙는 므하트의 경우에는 그 상징 문양이 '갈매기'다. 〈갈매기〉는 상트페테르부르크에서 처음 선보였으나 당시엔 혹평을 면치 못했다가 스타니슬랍스키와 단첸코가 결성한 므하트에서 새롭게 소개되면서 관중의 큰 호응을 얻었다.

20세기 작가 미하일 불가코프는 그저 한 개의 돌덩어리로 남았다. 소비에트 사회의 어두운 단면을 환상주의적 기법 속에 모두 묻을 수밖에 없었던 그는 죽어서도 검은 돌 하나로 굳어졌다. 이 우크라이나 출신의 의사는 일생을 보낼 결심을 하고 1921년 무일푼으로 모스크바로 이주했다. 프레치스텐카 거리와 오스토젠카 거리 사이에 있는 만수로프스키 페레울록 9번지는 그의 유작『거장과 마르가리타』가 쓰인 곳이다. 때문에 모스크바 시민들은 이 집을 '거장의 집dom mastera'이라 부른다.

표도르 샬랴핀도 있다. 20세기 전반 최고의 베이스 가수였던 그의 묘에는 거구의 남자가 다리를 꼬고 앉아 먼 곳을 응시하고 있다. 흡사 이반 뇌

1 미하일 불가코프의 묘. 2 표도르 샬랴핀의 묘. 3 알렉산드르 골로빈,
〈보리스 고두노프로 분한 표도르 샬랴핀의 초상〉, 캔버스에 복합매체, 211.5×139.5cm, 1912.

제˙나 보리스 고두노프˙가 환생한 것 같은 모습으로 우리에게 영원히 기억
될 샬랴핀의 자취는 모스크바 중심가의 원형순환도로인 사도보예 콜초의
한 부분을 이루는 노빈스키 불바르의 기념관에서 찾아볼 수 있다. 이 집에
는 1910년대, 소위 '은시대'■를 대표하는 예술가들이 모여들어 나누었던 고
민의 흔적들이 가득하다. 1층 한편에 있는 하얀 방White Hall에 들어서면 오
래된 전축 위에서 군데군데 녹슨 핀이 튕겨지는 가운데 지금은 구하기도 힘

● 이반 4세의 별칭. 군사적으로 외교적으로 강한 러시아를 만드는 데 성공했던 치세 전반부의 업적과 대조적으
로 치세 후반부에는 불안한 왕권을 강화하고자 공포정치를 펼쳤다. 황후를 잃은 후의 절망감에 수은 중독으로
의심되는 광기까지 겹쳐 그가 아들을 스스로 쳐 죽인 직후의 모습을 담은 일리야 레핀의 그림이 유명하다.

◆ 권세가 미미한 귀족 집안에서 태어났으나 왕자에게 자신의 누이를 시집보내면서 이반 뇌제의 신임을 얻어 대
귀족이 되었다. 왕자 표도르가 왕위에 오르자 섭정을 하며 실질적인 통치권을 발휘하다 표도르 사후인 16세기
말 황제의 자리까지 올랐다. 모스크바 붉은 광장에 서 있는 바실리 성당도 그의 주문에 따라 세워진 것이다. 그
의 생애는 푸시킨의 희곡이나 무소륵스키의 오페라 등을 통해 상연되는 단골 주제다.

1 알프레드 슈니트케의 묘. 2 세르게이 프로코피예프의 묘. 3 알렉산드르 스크랴빈의 묘.

든 샬랴핀의 육성을 생생하게 들을 수 있다.

다듬어지지 않은 암석에 십자가 하나를 뚫어 강렬함을 주는 20세기 작곡가 알프레드 슈니트케의 묘비는 그가 작품에서 이야기하고 있는 본능적인 울부짖음이 시각화된 것만 같다. 생소하게 들리는 현대음악 작곡가들의 이름 가운데 유독 슈니트케의 이름이 그리 낯설지 않게 들리는 이유 중 하나는 기돈 크레머, 므스티슬라프 로스트로포비치 등이 그의 곡을 즐겨 연주하며 그의 작품세계에 열렬한 지지를 보낸 덕분일 것이다. 아쉽게도 모스크바에서 그가 살던 장소를 찾는 것은 쉽지 않다. 강산이 몇 번쯤 변하고 나면 부랴부랴 이 대가의 흔적도 꾸려 모아 기념관이 차려질까? 대신 콘체르토 그로소 1번을 더 자주 들어보는 수밖에. 바로크의 현대적 변용의 세계로 순식간에 빨려 들어가게 될 것이다.

그런가 하면 세르게이 프로코피예프의 것은 그야말로 직육면체의 관이

■ Serebryanny Vek, 19세기 말에서 20세기 초를 장식했던 시와 철학의 개화기.

다. 림스키코르사코프 음악원 시절을 거쳐 파리 거주 시기 러시아 모던 발레의 장을 연 댜길레프와의 협업, 그리고 다시 소련으로의 회귀 등 복잡다단했던 그의 삶이 저 검은 벽 속에 잠긴다. 세련된 일련의 피아노 협주곡들과 극도로 모던한 발레음악들인 〈로미오와 줄리엣〉, 〈신데렐라〉 등도 모두저 사각의 관 속에 어른거린다.

다음은 스트라빈스키와 라흐마니노프 등에게 큰 영향을 끼쳤던 작곡가알렉산드르 스크랴빈의 묘지다. 올림픽 메달 같은 그의 얼굴 부조가 비석 장식의 전부다. 아르바트 거리를 걷다가 옆으로 약간 비켜 나가 볼쇼이 니콜로페스코프스키 골목에 접어들면 그의 집이 바로 보인다. 그가 1912년부터 1915년까지 살았던 곳인데 색과 음의 관계를 독창적으로 연구하고 작곡에 적용했던 이력을 말해주기라도 하듯 알록달록한 전구들이 과학실험실처럼놓여 있는 재미난 공간이다. 빛에 민감해서였을까? 그는 환하게 빛이 비치는것을 좋아하지 않았다는데 그래서인지 박물관 전체도 어두컴컴한 가운데 주섬주섬 발걸음을 챙겨야 한다. 스크랴빈에 대해서라면 보리스 파스테르나크의 자전적 에세이 『어느 시인의 죽음』의 한 대목에서 그 위상을 확인할수도 있다. 『어느 시인의 죽음』은 당대의 불꽃같은 시인 마야콥스키를 추억하는 내용이 주를 이루지만, 파스테르나크가 음악에 뜻을 두었던 소년 시절을 회상한 부분에서는 스크랴빈이 음악의 신으로 등장하고 있기 때문이다.

그를 향한 동경심은 열병처럼 광적으로, 그리고 잔인하게 나를 휘감았다. 그를 보기만 하면 나는 얼굴이 창백해졌고 그런 다음에는 곧 부끄러워져서 얼굴을 붉히고는 했다. 그가 어쩌다 나에게 말을 걸어오면 나는 정신이 나가서, 두서없이 엉뚱한 대답을 지껄여 남들의 웃음거리가 되었으며, 나는 그의 이야기를 하나도 알아듣지 못하고 말기가 일쑤였다. 나는 그가 나의 심리상태를 잘 알면서도, 나를 그런 난처한 입장에서 조금이라도 도와주려고 하지

1 스뱌토슬라프 리히터의 묘. 2 드미트리 쇼스타코비치의 묘.

않음을 알았다. 그는 나를 동정하지 않았고, 이것이야말로 내가 목말라하던 난해하고도 근본적인 바로 그런 감정이었다. 오직 이 감정만이, 불타오르면 불타오를수록 그만큼 더, 내가 이해하지 못하던 그의 음악에서 느끼던 소외 감으로부터 나를 보호해주었다.[2]

피아니스트 스뱌토슬라프 리히터는 3층으로 된 제단 위에 쪼개진 바위로 남았다. 발샤야 브론나야 2번지의 아파트는 평범한 소비에트식 건물이다. 그러나 리히터가 거주했던 58호만은 지금도 음악인들에게 특별한 공간으로 남아 있다. 큰 방에서 보는 이를 압도하는 풍경은 두 대의 검은 그랜드

피아노다. 이곳에서는 지금도 다양한 음악학교 학생들의 연주회가 펼쳐진다. 함께 차이콥스키 음악원에서 공부한 성악가 니나 도를리악과 결혼해 살았던 이 아파트의 한국식 이불장처럼 생긴 커다란 여닫이장에는 차곡차곡 정리된 집주인의 악보집들이 빼곡하고, 회화에도 애정을 가졌던 리히터답게 그가 소장한 주변 화가들의 그림뿐만 아니라 그가 직접 그린 풍경화 몇 점도 걸려 있다. 그가 사랑했던 모스크바의 예스러운 지붕들과 작은 정원들, 그리고 거리 풍경을 좀 더 가까이 볼 수 있는 쌍안경 한 점도 창가에 놓여 있다. 지휘자 리카르도 무티는 다음과 같이 그를 회고한다.

> 리히터는 음악적 진실을 찾는 여정에서 본다면 가장 높은 경지에 분명 이르러 있었으나 동시에 그는 마치 어린아이와 같이, 온갖 '의외성'에 경탄할 준비가 되어 있었다. 음악에서든 자연에서든 여타 삶의 모습에서든 그를 향해 문득 문을 활짝 여는 것들에 대해.[3]

그렇다면 저 쪼개진 바위는 그에게 열린 음악적 진실이며 그를 통해 우리에게 열린 삶의 진실이기도 한 것일까.

이름과 함께 교향곡 〈레닌그라드〉가 가장 먼저 떠오르는 드미트리 쇼스타코비치는 레닌그라드에서 태어나 줄곧 거기서 활동했는데 정작 죽음은 모스크바에서 맞은 모양이다. 평범해 보이는 비석에 오선이 그려져 있고 그가 작품들에 일종의 코드처럼 종종 집어넣었다던 멜로디인 일명 '쇼스타코비치 모티프'가 표시되어 있다. D-E flat-C-B(이는 독일식 음이름으로 D-Es-C-H가 된다). 이는 드미트리 쇼스타코비치의 이름(독일식으로 **Dmitri**)과 성(독일식으로 **Schostakowitsch**)의 앞머리(D-S-C-H)와 일치한다. 1914년부터 1933년까지 그가 살았던 상트페테르부르크의 마라트 거리 9번지 아파트는 기념박물관으로 꾸며져 실내악 연주홀로도 사용되고 있다. 첼리스트 로스

1 콘스탄틴 스타니슬랍스키의 묘. 2 세르게이 예이젠시테인의 묘.

트로포비치가 사들여 시에 기증했다는 대목이 인상 깊다.

　사실주의적 연출 기법을 정착시켰고, 『배우 훈련』이란 저서로 널리 알려진 연극의 아버지 콘스탄틴 스타니슬랍스키도 있다. 마치 연극이 막 시작될 것처럼 커튼이 드리워져 있다. 그러나 연극은 이제 막 끝난 참이다. 스타니슬랍스키의 집도 모스크바에서 찾아볼 수 있다. 레온티예프스키 페레울록 6번지다. 18세기 저택인 이 건물의 2층 아파트에서 그는 1920년부터 18년간 살다가 75세를 일기로 세상을 떠났다. 이 집으로 이사하고서 스타니슬랍스키는 이전에 무도회장으로 쓰이던 1층을 극장으로 개조해 오페라와 드라마 상연 기법에 대한 자신의 실험장으로 삼았다. 말년에 병환이 깊었을 때는 므하트의 젊은 배우들이 아예 이리로 와 수업을 받기도 했다고 한다. 박물관에는 20세기 초 배우들이 몸단장을 하던 분장실이 그대로 재연되어 있고, 세기의 발레리나 이사도라 던컨이 스타니슬랍스키에게 선물했다는 꽃병을 비롯해 그가 직접 제작했다는 무대의상 등이 전시되어 있다.

　그리고 세르게이 예이젠시테인이다. 몽타주 기법으로 새로운 의미구조를 만들어낸 그의 영화를 처음 극장에서 본 때가 1994년이다. 동숭아트홀 분관과도 같은 동숭시네마테크에서였다. 오랫동안 '위험한' 것으로 분류되던 영화들이 하나둘 대형 스크린에 걸리기 시작할 때 우리는 경건한 마음이 되기도 하고 알 수 없는 아쉬운 마음이 되기도 했다. 묘비에 새겨진 그는 영원한 청년과도 같은 모습이다. 곁눈질 같은 것은 꿈도 꾸지 않으면서 앞에 보이는 깃발을 향해서만 나아가겠다는 듯. 실제로 어린 시절 이미 다양한 외국어를 구사할 줄 알았고 건축, 연극, 심리학, 회화 등 다양한 분야에 관심을 두었으나, 이 모든 것은 최고의 혁명을 최상의 미학적 표현으로 보여준다는 목표 아래 하나로 모아졌다.

이 묘지에 묻힌 사람들 중에는 생전에 서로 긴밀하게 작업을 이어나간 사이도 있다. 프로코피예프와 예이젠시테인은 영화 〈알렉산드르 네프스키〉에서 협업했다. 소비에트 당국의 요청에 따라 당국의 구미에 맞게 작업했다지만 심리묘사에서 드러나는 표현력은 참으로 놀랍다. 또 극작가로서의 체호프를 가장 효과적으로 구현해낸 연출가는 스타니슬랍스키다. 그의 묘비에도 므하트의 표식인 갈매기가 한 마리 날아가고 있다.

한편 북쪽 수도에 있는 알렉산드르 네프스키 수도원은 네프스키 대로의 종착점에 위치한다. 이름이 말해주는 바와 같이 노브고로드의 공이자 군사 지도자였던 알렉산드르 네프스키의 유해가 안치된 곳으로 18세기 초 건설되었다. 대＊예술가들의 유해를 안치한 수도원 부속 묘지인 티흐빈스코예 묘지는 아예 국립 조각공원으로 지정될 만큼 묘지 장식에 들인 조각가들의 정성이 이만저만이 아니다. 노보데비치 묘지는 깊은 돌 숲이라 한번 들어가면 돌아 나오는 데 걸리는 시간이 만만치 않다. 그에 비해 알렉산드르 네프스키 묘지는 한 시간쯤이라도 괜찮다. 런던에서 내셔널갤러리에 들를 여유가 없다면 코톨드갤러리로 낙찰을 볼 수도 있는 것처럼. 물론 코톨드갤

알렉산드르 네프스키 수도원과 그 부속 묘지인 티흐빈스코예 묘지(일명 예술인의 묘지).

러리가 그런 것처럼 티흐빈스코예 묘지 또한 표 값을 상당히 받기는 한다.

우선 러시아 국민음악파의 묘소가 이곳에 집결해 있다. 미술에서 이동파를 강력하게 이끌어간 비평가 블라디미르 스타소프가 음악에서 그 활동을 이어나간 그룹이다. 발라키례프, 림스키코르사코프, 알렉산드르 보로딘, 무소륵스키 등의 이름은 그 자체로 '러시아 민중에게서 러시아 음악의

1 발라키례프의 묘. **2** 림스키코르사코프의 묘. **3** 무소륵스키의 묘. **4** 차이콥스키의 묘.

진수를 찾겠다'는 의지의 표명이다. 그로부터 약간 비껴난 곳에 차이콥스키의 묘비가 자리 잡고 있다는 것이 절묘하다. 앞에 열거한 네 사람에 세자르 큐이까지 더한 이들이 오로지 러시아에 집중한 반면, 차이콥스키는 서구에 한쪽 발을 담그고 러시아를 가늠했다고나 할까. 그래서인지 국민음악파 참여자들의 묘비장식들은 일련의 슬라브주의자들이 자신들의 문화적 뿌리로 삼은 정교의 캐논에서 벗어남이 없다. 이름을 적은 알파벳에서부터 탄생, 타계 연월을 적은 숫자에 이르기까지 교회 슬라브어에서 주로 사용되던 장식적 서체를 쓰는가 하면, 인물을 새겨 넣고 그 주변을 장식한 모양도 교회 제단을 장식하던 이콘 풍을 고수한다. 그에 비한다면 차이콥스키 묘비의 경우는 지극히 '보편적'으로 뮤즈가 살포시 내려와 앉았다.

고전 발레를 완성했다는 평가를 받고 있는 발레 마스터 마리우스 프티파의 묘비도 보인다. 프랑스 마르세유 출신의 이 무용수는 러시아 황실의 초빙으로 마린스키 극장에서 뛰어난 안무가로 활약하게 된다. 이처럼 묘지에 새겨진 이름들만 보아도 러시아가 유럽의 일원이 되기 위해 얼마나 고투를 벌였는지, 그럼에도 불구하고 그것만으로는 만족할 수 없는 정체성 찾기 문제로 얼마나 고통스러워했는지를 짐작할 수 있다.

그리고 표도르 도스토옙스키 또한 이곳에 있다. 활짝 웃는 얼굴을 상상할 수 없는, 여전히 엄숙하며 고통스러운 표정을 한 작가의 흉상 아래에는 다음과 같은 성경 구절이 씌어 있다.

1 마리우스 프티파의 묘. **2** 도스토옙스키의 묘. 그의 묘비에는 요한복음 12장 24절이 새겨져 있다.

"진실로 진실로 말한다. 밀알 하나가 땅에 떨어져 죽지 않으면 한 알 그대로 남아 있고 죽으면 많은 열매를 맺는다."

이 요한복음 12장 24절은 『카라마조프 가의 형제들』의 제사題詞다.

1 아르힙 쿠인지의 묘. 2 아르힙 쿠인지, 〈라도가 호수〉, 캔버스에 유채, 79.5×62.5cm, 1873.

풍경화가 아르힙 쿠인지의 묘비는 작은 신전과도 같은 모습이다. 화가의 아버지는 그리스 출신으로 지금의 우크라이나 지방인 마리우폴(그리스 이주민들은 그들 언어식으로 마리우폴리라고 불렀다)로 이주한 이력이 있다고 한다. 그러고 보니 박경리 문학상을 수상하면서 국내에도 알려진 류드밀라 울리츠카야의 소설 『메데야와 그녀의 아이들』에는 타타르족의 풍습과 더불어 크림 반도에 이산한 그리스계 이주민들의 이야기가 펼쳐지고 있지 않은가. 그의 그림 속 드네프르 강과 크리미아 바닷물의 빛깔은 우크라이나에 대해 신비한 감정을 갖게 한다. 순박한 그의 눈에 비친 고향 마을의 빛은 그렇게 꿈속에서만 만날 수 있는 서글픈 것이었는지도 모르겠다. 언젠가 그가 그린 〈라도가 호수〉를 보고서 그 거대한 호반으로, 발람 섬으로, 정처 없이 떠돌아 보고픈 마음이 들었던 것도 같다. 쿠인지가 13년을 살다 죽음을 맞이한 바실리 섬의 비르제보이 페레울록 1번지 아파트에서 그의 미술아카데미 교수시절 작업 경향들을 살펴볼 수도 있을 것이다. 그의 작업실은 커다란 유리창으로 바실리 섬과 페트로그라드 섬이 훤히 내다보이는 거대한 다락방에 자리 잡고 있다. 여기서는 그에게 현실적인 고향이 되어준 페테르부르크의 모습을 조금 다른 각도로 관망할 수 있다.

짧은 산책길을 돌아 나오다보면 저쪽에서 이반 크릴로프도 말을 건다. 그의 우화를 듣지 않고 어린 시절을 보낸 러시아 사람이 있다면 그에게서 러시아인으로서의 자격을 박탈해도 좋다. 겨울 궁전에서 십여 분 걸으면 나오는 여름 정원에는 우거진 참나무들 사이로 이 크릴로프의 석상이 '이야기 아저씨'마냥 동물들에 둘러싸여 있다. 그 옆에서 기념 촬영을 하려고 어른 아이할 것 없이 길게 늘어선 줄이 앞에서 말한 호언장담을 입증하는 셈이다.

1 이반 크릴로프의 묘. 2 여름 정원에 서 있는 이반 크릴로프의 석상.

마지막은 숲의 화가 이반 시시킨이다. 다듬어지지 않은 러시아의 자연을 깊이 있고 생생하게 그려낸 그의 풍경화들처럼 이 화가의 모습은 숲 사람 그 자체다. 크람스코이가 그린 시시킨의 초상을 보는 순간 화가가 자신의 작품과 어쩌면 이리도 닮았을까 감탄하게 되었다. 그의 그림 속에서 보이는 소나무 숲과 참나무 길, 호밀 밭과 전나무 숲은 이 땅에서 봄, 여름, 가을, 겨울을 묵묵히 살아가는 강인한 러시아 사람들과 다름없다. 그의 묘비 또한 이와

1 이반 시시킨의 묘. **2** 이반 니콜라예비치 크람스코이, 〈이반 시시킨〉, 캔버스에 유채,
116×84cm, 1880. **3** 이반 시시킨, 〈자작나무 숲의 개울〉, 캔버스에 유채, 105×153cm, 1883.

같다. 둥글게 다듬어지지 않은 거친 바위와 그를 둘러싼 녹음. 그 외에 무엇이 더 필요하랴.

 묘지에 들르면 매번 어디선가 무시로 먹구름이 몰려와 가랑비를 뿌려대곤 했다. 묘지라는 곳이 처마를 찾기 어려워서 비를 피할 만한 곳이 마땅치 않은 까닭에 머리카락과 어깨로 내려앉는 빗방울을 그대로 맞는 수밖에 없었다. 가뜩이나 소란한 구석이라고는 조금도 찾아볼 수 없는 묘지에 비까지 내리니 세상을 채우는 온갖 인공적인 소리들은 빗물과 함께 땅속으로 꺼져 들어갔다. 대신 그 빗방울이 비석을 튕기며 날아올라 옆길의 자갈밭이나 잡초 아래 흙더미로 스며드는 소리만은 선명했다.
 황현산 선생의 산문 중에 「바닥에 깔려 있는 시간」이란 글이 있다.[4] 섬마을 모래밭에 누워 빙글빙글 돌아가는 별을 보며 모래라는 거대한 손에 흔들렸던 기억과 군대 구보대에서 본의 아니게 이탈해 숲에 아픈 몸을 누이다 나뭇잎 갉아먹는 벌레 소리에 평화로움을 느끼며 숲이라는 비단 그물에 걸린 자신을 떠올리는 내용이다. 그처럼 수많은 묘지들에 걸어두고 다닌 내 마음이 나를 부르는 소리가 빗방울로 신호를 보내는 것인가 문득 반가울 때가 있다. 그리고 자연과의 합일을 체험한 선생의 고백과는 조금 다르긴 하지만, 헛된 시도로 가득 찬 인생이 그럼에도 결국 아름다움을 향해 나아가고 있다는 생각을 묘지에서는 종종 하게 된다.

알렉산드르 네프스키 수도원 본당 앞 풍경.

Il'ya Efimovich Repin

리얼리즘의 대가를 넘어 자조自助의 사상가로

일리야 레핀의 그림을 처음 본 것은 1996년의 일이었다. 봄에서 여름으로 가는 길목, 동아갤러리에서 열렸던 '일리야 레핀 전'에서 방문객에게 나누어준 네 쪽짜리 팸플릿의 표지에는 〈아무도 기다리지 않았다〉가 실려 있었는데, 당시에는 〈이반 뇌제와 아들 이반〉과 같은 충격적인 역사화에 정신이 팔린 나머지 그가 무소륵스키나 톨스토이를 통찰력 있게 그려내고 자기가 속한 민족적 특성과 보편적 인간성을 끈질기게 탐구해나간 충실한 기록자라는 것은 깊이 느낄 수 없었던 것 같다.

일리야 레핀, 〈아무도 기다리지 않았다〉, 캔버스에 유채, 167.5×160.5cm, 1884~1888.

미술품을 대면하는 공간이 주로 미술관이나 갤러리다보니 우리는 화가가 남긴 작품이 저마다 주문자가 있다는 사실을 종종 간과하곤 한다. 주문자가 정해진 경우에는 더욱 그러하겠지만 경연을 위해서라든가 순수한 자기 구상에 의해 붓을 든 경우에도 최소한 어떤 성격의 장소에 걸릴 그림인지를 머릿속에 그려보는 일은 작가에게 매우 중요한 문제일 것이다. 모스크바 트레티야코프 미술관의 레핀실에서 저 그림들을 다시 보았을 때야말로 최적의 장소에서 작품을 감상하는 감격을 맛보았는데, 아마도 그것은 이 미술관의 유래와도 관련될 것이다. 파벨 트레티야코프*는 레핀을 비롯한 당대 최고의 예술가들을 적극 후원한 컬렉터였는데, 그는 작가들에게 시대상을 반영한 그림들을 구상하게 하고 그 작품들을 적극적으로 사들이면서 가슴에 단 하나의 꿈을 줄곧 품었다. 러시아 미술품들로만 가득 찬 미술관을 러시아에 안겨주겠다는 것.

그러나 오늘은 레핀을 통해 러시아를 이해하기 위해서라기보다는 주인을 꼭 닮은 집을 통해 작가를 만나보려고 길을 나선 참이다.

서툴러서 늘 마음을 졸이는 것들이 있다. 운전대 앞에 앉는 것도 그러한 일들 중 하나다. 몇 해 전 별세하신 아버님이 병중에 계시기는 했지만 여전히 일상의 자잘한 일들을 변함없이 수행해나가고 우리 가족이 그 옆에 함께 살던 짤막한 기간, 할아버지의 산소를 찾아가고 강 건너 큰 병원에 다니느라 그 무서운 차바퀴를 자유로 같은 분주하고 빠른 도로에 올려놓던 때의 아찔한 기억은 나를 금세 다시 초보운전자의 긴장감 속으로 몰아넣는다. 그때에 비한다면 지금이야 난생처음 가보는 길이라도 미리부터 손에 땀이 가

---

* 실업가이자 19세기 후반 러시아 미술계를 강타했던 민중적 미술운동의 후견인으로 레핀, 수리코프, 페로프, 세로프, 레비탄 등의 작품을 수집했다. 그는 1856년부터 작품들을 구입하기 시작해 1867년에 대중에 공개했고, 1892년에는 3천여 점에 이르는 수집품들을 모스크바 시에 기증했다. 모스크바 시는 그의 성을 딴 국립미술관을 개관했다.

득 차 피아노 콩쿠르를 앞둔 초등학생 같은 꼴이 되지는 않지만, 여전히 무한 질주를 허용하는 자동차 전용도로보다야 내키면 적당한 곳에 잠시 차를 세워두어도 크게 무리가 없을 시골길이 마음 편하다.

레핀의 페나티 건너편으로 펼쳐진 핀란드만의 풍경.

레피노Repino로 향하는 길은 마음 편한 쪽이라고 해두어야겠다. 상트페테르부르크를 헬싱키까지 이어주는 주된 도로이긴 하지만 도로 폭이 그다지 넓지 않고 나무판자를 생선 비늘처럼 비스듬히 겹쳐 쌓아 올린 지붕과 고드름이나 눈꽃송이를 연상시키는 창틀 장식을 한 시골집들이 청초한 자작나무 숲 사이로 언뜻언뜻 비치곤 한다. 지역명이 아예 '휴양구역Kurortny Raion'인 이곳에 들어서면 달리는 차 안에서라도 이제까지와는 사뭇 다른 산뜻하고 나른한 공기를 들이마시게 된다. 러시아에서 이토록 너른 바다를 볼 기회가 좀처럼 없기에 핀란드 만灣이 눈앞에 펼쳐질 때면 이곳이 상트페테르부르크의 한 근교라기보다 그저 북구의 어느 한 마을이겠거니 싶다.

오로지 러시아의 위대한 화가 레핀을 기억하기 위해 존재하는 듯한 마을

레피노는 사실 쿠오칼라Kuokkala라는 이름의 핀란드 마을이었다. 황제가 다스리던 제국 시절 자치공국에 속해 있었고, 대도시 페테르부르크에서 기차로 불과 한 시간 남짓이면 가벼운 나들이하듯 오갈 수 있었던 쿠오칼라였지만, 러시아가 혁명과 전쟁에 휘말리고 핀란드가 독립을 이루면서 국경선이 소련 땅과 이곳을 느닷없이 가로막았다. 레핀은 혁명 이전 이곳에 집을 지어 정착했고, 갑자기 국경이 가로막는 바람에 이후로는 러시아 땅을 왕래할 수 없었으며, 제2차 세계대전 중 벌어진 핀란드와 소련의 전쟁 결과 소련이 이곳을 자국 영토로 복속시키기 전에 세상을 떠났다. 소련은 당국의 윤리적, 미학적 구미에 맞았던 이 화가를 기리며 마을의 이름을 레피노로 개명했고 작가가 삼십 년을 살며 작업했던 저택을 박물관으로 꾸몄다.

해안을 따라 조용하게 뻗은 프리모르스코예 쇼세의 411번지라는 정확한 주소에 의지하지 않는다면 그냥 지나쳐버려도 이상할 것이 없는 조그만 초록 나무대문에는 이콘화 장식, 혹은 러시아 민예품에서 즐겨 쓰는 붉은색과 노란색, 푸른색 장식들이 동화 속 한 장면처럼 매달려 있다. 작가가 스스로 이름 붙인 페나티Penaty는 집을 지키는 수호신을 뜻한다고 하는데 길에서 바로 뜰로 통하는 문을 열고 들어서면 과연 수호신다운 면모를 지닌 일련의 전나무와 자작나무들을 만나게 된다. 손가락 같기도 하고 머리카락 같기도 한 나무의 잔가지들이 북구의 깊은 하늘을 휘휘 젓는 모습이나, 단정하게 정리되지 않은 채 흐드러지게 핀 식물들의 모습이 정원이라기보다 그저 숲의 일부처럼 보인다. 레핀은 작업실 겸 자택, 야외무대, 정자, 전망대 등을 직접 설계했을 뿐만 아니라 흙을 고르고 연못을 파고 벽을 쌓아 올리는 모든 공정에 직접 참여했다.

앞뜰을 좀 둘러보다가 매 정시에 시작되는 주택 내부 관람을 위해 서둘러 입장권을 구입하고 그 앞에 놓인 벤치에 앉아 구멍이 숭숭 난 천으로 얼기설기 엮어놓은 덧신을 신었다. 바힐리라고 불리는 이 덧신의 착용은 러시아

페나티 외관과 입구, 창문의 모습.

의 크고 작은 박물관이나 병원, 학교 등 공공시설을 방문할 때 방문객이 따라야 할 가장 기본적인 의무사항이다. 요즘은 일회용 비닐 바힐리를 구비해 놓은 곳이 많지만 페나티에서는 모든 것이 구식이다. 함께 관람할 두 남녀도 옆에 앉아 바힐리를 신는데 끈을 발뒤꿈치 부근에서 반드시 십자형으로 가로질러 묶어야만 단단히 마무리가 된다며 우리 쪽을 향해 신신당부한다. 연령대와 서로를 대하는 태도에서 부녀지간이 아닌가 싶었다. 여자는 밝은 표정이 인상적이었고 노인은 칠십대 후반은 족히 되어 보였으나 옷맵시는 깔끔했고 시선은 또렷했다. 레핀의 집에 왔으니 그의 초상화에 빗대어 표현하

바힐리를 착용한 모습.

자면 야스나야 폴랴나에서 밭을 갈고 나무그늘 아래에서 책을 읽는 톨스토이의 모습과 같다고나 할까.

예술가가 그리게 되는 것은 무엇보다 '세상'이다. 1844년 우크라이나의 작은 마을 추구예프에서 태어난 일리야 레핀이 고향의 이콘 화가에게 그림을 배우다 상트페테르부르크 미술 아카데미에 입학한 것은 그의 나이 열아홉 살 때였다. 이반 크람스코이* 와 일련의 아카데미 졸업생들이 제국과 황제 찬양 일색의 졸업작품전 주제에 반발해 아카데미즘의 프레임을 박차고 세상 밖으로 뛰쳐나온 이듬해였다. 그는 아카데미 안에서 배움의 과정을 착실히 이행해나갔으나 크람스코이와 그의 동지들, 즉 후에 '이동파'라 불리게 될 이들이 주도한 '목요클럽'에도 적극적으로 참여했다. 이를 통해 그는 새 시대의 본분에 대한 다양한 저작들을 자유롭게 읽고, 예술의 과제와 나아갈 바에 대해 열렬히 토론함으로써 작가로 빚어지기 시작했다. 졸업 작품 〈야이로 딸의 부활〉이 금메달의 영예를 안음으로써 육 년간의 해외유학 혜택을 얻었으나 볼가 강 민중들의 삶을 그리기 위해 삼 년이나 그 출발이 미

* 민중 지향적 미술 운동인 이동파의 지도자이며 레핀의 스승이다. 다수의 뛰어난 인물화와 〈황야의 그리스도〉를 남겼다.

1 일리야 레핀, 〈야이로 딸의 부활〉, 캔버스에 유채, 229×382cm, 1871.
2 일리야 레핀, 〈볼가 강의 배 끄는 인부들〉, 캔버스에 유채, 131.5×281cm, 1870~1873.

루어진 점(그 결과 탄생한 작품이 〈볼가 강의 배 끄는 인부들〉이다), 그리고 비록 인상파를 방법론상 지지할 수밖에 없었지만 러시아적 삶의 진실과는 괴리가 있다고 느껴 허락된 기간보다 귀국이 삼 년이나 앞당겨진 점 등은 그의 작가적 소명의식을 제대로 보여준다.

그러나 예술가에게 공기와 같은 것은 무엇보다 자유임에 분명하다. 파리

거주 기간에 자주 드나들던 투르게네프의 집에서 이루어진 모파상 등 일련의 문인, 예술가들과의 만남, 그리고 강력한 후원자 사바 마몬토프*의 아브람체보 저택에서 걸출한 예술가집단의 일원이 되었던 경험은 작가의 내적 자유를 더욱 충만하게 해 왕성한 창작욕구로 이어졌다. 흔히 일리야 레핀을 민중예술을 지향한 후기 이동파의 대가라고 평가하지만 단지 편협한 목적의식으로 그의 세계를 온전히 이해하기 어려운 이유가 여기에 있다. 그는 인상주의를 이해했고 정치색을 배제한 아브람체보파에 적극 가담했던 동시에 이동파의 대가였지만 어느 순간 아카데미에서 다시 가르치기로 결심하는가 싶더니 핀란드 시골마을에 갇혀 이런저런 생활 실험을 하며 삶을 마쳤던 것이다. 일례로, 늘 관에서 주도하는 그림 주문을 피했던 레핀이 알렉산드르 3세의 대관식 장면을 그리기로 하면서 후원자이자 삼십 년 지기였던 트레티야코프에게 보낸 편지 내용은 다음과 같다.

주제는 충분히 풍성합니다. 특별히 맘에 드는 점은 조형적인 측면입니다. 다채로운 표정과 대비, 의외의 요소들! 이 얼마나 예술적입니까![1]

이 페나티를 살펴보는 일이 흥미로운 이유는 무엇보다 일리야 레핀이 최고의 전성기를 보낸 이후, 동인과 아카데미 모두로부터 물러나서 생을 마치기까지의 일견 '잊혀진 세월'을 더듬어볼 수 있는 계기가 되기 때문이다.

레프 니콜라예비치의 정신적 아우라는 나를 늘 격정에 휩싸이게 하고 그에 사로잡혀 꼼짝 못하게 만들었다. 그 앞에서 나는 마치 최면에 걸린 듯 그의 의지대로 그저 따를 뿐이었다.[2]

● 철강사업으로 부를 축적한 상공인이자 예술 후원자. 모스크바 근교 아브람체보에 젊은 예술가들을 위한 작업 공간을 마련해주어 다양한 장르의 예술가들이 모여드는 실험적 예술 공동체를 형성했다.

작가의 고백대로 과연 페나티에는 톨스토이의 영향이 적지 않아 보인다. 박물관으로 전환된 지금의 건물 구조에서는 다른 출입구로 방문객이 드나들지만, 본래 현관으로 쓰이던 곳에는 작가의 모자, 지팡이 등 몇 가지 물건들과 함께 징 같기도 하고 꽹과리 같기도 한 쇳덩어리가 하나 걸려 있다. 따로 하인을 두지 않았고 본인은 뜰에 나가 작업할 때가 많으니 손님들이 알아서 종 치듯이 시끄러운 소리를 내면 달려가기 쉽도록 한 장치라는 것이다. 징 위에는 걸치고 온 외투와 옷을 스스로 옷걸이에 걸 것을 권유하는 문장과 왼편으로 몇 걸음, 오른편으로 몇 걸음을 걸으면 어느 장소로 이어진다고 안내하는 문장이 명료하게 적혀 있다. 그의 평등주의는 톨스토이 백작보다 좀 더 유쾌하고 익살스러운 면이 많았는데 주택 가장 안쪽에 마련된 식당에 들어서자마자 눈에 들어오는 커다란 원탁은 그중 압권이다. 원탁 위에는 커다란 원판이 부착되어 있어 그 위에 음식을 올려놓으면 시중드는 사람의 도움 없이도 여러 사람이 자유롭게 음식을 가져다 먹을 수 있게 되어 있다. 쉽게 말하면 중국식 원탁인 셈이다. 원탁에는 사람 수만큼 서랍이 달려 있는데 그 속에는 스푼과 포크, 나이프, 냅킨 등이 들어 있어 손님 각자가 스스로의 필요를 채울 수 있도록 배려했다.

레핀이 집을 짓고 막 이주한 1899년부터 1910년대까지 이 쿠오칼라 지역은 비록 핀란드의 작은 마을이기는 했지만 수도인 페테르부르크에서 기차로 한 시간도 채 걸리지 않을 만큼 접근성이 좋은데다 핀란드만의 아름다운 풍광이 어우러져 휴양지로 최적의 조건을 갖추고 있었다. 그러니 당대 최고의 예술가들이 기꺼이 페나티의 방문객이 되었으리라는 것은 의심의 여지가 없다. 레핀과 그의 두 번째 부인 노르드만이 페나티에 처음으로 손님을 초대한 때는 레핀의 60세 생일을 기념한 1904년의 일이었다. 이후로 유명세를 탄 이 식탁 모임은 매주 수요일 3시에 어김없이 계속되었다. 자유롭게 예술에 대해 논하고 함께 전원생활의 기쁨을 누리며 직접 가꾼 농작물로 풍성

페나티 식당의 원탁.

레오니트 안드레예프의 희곡『살인하지 말라』를 읽은 후 페나티의 식당에 모인 레핀의 지인들.
1913년 9월 18일.

한 채식 음식을 나누는 이 '수요 식탁'은 큰 인기를 끌었다고 한다.

거대한 원탁 앞에 서자 안내원이 빳빳하게 비닐 커버를 씌운 안내판을 하나 내민다. 레핀 부부가 매주 수요일 손님들에게 내밀었던 안내문의 일종이다. 한쪽에는 해당일의 메뉴를 소개해놓았다. 감자를 비롯한 텃밭 채소들로 만든 샐러드와 수프, 견과류와 계절 과일을 넣은 파이와 커피 등이 시원스런 서체로 씌어 있다. 그런데 눈길을 끄는 것은 메뉴의 가장 윗부분을 차지한 일종의 구호다. '권리 평등, 자조.' 역사의 흐름 앞에서 시대를 읽을 줄 알았던 이 거장은 자신의 작품뿐 아니라 생활 자체를 개혁해나갔던 것이다. 다른 쪽에는 아예 '원탁의 규칙'이라는 항목이 적혀 있다.

1. 의장은 무엇보다도 우쭐댈 의무가 있다.
2. 그에게는 요리의 뚜껑을 열고 식사를 시작할 수 있는 특권이 있다.

3. 그는 참석자들에게 태양 에너지에 대해 상기시킬 의무가 있다.

4. 참석자들 간에 서로를 돕는 것은 금지된다.

5. 자조의 이념을 열렬히 환영해야 한다.

6. 이 원칙을 위반할 시, 다시 말해 옆에 있는 사람을 도와줄 시, 당사자는 벌로 연설을 해야 한다.

7. 사람 이름을 들먹이며 건배를 제안하는 것은 금지된다. 건배는 반드시 사상적인 것이어야 한다.

8. 식사는 거칠게 자란 채소들로 준비되며, 묵은 숭배의 멍에로부터 해방*된다는 사상에 적합해야 한다.

9. 원탁의 원리를 더 확고히 심어주기 위해 가까운 사람들을 이 자리에 데리고 오는 것은 선행으로 간주된다.

19세기 말부터 20세기 초에 레핀이 '스스로 해결할 것'을 자기 집 곳간을 열어가며 설득했을 때, 그 의미는 근면하라거나 성실하라거나 예의를 갖추라는 말이 아니었다. 자신의 모든 일을 스스로 해결해야만 이름뿐인 자유를 얻고 결국 주인의 발밑에 다시 놓이고 마는 농노들의 인간다운 권리가 실제로 보장된다는 신념의 표명이었다. 위의 메뉴가 1911년 10월에 준비되었으니 당시 그는 육십대였고, 그가 사회 저명인사로서 확고한 입지를 굳히고 있었다는 점을 상기한다면 더더욱 놀라운 일이 아닐 수 없다. 레핀의 이러한 행보는 당시에도 꽤 화제였던지 1910년대 전 러시아의 잡지와 신문에 기삿거리로 오르내리지 않는 날이 없었다고 한다.

현관에서 식당으로 가기 전 오른편으로 보이는 '겨울 베란다'라 불리는 곳도 특이한 공간이다. 자연 채광을 최대한 이용하기 위해 천장과 벽을 온

● 1881년 법령으로 공포되었으나 이름뿐인 개혁이라는 평가를 받고 만 농노해방을 가리킨다.

1 페나티에 모인 레핀(왼쪽에서 두번째)과 한가운데 앉아 있는 거구의 표도르 샬라핀.
1914년 2월 10~12일 사이거나 3월 23일로 추정.
2 블라디미르 스타소프가 '앵무새 새장parrot cage'이라고 장난스럽게 이름을 붙인
육각형의 유리로 된 스튜디오에 모여 앉은 레핀과 나탈리아 노르드만.

통 유리로 꾸민 이 공간은 마치 식물들이 자라는 온실 같은 분위기지만 미
래주의자의 설계라고 해도 믿을 만큼 기발한 요소가 충만하다. 벽은 육각
형을 이루고 있으며 천장은 고깔을 뒤집어쓴 것처럼 높이 솟아 있는데다 금
속과 유리를 적극적으로 활용한 탓에 해가 비치면 공간이 자연색으로 더욱
화사해진다. 수요일의 방문자들은 식사에 앞서 우선 이곳에 둘러앉아 예술
에 관해 열띤 토론을 벌이다가 곧이어 연필을 잡고 서로를 그리곤 했다고 한

페나티 2층 레핀의 작업실. 그의 팔레트와 큼직한 가죽 소파가 놓여 있다.

다. 물론 집주인인 레핀이 강요에 가까운 권장을 한 덕분이다. 시인 마야콥스키도 그의 집에선 스케치를 선보이지 않을 수 없었다 하고, 레핀은 보리스 쿠스토디예프나 필리프 말랴빈 같은 제자 화가들과도 스케치 베틀을 벌이며 즐거워했다고 전해진다.

작업공간의 부족으로 나중에 증축했다는 2층으로 오르려고 좁은 계단 앞에 막 섰을 때이다. 한참 전부터 코끝을 괴롭히던 불쾌한 냄새의 근원지를 확신할 수 있었다. 처음엔 오래된 공간에서 나는 퀴퀴한 냄새이겠거니 했는데 아까 입구에서 함께 바일리 끈을 묶던 톨스토이를 닮은 노인에게서 나는 냄새였다. 이상했다. 그는 내가 이제까지 본 비슷한 연배의 노인들 중 옷매무새나 피부의 청결 상태로 따진다면 최상위에 속할 만큼 깔끔한 사람이었다. 그런데 지하철역 입구나 버스정류장에 놓인 벤치에 몸을 웅크리고 누운 노숙자들에게서 나던 냄새를 풍기고 있지 않은가. 관람 차례가 되어 자연스레 그가 서 있던 자리에 우리가 뒤이어 서면 어김없이 특유의 냄새가 심하게 나는데도 본인이나 그 옆을 지키는 딸의 표정은 너무나 해맑았다. 혹

러시아 미술관에 걸린 〈1901년 5월 7일 국가의회 백주년 기념회의〉.

시 남들이 불쾌해하면 어쩌나 초조한 표정은 전혀 읽을 수 없었다. 사정을 알 수 없었던 나는 악취를 참고 관람을 계속하는 수밖에 없었다.

툭 트여 시원한 맛이 있는 2층 아틀리에에는 보는 이를 숙연하게 만드는 레핀의 팔레트를 비롯해 러시아인들이 가장 사랑해 마지않은 오페라 가수 샬랴핀이 거구를 뉘여 기꺼이 작가의 모델이 되었던 가죽 소파, 그와 가깝게 지내던 사람들을 그린 말년의 그림들이 전시되어 있었다.

굵직한 역사화, 날카로운 내면묘사의 초상화, 러시아 민중이 처한 모순적 상황을 담은 풍속화 등을 줄줄이 대작으로 남긴 레핀이지만 페나티에 머물기 시작한 이후 그는 더 이상 비슷한 수준의 문제작은 남기지 못했다. 삶은 단순해졌고 몸은 마음 같지 않았다. 상트페테르부르크의 러시아 미술관에서 따로 방 하나를 차지하며 웅장하게 걸려 있는 대작 〈1901년 5월 7일 국가의회 백주년 기념회의〉(1903년)를 마지막으로 그는 더 이상 오른손 관절을 쓸 수 없게 되었다. 이에 그는 왼손으로 그림을 그리기 시작했고 그간 왼손에 쥐고 작업하던 팔레트는 끈으로 묶어 허리에 두른 채 스스로를 단련

했다. 이곳에 전시된 팔레트가 바로 그것이다.

　제1차 세계대전과 혁명으로 혼란이 계속되던 중 핀란드가 독립을 획득하면서 1918년 4월 쿠오칼라 지역에서 볼셰비키가 집권한 소련으로 가는 길은 삼엄한 경계령이 내려진 채 국경으로 가로막혔다. 레핀과 노르드만이 이미 페나티를 러시아 예술아카데미에 기증하겠다고 의사를 밝힌 뒤의 일이었다. 소련 공산당과 예술아카데미에서는 수차례 레핀의 러시아 이주를 설득했다고 한다. 그리고 그 자리에 남겠다는 레핀의 선택은 소련이냐 소련 밖이냐가 아닌, 바로 이 페나티 자체에 의미를 둔 것이었다. 그는 적지 않은 시간 동안 경제난과 생활고에 시달리기도 했건만 자신만의 삶의 방식을 바꾸지 않았다. 수요 식탁도 계속되었음은 물론이다. 1920년대 후반에야 해외 전시로의 출구가 마련되어 경제 사정은 조금씩 나아졌고, 1930년 9월 29일 86세를 일기로 작가는 생을 마감한다.

　주택 관람을 마치고 뜰을 걸었다. 작가가 손수 판 연못과 우물에는 북구 특유의 차갑고 맑은 하늘이 비쳐 흐르고 '오시리스와 이시스의 사원'이라

정자 '오시리스와 이시스의 사원'.

전망대 '세헤라자데'와 일리야 레핀의 묘.

는 이름의 정자도 보였다. 언젠가 그의 생일 기념 축하연을 담은 흑백사진 속에서 보았던 전망대 겸 가든 하우스의 모습도 언덕배기 끝자락으로부터 눈에 들어왔다. 레핀은 이 전망대에 '세헤라자데'라는 이름을 붙였다. 그리고 영지의 왼편 구석에는 유언대로 이 위대한 리얼리스트의 무덤이 꽃처럼 자리하고 있다. 십자가가 서 있는 꽃밭에서 다시 바힐리 노인과 딸을 만났다. 십자가를 바라보는 노인의 눈이 어찌나 어린아이같이 천진난만한지 묘지에서 으레 빠지기 쉬운 필요 이상의 감상주의를 일순간 걷어내주었다.

느지막한 오후 아들 녀석을 데리러 학교에 가보니 아이가 안절부절못한다. 유치원 다닐 때도 그런 적이 없었는데 낯선 환경에서 1학년 생활을 시작하느라 긴장한 탓인지, 화장실이 어딘가 불편해서 집에 갈 때까지 참아보려던 것인지 그만 교복에 큰일을 보고만 것이다. 실수를 한 지 오래되지는 않은 듯 아이의 상태를 눈치챈 사람은 없는 것 같았지만 아이 가까이 다가가자 역한 냄새가 스멀스멀 올라왔다. 아주 익숙한 냄새였고 이대로 강도가 세진다면 아마도 바힐리 노인의 경우가 될 것 같았다. 그러자 환한 인상에 깔끔한 외모와 달리 그가 역한 냄새를 풍긴 것이 장내 기관들이 제 기능을 하지 못해 아기가 기저귀를 차듯 위생패드의 도움을 받아야 하는 신세에 처했기 때문이 아닐까 싶었다. 노인은 실제로 보폭이 아주 좁은 편으로 레핀의 작업실을 둘러보는 내내 종종걸음으로 일관했었다. 레핀은 수많은 초상화 모델을 두었지만 가족 중에서는 유독 큰딸 베라를 즐겨 그렸다. 아버지와 관계가 좋았던 베라처럼 바힐리 노인의 딸은 아마도 아버지가 가보고 싶다는 곳을 그의 두 발이 되어 운전을 해가며 모시고 다니는 것 같았다. 아버지가 기저귀를 차야 할 상태가 되어도 그를 필요 이상으로 보호하거나 사람들로부터 거리를 두게 만들지도 않았다. 공조共助에 선행되어야 할 것이 자조自助라는 것을 레핀의 그림으로, 레핀의 집으로, 그리고 레핀을 찾아온 사람들로 깨닫게 되었다고 해야 할 것 같다.

1 일리야 레핀, 〈숲에서 쉬고 있는 톨스토이〉, 캔버스에 유채, 60×50cm, 1891.
2 일리야 레핀, 〈가을 꽃다발. 베라, 화가의 딸〉, 캔버스에 유채, 111×65cm, 1892.

МУЗЕЙ
АННЫ АХМАТОВОЙ

ФОНТАННЫЙ
ДОМ

Anna
Andreevna Akhmatova

소비에트와 불화하다

안나 아흐마토바와 폰탄카 집

개인의 삶이 시대를 반영한다고 했을 때 이는 누구에게나 해당되는 지극히 일반적인 수준의 얘기인 듯싶지만 그 정도에는 분명 차이가 있다. 시대적 현실이 자신의 세계관에 전면적으로 대치될 때 어쩔 수 없이 저항을 무기처럼 온몸에 새기며 살아가게 된다지만 여기 한 여인의 삶을 보면 기구한 운명이라는 말이 무엇을 뜻하는지 실감하지 않을 수 없다.

네바 강 쪽에서 본다면 페테르부르크를 관통하는 세 개의 운하 중 가장 바깥쪽이 되는 폰탄카 강변에는 화려한 저택 한 채가 웅장하게 서 있다. 러시아를 대표하는 귀족 가문 중 하나인 셰레메티예프 백작가의 소유지였던 이곳에 시대와 불화한 시인 안나 아흐마토바 기념관이 자리 잡고 있다. 그러나 우리가 통과해야 하는 문은 저 궁전 같은 저택의 대단한 철문이 아니다. 다시 네프스키 대로로 나가 한 블록 전체를 걸어 리테이니 대로로 들어선 다음 구멍처럼 뚫려 있는 작은 아치를 통과해 이 저택의 뒷마당으로 들어가야 한다. 그녀가 삼십 년간 살았던 폰탄카 집은 저택 본관이 아닌 그 뜰 한쪽에 지은 별채이기 때문이다. 이런 식의 건물들을 보통 플리겔이라 부른다.

박물관이 자리 잡은 남쪽 플리겔은 19세기 중반에 건축되었고, 3층은 백작가의 딸을 위해 20세기 초에 증축된 부분이다. 궁전 같은 귀족 저택의 별채에 살았다고 해서 그녀가 안방마님처럼 군림했을까 생각한다면 쓸데없는 상상이 될 것이다. 혁명 직후인 1918년 프롤레타리아 독재정부에 자신들의 둥지를 통째로 바친 것은 이 저택 최후의 소유자였던 백작의 5대손이었다. 그것만이 자신들의 흔적을 박물관의 형태로라도 훼손 없이 지켜낼 수 있는 유일한 방법이라 판단했던 것이다. 이 남쪽 플리겔 3층이 1922년 국립박물관기금위원회령에 의해 미술평론가이자 당시 러시아 미술관 연구원이던 푸닌에게 주어졌다. 그는 안나 아흐마토바의 세 번째 남편이 된다. 1930년대 후반, 이곳은 후에 그 시대 러시아 전역의 거주 형태가 그러했던 것처럼 여러 가구가 함께 생활하는 '소비에트식 공동생활의 장'인 '코뮤날카'가 되었다. 그러니까 그녀의 생활공간은 이러한 흐름 가운데 있었다.

폰탄카 집 중정.

플리겔이라고는 해도 안뜰에 들어서서 바라보는 풍경은 평범치 않았다. 제법 규모 있는 공원처럼 다양한 수목이 조화롭게 커가고 있는 뜰을 호위하며 18세기부터 20세기까지 다양한 건축 경향들을 수용해 세련되게 세워진 건물의 모습이 대로의 분주함으로부터 우리를 완전히 단절시킨다. 과거의

폰탄카 집 중정에 세워진 안나 아흐마토바 기념비와 기념관 입구.

그림자가 짙게 드리워진 공간에서 그녀는 꿈꾸듯 시를 써내려갔다. 이 집이
주는 특별한 의미에 대해 시인 자신이 여러 번 고백한 바 있는데, 실은 북쪽
플리겔에서 두 번째 남편인 실레이코와 1918년부터 이 년간 살기도 했던 것
이다. 남편을 포함해 그녀가 함께 살고 만나는 사람들은 예술가이거나 비평
가이거나 둘 중 하나였다.

> 폰탄카 집 지붕 아래,
> 전등과 열쇠 뭉치로
> 저녁 나른함이 어슬렁거리는데,
> 나는 사물들의 깨어날 줄 모르는 잠을
> 웃음으로 방해하며 어울리지 않는,
> 저 멀리 메아리를 마주 불러보았다. (……)
> ──안나 아흐마토바, 「주인공 없는 시」, 1940~1962년[1]

알려진 바와 같이 안나 아흐마토바는 우크라이나의 오데사 출신이었고, 1910년 첫 결혼 상대는 니콜라이 구밀료프였다. 둘은 페테르부르크 근교 차르스코예 셀로에서 수학 중에 만났고 모더니즘 문학운동인 아크메이즘 그룹에서 글을 쓰는 시인 부부였다. 그러나 예민한 사람들이 으레 그렇듯 사이가 벌어져 이별한다. 구밀료프는 니체에 심취했고 원초적인 기억인 꿈에 대한 집착이 강했다. 죽음과 부활의 신비, 황홀경은 비슷한 이유로 은시대 작가들의 관심을 끌었는데, 니체의 세례를 받은 구밀료프는 다음과 같은 시를 썼다.

> 기억, 너는 거인의 손으로
> 삶을 이끌지, 재갈 물린 말처럼,
> 너는 내게 말하지, 나의 전에
> 이 몸에 살았던 사람들에 대해 (……)
>
> —니콜라이 구밀료프, 「기억」, 1920년[2]

현실의 경계를 넘어 세계를 통찰하고자 하는 구밀료프의 이런 태도는 사회주의 리얼리즘의 미학적 태도와는 배치되는 것이었다. 후에 그와 그의 가족이 당국의 눈엣가시가 된 이유다.

안나 아흐마토바가 세 번째 남편 푸닌의 아파트에 들어오게 되었을 때 거기엔 벌써 식구가 여럿이었다. 푸닌의 전 부인과 딸, 장모, 가정부 안나 스미르노바, 가정부의 아들까지. 1929년에는 소비에트 정권에 비협조적이었던 아흐마토바를 압박하느라 볼모로 삼아 유형을 보냈던 아들 레프 구밀료프가 돌아왔고, 1930년엔 가정부 안나의 아들 예브게니가 아내를 얻어 역시 이곳에 거주 허가를 받아 들어왔는데 1938년엔 그 가정에만도 두 명의 어린 아이가 더 늘어났다. 우연한 가족들로 코뮤날카가 채워졌는데, 지금의 박물

푸닌의 아파트로 오르는 계단과 현관, 전실의 모습.

관은 당시의 모습을 재연하고 있다.

우선 전실에는 니콜라이 푸닌의 외투가 걸려 있고 여행 가방이 놓여 있으며 말없이 비밀을 지키고 있는 것 같은 검은 전화기 한 대가 붙어 있다. 스탈린의 공포정치 시기에 감시와 체포, 유형으로 얼룩진 지식인과 예술인들의 멍든 삶이 무심한 사물의 빛바랜 표면에 반사되어 우리 눈에 비쳐든다. 사

공동부엌과 레프 구밀료프의 서재.

진술에 심취해 집에 간이 암실을 꾸며놓고 직접 현상과 인화 작업을 했다는 푸닌의 작은 실험공간을 지나면 1930년대의 전형적인 코뮤날카 부엌이 나온다. 장작을 때서 열기를 내는 구식 페치카와 사모바르('스스로 끓는다'는 의미를 지닌 찻물 끓이는 도구) 위로는 이콘화가 걸려 있다. 혁명 전에는 어느 집이나 방 구석마다 걸어두던 이콘화를 혁명 이후에 집에 둔다는 것은 어려운 일이었지만, 푸닌 부부는 이를 고집했다고 한다. 복도 끝에는 '레프의 서재'라 불리는 공간이 있다. 실은 방도 아니고 복도의 끝에 선반을 마련해 책을 쌓아두고 글을 읽을 수 있게 한 곳이지만 아버지 니콜라이 구밀료프의 이름을 입에 올렸다는 이유로 체포와 유형이 끊이지 않던 레프 구밀료프의 삶에서 이 손바닥만 한 평화가 주는 의미를 굳이 더 설명할 필요는 없으리라.

위쪽으로 나 있는 남창에서 여기로 햇빛이 들었고, 겨울이면 이 크지 않은 공간을 타일을 붙인 난로가 데웠다. 복도 바닥에 궤짝을 갖다놓고 레프는 침대를 만들었다. 벽에 붙여 작은 테이블도 하나 놓았는데 (……) 부드러운 전등 빛이 이 크지 않은 방을 비추었고 이는 그에게 편안한 환경이 되었다. 그는 자신의 작업실에 만족했다.

—푸닌의 딸 이리나[3]

이어지는 '하얀 방'은 안나 아흐마토바의 인생사에서 중요한 사건들, 작품에 관계된 자료들을 정리해놓은 전시관이다. 친필 원고들, 구밀료프의 초상화, 19세기 말 20세기 초 러시아 문화계의 풍성함을 가리키는 소위 '은시대' 이미지들로 채워졌다. 안나 아흐마토바와 니콜라이 푸닌의 폰탄카 집 출입증도 보이고, 1965년 옥스퍼드 대학에서 수여한 명예박사학위 증서도 있으며 호머의 『일리아드』도 보인다. 첫 장에는 다음과 같이 적혀 있다. "호머를 읽은 자를 기억하며." 아흐마토바의 서명이 담긴 이 책은 1926년 그녀가 실레이코에게 선물한 것이다. 호머를 읽은 자 니콜라이 구밀료프는 1921년 총살당했다.

보리스 파스테르나크는 안나 아흐마토바를 가리켜 "시대가 인질로 삼아 영원히 포로로 남겨졌다"[4]고 말한 바 있다. 아크메이즘 운동으로 그녀는 애매한 상징어들로 가득한 시가 아니라 생활에서 길어 올린 명확한 시어를 확립했으며, 가시적이고 물질적인 묘사를 추구했다. 그녀의 시들은 체제 저항적이라기보다 오히려 체제로부터 완전히 독립되어 있었고, 이 점이 스탈린 치하 당국의 심기를 불편하게 했다. 그들은 러시아의 종교적인 전통과 여성으로서의 정체성에 기댄 시를 버릴 수 없었던 그녀에게 "수녀와 창녀를 오간다"며 데카당의 낙인을 찍었다.

그녀의 대표작이라 할 「주인공 없는 시」, 「진혼곡」과 관련해서는 감옥에 갇힌 아들을 기다리다 이런 상황도 시로 쓸 수 있느냐는 필부의 질문을 받고 집필을 결심했다는 일화도 있다. 개인적인 고뇌가 시대의 기록으로 이어져 독자적 영역을 구축한 예라고 하겠다. 안나 아흐마토바 자신이 「주인공 없는 시」에 부친 고백과 같이 그녀와 동시대를 산 이들의 이름은 고통 받는 시대의 이름과 다름없었다.

니진스키 폴란드계 러시아 무용가. 〈봄의 제전〉, 〈목신의 오후〉 등의 대표작을 남겼으나, 말년엔 정신병으로 고통 받았다.

마야콥스키 소련의 혁명시인. 37세에 권총자살로 생을 마감했다.

예세닌 러시아의 자연을 노래한 서정시인. 신경쇠약으로 자살했다.

츠베타예바 러시아 상징주의 시인. 백위군 편에 선 「백조의 진영」을 발표했다. 망명 시기를 거쳐 귀국해 고국에서 새 출발을 시도했으나 끝내 자살로 생을 마감하고 말았다.

메이예르홀드 러시아 아방가르드 연극의 시조라 불리는 연출가. 반혁명 조직에 연루되어 스파이 혐의로 총살당했다.

필냑 소련의 소설가. 스탈린 치하 트로츠키주의자로 지목되어 총살당했다.

조셴코 관료주의와 부패를 기발한 유머로 고발한 러시아 풍자문학의 대가. 당국의 비판으로 작가동맹에서 제명되고 사실상 번역일로만 연명하다 몰이해 속에 사망했다.

만델슈탐 러시아의 시인. 소련 공산당으로부터 탈정치적이라는 낙인이 찍혀 수용소에서 사망했다.

은시대를 대표하는 시인 중 하나인 아흐마토바 시 세계의 가장 큰 특징 중 하나가 극적 요소dramatism라고 한다면, 그 속에서 특히 빛나는 것은 재난적 존재성(존재 자체가 재난적 상황에 놓여 있다는 세계인식)에 대한 감각, 그리고 그 속에서 감지되는 부조화와 동요動搖와 당혹감의 표현이다. 20세기 러시아 시단의 대표 주자인 알렉산드르 블로크와 다른 점이라면 블로크가 역사적, 철학적인 관점에서 존재의 재난적 성격을 성찰한 반면, 아흐마토바는 개인의 운명과 그들 간의 관계적 측면에서 이를 다루었다는 것이다. 그녀의 시어는 물질적이고 섬세하며 구체적이다. 내밀한 서정적 체험이 충만하다.

> 나는 마신다. 무너져 내린 집을 위해,
>
> 내 악한 삶을 위해,
>
> 둘의 외로움을 위해!
>
> 그리고 너를 위해, 마신다,
>
> 나를 배반한 입술의 거짓말을 위해,
>
> 두 눈의 죽은 추위를 위해,
>
> 세상의 가혹함과 무례함을 위해,
>
> 신이 구원하지 않았다는 것을 위해.
>
> —「마지막 축배」, 1934년[5]

이어지는 곳은 푸닌의 서재다. 전시는 스스로를 평가한 푸닌의 말을 우리 앞에 던져놓는다. "내게는 단 하나뿐이지만 아주 확실한 재능이 있다. 회화를 이해할 줄 알고 이를 다른 이들에게 열어 보일 수 있다는 것이다." 그는 예술을 폭넓게 이해했고 새로운 경향도 적극적으로 수용했던 것으로 보인다. 고대 루시의 이콘화에서부터 일본 그래픽에 이르기까지, 프랑스 낭만주의에서부터 현대 아방가르드까지 관심을 갖지 않는 것이 없었고 당시 러

푸닌의 서재.

시아에서라면 러시아 아방가르드의 전성기를 구가한 블라디미르 타틀린과
카지미르 말레비치에 특히 심취해 있었다고 한다.●

극도로 긴장된 정신적인 삶을 살고 있었다는 점에서 푸닌과 아흐마토바
는 서로에게 끌릴 확률이 애초부터 높았다고 말할 수 있겠다. 푸닌의 책상
위에는 이 집을 드나들던 예술가 손님들이 그린 아흐마토바의 초상화가 여
러 점 걸려 있다. 대부분 작은 크기의 종이에 재빨리 그려낸 것들이다. 그중
에 1922년 지나이다 세레브랴코바◆가 그렸다는 그림(160쪽 참조)이 가장 매
력적이다. 세레브랴코바는 특히 따뜻하고 생기 넘치는 인물화로 유명한데,
이곳에 걸린 아흐마토바의 초상에서도 그런 특징이 엿보인다. 당시 아흐마
토바는 푸닌을 처음 방문한 참이었다고 한다. 말간 얼굴색에 부드러운 표정
이 더해진 모습은 쓸쓸하면서도 신비로워 보이는 구석이 있다. 푸닌과 살림

● 러시아 아방가르드의 두 축이었던 두 사람은 이후 타틀린은 구성주의로, 말레비치는 절대주의로 나아갔다.

◆ 모스크바와 파리에서 미술 공부를 한 여성 화가. 러시아의 전통적인 회화기법에 인상주의적인 요소를 가미해
자신만의 독특한 미학을 개척했다는 평가를 받는다.

을 합치기로 마음먹었을 때 전 부인과 함께 한집에서 살아야 하는 그녀의 입장은 어땠을까. 1920년대에서 1930년대, 당국의 탄압 이외에도 거주공간에서 겪어야 하는 이러한 심적, 물리적 부자유가 그녀의 집필활동을 방해했다고 말하는 이들도 있다.

어찌 되었든 그녀는 푸닌을 위해 프랑스어 자료를 번역하기도 하면서 페테르부르크 건축사와 이탈리아어, 영어를 공부하는 한편, 처형당한 첫 남편 구밀료프의 삶과 작품들에 대한 메모를 적고 푸시킨 연구에 착수했다. 그리고 1935년 10월 남편 푸닌과 아들 레프 구밀료프가 체포된 뒤, 푸닌의 전 아내 아렌스와 아흐마토바는 이 방에서 당국의 수색에 대비해 문제가 될 만한 서류들을 모두 소각했다. 20세기 전반 소련이라는 시공간에서 개인의 삶은 사회적 삶 속으로 깊이 침잠할 수밖에 없었다. 그만큼 혁명 과업의 완수라는 명제하에 상황은 급박하고 암울하게 진행되고 있었다.

다음 방은 빨간 전등갓이 인상적인 식당이다. 함께 사는 식구도 많았고, 드나드는 손님들도 많았으니 내내 사람들로 북적거리는 공간이었을 이곳

푸시킨의 초상화가 걸려 있는 식당.

엔 오레스트 키프렌스키의 푸시킨 초상화가 가장 중심이 되는 위치를 차지하고 있다. 선의를 잃어버린 시대에 푸시킨을 간직한다는 것만이 신성한 의무로 여겨진다고 아흐마토바는 말한 바 있다. 최신의 감각을 달리는 모더니스트에게 아름다운 물건에 대한 심미안이 어찌 없었을까. 멋진 감각을 지녔지만 그런 물건들을 때맞춰 지닐 수 있는 형편이 아니었던 그녀에게 유일한 위안은 소중한 사람들과 관련된 물건들을 잊지 않고 챙기는 일이었다. 몇 점 되지 않는 아름다운 도자기, 잉크병과 부채, 손지갑 등을 보고 있노라면 살아남아 잊지 않고 시대를 기록하겠노라고 다짐하는 듯한 그녀의 시와 이 물건들이 서로 다르지 않게 보인다.

푸닌과 결별 후 안나 아흐마토바가 머물렀던 방.

1938년 그녀는 푸닌과도 결별한다. 표면상 달라진 것이라곤 바로 옆방으로 짐을 옮기는 것에 불과했지만 그들은 이제 각자의 길을 걷는다. 세 번의 체포 끝에 푸닌은 1953년 강제수용소에서 옥사한다.

전쟁을 피해 1941년 타슈켄트로 떠나기까지 그녀는 약 삼 년간 이곳에서

생활을 이어갔다. 지난 시대를 생각나게 하는 따스한 물건들 때문에 어떤 이
들은 이곳을 마술창고라고도 불렀고 잡혀간 아들의 소식 때문에 노심초사
하며 괴로워하던 모습 때문에 어떤 이들은 이곳에서 형편없이 허물어진 그
녀를 기억해낸다. 1935년부터 쓰기 시작한 「진혼곡」의 작업을 계속해나갔
지만 이제 그녀는 원고를 집에 두지 않았다. 대신 믿을 만한 주변인들에게
자신의 시를 외우게 했다. 그 시대 많은 시인들의 작품은 그런 식으로 세상
의 빛을 보게 된 것이 사실이다. 스탈린을 비하하는 시를 써서 친구들 앞에
서 낭독했다는 죄목으로 쥐도 새도 모르게 블라디보스토크 수용소로 끌
려가 비참하게 죽어간 오시프 만델슈탐의 경우 그의 아내가 작품 대부분을
암송하고 있었고, 주변인들이 일부 원고를 분산해 보관하고 있었기에 후대
에 그것들이 훼손 없이 세상에 알려지게 되었던 것이다. 아흐마토바는 아들
과 그 동료들의 운명을 생각하며 큰 죄책감에 빠져들었다고 한다. 자신들의
세대가 당시 나라 안에서 벌어지고 있는 일에 대한 책임을 다하지 못하고,
주관적 감정과 미적 체험의 닫힌 세계에 머물렀기 때문에 지금 저 아이들의
운명이 이렇게 된 것은 아닌가, 그래서 지금 러시아의 아들들이 십자가를 지
고 유형 길에 오르게 된 것은 아닌가 하고.

이제 마지막 방은 타슈켄트에서 돌아온 시인이 다시 머물게 된 곳이다. 그
녀는 이번에도 전에 살던 방의 바로 옆방으로 이사해 들어왔다. 1945년부터
1952년까지의 공간이다. 그러나 지금의 전시는 정확히 1945년 가을 이곳에
서 일어난 한 사건에 초점이 맞춰져 있다. 당시 모스크바 주재 영국대사관
의 서기관으로 근무했고 미래에 사상가로 이름을 알린 이사야 벌린의 방
문이다. 벌린은 친구들로부터 숱하게 들어온 바로 그 시인이 궁금해서 눈으
로 확인할 참이었고, 그녀는 스탈린의 공포정치라는 생지옥을 탈출해 망명
자가 된 친구들의 소식을 그로부터 들을 수 있었다. 그들은 밤이 새도록 시
간 가는 줄도 모르고 많은 이야기를 나누었다고 한다. 그들이 함께 아는 친

타슈켄트에서 돌아온 안나 아흐마토바의 방.

구들에 대해, 아흐마토바가 기억하고 벌린이 듣고 싶어 하는 또 다른 친구들에 대해, 그리고 그들이 함께 바라보는 위대한 인물들에 대해. 살로메, 모딜리아니, 구밀료프, 만델슈탐, 톨스토이, 체호프, 도스토옙스키, 알렉산드르 블로크, 파스테르나크에 대해. 박물관 전시 기획자는 이들의 만남을 다음과 같이 표현하고 있다. "이사야 벌린은 「주인공 없는 시」 속으로 걸어 들어온 미래로부터 온 손님이었다." 물론 이 사건으로 아흐마토바는 또다시 고통을 당해야 했다. 외국인과 접촉하는 것 자체를 국가적 범죄행위로 규정하고 있던 시절이니 이제 아흐마토바의 시에는 '소비에트 인민과는 상관없는 낯선 것'이라는 죄명이 더해졌다. 작가협회에서 제명당하고 식량배급표를 빼앗기는 일도 당연히 이어졌다.

그리고 몇 번의 탄압이 이어졌고 스탈린 시대도 저물어 조금씩 사정이 나아지던 중에 외국에도 그녀의 작품이 알려지게 되었다. 이탈리아로부터 에트나 타오르미나 상을 수여받고 영국 옥스퍼드 대학으로부터 명예박사학위를 받는다. 사랑과 죽음에 대해 노래하며 젊은 날을 시작한 이 여인은 누에고치가 실을 뽑아내듯 시대를 기록하다가 1966년 76세를 일기로 자신의 도시 레닌그라드에서 사망한다.

> (……) 이 모든 일의 증인,
>
> 여명에도 황혼에도
>
> 방 안을 들여다보는 오래된 단풍나무가,
>
> 바싹 마른 검은 손을 내게 내민다.
>
> 우리의 이별도 미리 보고,
>
> 도움을 주려는 듯 그렇게.
>
> —안나 아흐마토바, 「주인공 없는 시」, 1940~1962년[6]

박물관을 나오다가 매표소에 붙은 서점에서 책을 한 권 샀다. 책이라고 하기엔 조금 낯선 구성이어서 부가 설명이 필요할 듯하다. 강렬하게 붉은 고딕체 로마자로 '모딜리아니'라고 쓰인 얇은 화보집과 그에 딸린 낱장으로 된 연필 그림 일곱 장이다. 그리고 그림의 모델이 된 이는 안나 아흐마토바 자신이다. 어떻게 된 일일까?

1910년 아흐마토바는 처음으로 파리에 갔다. 니콜라이 구밀료프와의 결혼 직후이니 아마도 신혼여행이었으리라. 그녀가 모딜리아니와 어떤 경로로 알게 되었는지, 얼마나 자주 어떻게 만났는지는 명확하지가 않다. 다만 1964년 그와의 만남을 회고하며 그녀가 적은 글에 당시의 정황이 스치듯 지나갈 뿐이다. 이 이탈리아 출신 화가가 러시아 시인을 그린 시기는 1911년이다. 두 번째 파리에 갔을 때 그녀는 혼자였다. 당시 그가 스물네 살인 줄 알았더니 실은 스물여섯이더라는 식의 시시콜콜한 내용이 회고록에 포함되어 있다. 일흔 줄에 접어든 아흐마토바가 자신의 젊은 날을 회고하며 이 아름다운 남자에 대해 묘사하기로 마음먹은 이유는, 때마침 이탈리아와 프랑스에서 발간된 그에 대한 회고록이 그를 터무니없이 비하하고 있는 것에 대한 반발심 때문이었다고 한다.

그녀를 그린 스케치는 이후 차르스코예 셀로 집에 보기 좋게 걸려 있다가 혁명 직후 소실되었다. 안나 아흐마토바는 혁명의 소용돌이 속에서 어느 샌가 소각된 것 같다고 말하고 있지만, 자신과 모딜리아니를 욕보이고 싶지 않았던 그녀 자신이 스스로 없앤 것이라고도 사람들은 얘기한다. 열여섯 점에 이른다던 그녀를 그린 그림들 중 남아 있는 작품이 러시아에 처음으로 모습을 드러낸 것은 2007년 여름의 일이다. 당시 페테르부르크에서 열린 유럽경제포럼에 참가했던 스웨덴 실업가가 푸틴 대통령에게 이를 선물한 것이다. 그녀가 자신의 회고록에 어떤 방식으로 모딜리아니를 그렸는지는 당시 이 글을 읽었던 이오시프 브로드스키•의 소감에서 쉽게 짐작할 수 있다. "안

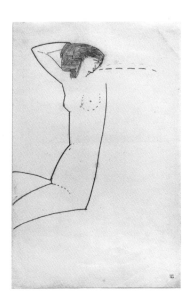

아메데오 모딜리아니, 〈안나 아흐마토바〉, 종이에 연필, 42.8×26.5cm, 1911.

나 안드레예브나, 이건 완전히 『로미오와 줄리엣』이로군요." 그녀는 시대의 뮤즈였던 셈이다. 신비롭고 풍부한 의미세계 속에서 자유롭게 유영했던 파리의 벨에포크◆와 페테르부르크의 은시대는 이렇게 맞닿아 있었다. 뒤이어 악몽처럼 찾아온 전쟁과 혁명의 피바람으로 이 시대는 한층 더 보드랍고 반짝거리는 시대로 기억되었다.

　이러한 확인은 파리의 오랑주리 미술관에서 아폴리네르의 여인 마리 로랑생이 그린 샤넬 초상화를 볼 때도 마찬가지였다. 문득 안나 아흐마토바가 떠올랐다. 나는 안나 아흐마토바의 초상화는 물론 그녀를 있는 그대로 찍은

● 소련 출신의 유대계 시인. 반체제적 성향으로 강제 추방되어 미국에 정착했다. 1987년 노벨문학상을 수상했다.

◆ 정치적 격동기를 통해해 평화와 문화적 부흥을 구가하던 19세기 말~20세기 초. 프랑스어로 '아름다운 시절'이란 뜻이다.

1 지나이다 세레브랴코바, 〈안나 아흐마토바〉, 1922.
2 마리 로랑생, 〈마드모아젤 샤넬의 초상〉, 캔버스에 유채, 92×73cm, 1923.

사진도 익히 잘 기억하고 있는데 서로 닮은 구석이 없는 두 여장부가 겹쳐
보이는 것이 약간은 어색한 일이었다. 그러나 세르게이 댜길레프와 로랑생
이 발레단 무대장치와 의상으로 서로 엮인 사이라는 걸 알고는 그런 감흥의
연유가 자연스레 설명되었다. 댜길레프라면 안나 파블로바, 바츨라프 니진
스키 등 스타 예술인들을 기용한 러시아 출신 예술 거간꾼이자 공연 기획자
가 아닌가. 그가 이끄는 '발레 뤼스'라는 장 콕토, 피카소, 스트라빈스키 등
유명 예술인의 이름이 수도 없이 얽혀 있다. 그런 점에서 마리 로랑생이 그려
낸 시대의 여인상이 그 시대의 또 다른 뮤즈 안나 아흐마토바와 닮아 있다
는 것은 자연스러워 보인다.

정작 의뢰인인 샤넬 여사 본인은 마음에 들어 하지 않아 의뢰를 철회했다
고 하지만 오늘날 샤넬의 모습을 그린 대표적인 이미지로 자리 잡았음은 물
론 마리 로랑생 본인의 대표작이기도 하다. 부드럽고 관능적이면서도 몽환
적인 분위기가 물씬 풍긴다.

마지막으로 페테르부르크의 러시아 미술관에 들러 나단 알트만이 그린 아흐마토바의 초상화를 보았다. 그가 아흐마토바를 만난 것도 1911년 파리에서의 일이었다. 그 후 1913년 자신의 페테르부르크 작업실에서 시인의 초상화를 그릴 기회를 얻었다고 한다. 당시 알트만도 아크메이즘에 깊이 공감하며 작업하고 있었다는 증거가 명백히 보인다. 초라한 작업실에서 그려낸 초상화임에도 빛나는 크리스털을 연상시키는 듯한 배경 덕분에 그녀의 우아한 푸른빛 의상과 더불어 신비를 꿈꾸는 시인으로서의 면모가 더욱 부각된다. 이 이미지를 통해 이제는 일련의 상징주의 시세계로도 좀 더 친근하게 빠져들 수 있을 것 같다.●

> 우리는 석양 가운데 만났다.
> 너는 노를 저어 물살을 가르고 있었다.
> 나는 너의 흰 옷을 사랑했고,
> 정교한 환상에 넌더리가 났다.
>
> 침묵의 만남들은 기이했다.
> 모래 범벅의 긴 머리카락에서
> 저녁 촛불이 타고 있었다.
> 누군가 창백한 아름다움에 대해 생각했다.
>
> 다가서는 것과 친근한 것과 격정에 이르는 것을
> 푸른 고요는 받아들이지 않으리.

● 상징주의와 차별화하며 등장한 아크메이즘이지만, 아크메이스트들은 상징주의와의 차이를 명확히 할 만큼 충분한 실험 기간을 미처 갖지 못한 채 소멸해버렸다. 때문에 은시대 시인들의 작품을 대할 때 작법의 차이에 주목하기보다 현실과 방불한 그들의 꿈속으로 빠져들면서 그 시대와 만나는 편이 더 나을 듯싶다.

잔물결 이는 수면과 갈대와 저녁
안개가 있는 강가에서 우리는 만났다.

그리움이나 사랑이나 울분이 아니라
모든 것이 사그라지고 지나가고 멀어져갔다.
흰 육체와 적막한 목소리,
그리고 너의 금빛 노.

―1902년 5월 13일, 알렉산드르 블로크, 『반향』 중에서[7]

푸른 고요 속에 격정의 빛이 사그라들고 있다.

나단 알트만, 〈안나 아흐마토바의 초상〉, 캔버스에 유채, 1914.

Marc Chagall

생폴 드 방스의 샤갈의 묘비.

잊어지지 않는 고향

샤갈과 파리, 남프랑스 그리고 비텝스크

파리는 무더운 여름 한가운데 있었다. 파리지앵들도 자신의 도시를 버리고 숲으로 바다로 떠나고 없는 마당에 아스팔트 열기로 들끓는 대도시에서 넘쳐나는 여행객들과 눈인사나 하자고 파리를 찾은 것은 물론 아니지만 아무 때고 원할 때 여행할 수 있는 자유로운 형편도 아니었으니 어쩔 도리는 없었다.

파리 여행이 사나흘쯤 진행되어 들라크루아의 자취를 따라 생제르망데 프레 구역을 돌아보던 때였다. 그의 프레스코화 〈야곱의 씨름〉을 보러 생쉴 피스 성당에 들렀다가 한낮의 뜨거운 햇살을 피해 그늘로 걷다보니 뤽상부르 궁전의 담벼락 밑, '샤갈 특별전'이 열리고 있다는 현수막이 길게 내려져 있었다. 퐁피두센터에 걸린 그의 그림도 그렇거니와 '샤갈' 하면 사람들은 흔히 사랑스러운 아내 벨라와 하늘을 날아다니는 모습을 떠올린다. 종종 그의 그림에 배경으로 등장하는 통나무집과 러시아 정교회를 나타내는 돔 지붕의 교회는 그의 고향 비텝스크를 모델로 한 것이다. 비텝스크는 예전엔 러시아 땅이었고 지금은 소련으로부터 독립한 벨라루스의 도시다. 혁명 과업의 완수라는 기치 아래 사회주의 리얼리즘에 반하는 어떠한 예술 창작 경향도 허락되지 않았던 그때 샤갈은 유대식 이름을 버리고 마르크 샤갈이 되어 파리에 정착했다. 그러나 비텝스크의 고향 마을은 샤갈에게 지워지지 않는 운명이었다. 문득, 바로 이전 해 겨울 민스크에 있는 벨라루스 국립미술

민스크에 있는 벨라루스 국립미술관.

관에서 열렸던 샤갈 초기 작품전이 떠올랐다. 유럽의 평단은 온전히 프랑스 사람으로 살았던 1920년대 후반 이후의 샤갈을 더 깊이 이해하길 원하고, 러시아의 평단은 당연히 그의 이전 행보에 비중을 둔다.

민스크 국립미술관에서 열렸던 샤갈전은 애수에 차 있었다. 고향 마을에 선 환영받지 못하던 선지자 같은 모습인 샤갈을 벨라루스인들이 과연 어떻게 받아들일까 궁금했던 터라 더 그렇게 보였을지 모른다. 레닌 거리와 카를 마르크스 거리가 교차하는 지점, 1950년대에 지어진 고전주의 양식의 잿빛 건물이 벨라루스 국립미술관이다. 한 블록 앞의 거리는 엥겔스 거리다. 그러니 이 미술관이 도시에서도 가장 중요한 곳에 보란 듯이 자리 잡고 있다는 것은 주변 거리들의 이름만 보아도 짐작할 수 있다. 카를 마르크스 거리를 따라 내려가면 벨라루스 화가연맹과 그 산하 갤러리들이 하나씩 숨어 있어서 주변엔 늘 옆구리에 캔버스를 끼고 오가는 화가들이 눈에 띈다.

전시실에는 그간 쉽게 접하지 못했던 연필 스케치화와 달걀노른자에 안료를 녹여 사용하는 템페라 기법으로 그린 작품들이 많았다. 1887년 7월에 생선과 채소를 팔아 겨우 생활을 꾸리던 유대인 부부 사이에서 태어난 샤갈이 처음 그림을 배운 스승은 고향 마을의 화가 예후다 펜이다. 흑백사진 속에는 이 스승이 소련식 인민복과 그에 딸린 모자를 쓰고 목조 가옥 옆에 서 있다. 『나의 삶』이라는 회고록에서 샤갈은 자신의 스승을 이렇게 회고한다.

민스크 그리보예도프 거리의 가을.

내 기억으로 그는 아버지 곁에 살고 있었다. 내가 살던 도시의 좁고 텅 빈 거리들을 생각에 잠겨 걷다보면 나는 종종 나와 비슷하게 걷고 있는 그와 마주치곤 했다. 학교 문턱을 넘기 전 나는 늘 이렇게 사정할 준비가 되어 있었다. 나는 대단한 명예를 원하는 게 아니라고, 나는 당신처럼 겸손한 거장이 되고 싶다고, 아니면 당신이 사는 거리, 당신 집에 당신이 걸어놓은 그림들 대신 내가 걸려 당신과 함께 있다면 그것으로 좋겠다고.[1]

펜이 샤갈에게 잊지 못할 스승으로 남게 된 것은, 표현양식의 원숙함 때문이라기보다 도덕적, 정신적 영향력 때문이었다. 차원 높은 기술 형태로서의 회화는 화가의 성실과 겸손, 의지에 대한 정당한 보상이라는 게 그의 가르침이었다. 샤갈은 1906년 아들의 그림 공부를 위해 페테르부르크로 거주지를 옮긴 부모님 덕분에 제국의 수도에서 본격적인 그림 공부를 시작한다. 이 시기에 샤갈을 가르친 인물이 레온 박스트이다. 그는 일찍이 유럽을 여행하며 파리에서 미술을 공부했고, 러시아로 돌아와 예술세계파●의 일원으로 무대미술과 의상 등 다양한 분야에서 활동하며 유명세를 떨쳤다. 샤갈의 재능을 알아보고 파리 이주를 권한 이도 바로 그였다.

소박한 고향 마을에서 산책자로 살다가 제국의 수도에서 사는 것에 피로를 느낄 때면 샤갈은 고향에 종종 들렀고 그때 영혼의 파트너 벨라 로젠벨트를 만났다.

> 그녀가 침묵하면 나도 침묵한다. 그녀가 바라보면—오, 그녀의 눈이여!— 나 또한 그렇게 한다. 우리는 마치 오래전부터 알고 있는 사이 같고 그녀는 나에 대해 모든 것을 알고 있는 듯하다. 나의 어린 시절과 나의 지금 삶과 내게 앞으로 벌어질 일까지도. 언제나 나를 바라보고 있는 듯했고, 어디라도 곁에 있는 듯했다. 비록 그녀를 처음 본 것이었지만.[2]

이후 샤갈은 파리로 떠났고 야수파와 입체파의 영향을 받는다. 다양한 형식적 실험을 감행했지만 형식의 실험 자체가 목표가 되는 것을 늘 경계했다. 그는 자기 그림의 소재를 찾기 위해 고심할 필요가 없었다. 유대인 공동체였던 가난한 고향 마을이 자신의 마음에 심어준 삶의 가치에 가장 합당한 방법을 찾기만 하면 되었다. 그것은 여러 요소와 경향이 혼합된 것일 수

● 1898년 댜길레프에 의해 결성된 모더니즘적 예술운동 그룹. 미술, 문학, 음악, 연극 등 여러 분야의 예술인들이 비공식적으로 모인 그룹으로 유럽의 모던 아트를 소개하고 러시아 화단에 실험적이고 진보적인 아방가르드 예술을 꽃피우게 했다. 미하일 브루벨, 페트로프 보드킨 등이 주요 멤버다.

도 있었다. 어쨌든 샤갈은 모더니스트로서 다듬어졌다. 향수병에 걸린 샤갈은 안에서 밖으로 난 '창'을 그리며 내면을 단단히 하고 세상을 관찰했다. 아방가르드 작가들의 공동체인 '벌집'에서 살면서 루브르를 드나들었고 마네와 들라크루아, 쿠르베의 작품들을 보았으며 아폴리네르와 사귀었다. 물론 당시 댜길레프의 발레단 '발레 뤼스'와 관련해 파리에 와 있던 레온 박스트, 니진스키와도 교류했다. 그러나 그는 자기 세계가 아닌 곳의 이야기는 꺼렸다.

> 나는 댜길레프의 공연단이 벌이는 극을 보러 갔다. (……) 그가 새로 시도하고 발견한 이 모든 '혁신'은 세속적 취향에 맞도록 잘 세공되었다. 우아하고 세련되었다. 하지만 나는 노동자의 아들이라서 종종 반짝거리는 마룻바닥에 발자국을 마구 남겨놓고 싶어진다.[3]

1914년 그는 고향에 다니러 왔다가 제1차 세계대전의 발발로 국경이 봉쇄되는 바람에 러시아에 머물게 된다. 그때 연인 벨라와 결혼하고, 소련 정부의 신임으로 고향 비텝스크에서 미술인민위원회 위원과 미술학교 교장직을 수행하던 중, 카지미르 말레비치와 엘 리시츠키◆ 등이 주도하는 절대주의와 뜻을 같이할 수 없어서 모스크바로 옮겨간다. 그곳에서 1922년까지 유대인 극장을 위한 무대미술 등에 관계했다. 그러니까 이 민스크 전시가 초점을 맞춘 시기는 대략 이때까지다. 이후에 그는 파리와 미국, 다시 파리와 남프랑스로 거주지를 옮기게 된다.

이제 그의 고향은 어디에도 없었다. 잃어버린 고향과 이 땅에서 영원히 찾을 수 없을 것 같은 낙원이 그의 그림 속에서 꿈으로 비통하게 재확인된다.

◆ 러시아 아방가르드 미술가. 공간 구성의 실험을 통해 판화, 포토몽타주, 건축 등에 새로운 기법을 도입하면서 유럽에 영향을 끼쳤다. 20세기 그래픽 디자인을 주도했다는 평가를 받는다.

고골의 『죽은 혼』에 그려넣은 샤갈의 삽화집.

절절한 그리움이 하늘로 날아오른다. 관람을 마치고 나오다 입구의 조그만
판매대에서 은빛 상자 하나를 발견했다. 표지에 쓰인 글자를 확인하고 환호
성을 질렀다. 바로 고골의 『죽은 혼』에 샤갈이 그려 넣은 삽화 96점이 대견
스럽게 인쇄되어 가지런히 담겨 있었던 것이다. 프랑스 아트딜러 겸 편집자
앙브루아즈 볼라르가 『죽은 혼』의 일러스트를 샤갈에 의뢰한 것은 1923년
의 일이었다. 샤갈은 사 년 뒤인 1927년에 시리즈를 완성했고 프랑스어판
『죽은 혼』이 샤갈의 옷을 입고 세상에 나온 것은 그로부터 다시 십여 년이
지난 후인 1938년의 일이었다. 고골에게는 샤갈의 창작에 영감을 줄 만한
것들이 총체적으로 존재하고 있었다. 고골이 러시아를 사랑하는 동시에 증
오했던 것처럼, 샤갈 또한 그랬다. 노예적 심리 상태로 자의식이 좁고 있었던
러시아, 비극적 가락을 덮어버릴 유머 감각을 지닌 존재가 그들의 러시아였
다. 이야기를 이미지로 새롭게 해석하는 일을 즐겼던 샤갈은 고골 외에도 셰
익스피어와 라퐁텐의 작품에 삽화를 그려 넣었다.

비텝스크의 현재는 황량한 이미지로 채워진다. 전쟁과 혁명, 그리고 다시
계속된 전쟁으로 이 목조 가옥 가득한 도시는 폐허가 되었고 다시 복구된

1 비텝스크에 있는 샤갈의 집. **2** 샤갈의 집 뜰에 놓인 기념비.
3 가을의 민스크 외곽 거리. **4** 겨울의 민스크 삼위일체 마을.

도시에서 더 이상 좁은 골목길과 나무숲 사이로 삐죽 나온 시나고그(유대교 예배당)와 소박한 농가의 모습을 기대하기는 어려워졌다. 물론 비텝스크 시는 샤갈이 살던 집을 박물관으로 개관해 그가 비텝스크 사람임을 애써 상기시키려 하고 있지만 방문객의 기대를 충족시키기에는 역부족이다. 그보다는 우선 민크스 근교의 평범한 민가 풍경에서 한 세기 전 화가가 맛보았을 벨라루스식 순박함을 상상해보는 편이 나았다. 그리고 모스크바에 있는 미술서적 전문 출판사인 벨리고로드 사에서 펴낸『샤갈』편을 읽다가 '인정과 화해'라는 소제목 아래 다음과 같은 일화를 발견했을 때 화가의 고향 마을에서 마주친 당혹감을 어느 정도 극복할 수 있었다.

1973년 모스크바 트레티야코프 미술관은 소비에트 최초로 대규모 '샤갈전'을 개최했다. 이 전시회에서 한 젊은 복원 전문가가 샤갈에게 거대한 캔버스 한 폭을 돌려주었다. 거의 울음을 터뜨릴 듯 그는 말했다. "이건 기적이다." 캔버스는 샤갈이 1919년 모스크바의 신 유대인 극장을 위해 만든 장식 패널이었다. 그가 이미 오래전 파괴되고 없어졌다고 여겼던 것이었다. 하지만 스탈린 시대의 잔인한 만행으로부터 그것들을 소중히 여겨 트레티야코프 미술관 창고 깊숙이 감춰둔 주의 깊은 손길이 있었다. 화가가 고향 땅에서 자신의 과거를 되찾았다는 것은 특별한 의미를 지닌다. 제2차 세계대전 말엽부터 1985년 타계하기까지 제법 긴 기간은 인정과 화해의 시기로 정의될 수 있다. 인생의 후반부 40년은 그에게 세계적인 명성을 가져다주었다.[4]

망명 이후 처음이자 마지막으로 러시아 방문이 성사되었을 때 그의 나이는 86세였다. 비록 고향인 비텝스크로의 귀환은 아니었지만 모스크바의 환영 인파로부터 그가 감개무량하게 받아든 꽃이 러시아 들판에 흔하게 피는 봄 꽃 바실료녹이었다는 사실은 이 극적인 순간에 서정적인 색채를 더한다.

볼셰비키가 손에 넣은 소련도, 히틀러가 짓밟은 유럽도 그를 밀어냈지만 그는 저 들꽃처럼 여전히 푸른 꿈을 꾸며 살아남아 끝내 인정과 화해의 시간을 맞이했던 것이다.

여름의 니스 해변.

일부러 샤갈을 따르려고 그렇게 된 것은 아니었지만 얼마 후 남프랑스의 니스를 중심으로 양쪽에 펼쳐진 프렌치 리비에라 해변의 풍경을 경험하게 되었을 때의 놀라움은 이러하다. 파리의 태양과는 다른 태양이 그곳에 있었다. 코트다쥐르 최대의 도시라고도 하고, 피서객들이 끝도 없이 밀려온다고 해서 별 기대 없이 거쳐가는 곳쯤으로 여겼던 니스는 사람이 넘쳐나도 신기할 정도로 여유로운 공간이었다. 우리는 쪽빛이라고 하고 그들은 코발트빛이라고 하는 그 물색에 넋을 잃고 미풍에 흔들리는 마음을 조금은 방치하면서 자갈밭에 앉아 시간 가는 줄 몰랐다.

오전 이른 시각과 오후 늦은 시각에는 그렇게 바다에 취하고 볕이 뜨거운 한낮이면 그림을 보러 갔다. 기차역에서 멀지 않은 언덕에 샤갈의 후반 인생이 영광스럽게 담긴 미술관이 자리 잡고 있다. 샤갈은 1944년 나치의 탄압을 피해 미국으로 피신해 있는 동안 그림의 뮤즈가 되어준 아내 벨라를 잃었고, 한동안 실의에 빠져 붓을 들지 못했으나 다시 의욕적으로 뉴욕에서의 활동을 전개한다. 종전 이후 프랑스로 돌아온 샤갈은 1950년 남프랑스 영주를 결심한다. 그리고 이 년 뒤에는 바바 브로드스키를 만나 결혼에 이른다. 바바는 샤갈과 함께 그리스 등지를 여행하며 그에게 새로운 창작 의욕을 북돋워주었다.

이후 앙드레 말로의 주선으로 샤갈은 오페라 가르니에 극장의 천장화를 완성한다. 샤갈이 성경 메시지의 연작 17점을 완성해 프랑스 정부에 기증한 것이 1966년의 일인데, 이를 기반으로 1973년 그의 나이 여든여섯 살 생일을 맞아 니스에 샤갈 미술관이 개관된다. 살아생전에 이토록 집중적인 찬사를 받고 자신의 이름으로 빛나는 미술관까지 선물 받은 작가는 아마도 다시 없을 것이다.

나지막한 단층의 미술관 건물 앞으로 연둣빛 풀밭이 펼쳐져 있고 캔버스

니스의 샤갈 미술관 안뜰.

천으로 엮은 간이의자들을 삼삼오오 모아놓은 곳에는 마스터클래스가 열리고 있었다. 어른 아이 할 것 없이 때로는 해맑고 때로는 근심 가득한 빛깔의 물감들을 섞어서 제 마음과 세상의 형상을 스스럼없이 표현해보는 이런 현장이야말로 작가들이 사후에라도 마련해놓고 싶은 공간일 것이다.

세계적인 인정과 그에 따른 명성을 얻게 된 샤갈은 세계대전으로 이념 대립이 계속되고 있던 세상에서 불화를 극복하고 모순을 완화하는 데 자신의 작업을 바쳐야 한다는 소명의식을 갖게 됐다. 제한된 전통적인 회화기법으로는 이에 이를 수 없다는 생각이 그를 압박했다. 회화를 넘어선 세라믹과 스테인드글라스 등의 작품은 이러한 고민의 결과였다. 이스라엘의 국회의사당을 위해서는 거대한 세 장의 카펫이 제작되었고, 니스의 대학을 위해서는 모자이크 기법을 도입했다. 그가 창조해낸 날아다니며 춤추는 주인공들은 이제 한층 확장된 공간을 요구했던 것이다. 이 미술관은 그의 예술가적 삶의 종착역이다.

안에 발을 담근다면 발목까지 물이 찰 듯 말 듯한 연못 한 면에 모자이크

샤갈 미술관 내 모자이크 벽.

성서를 주제로 샤갈이 제작한 스테인드글라스와 샤갈 미술관을 관람하는 학생들.

벽이 서 있다. 햇빛이 수면에 부딪혔다가 벽으로 튀어나가며 물그림자 같은 빛 그림자가 천연색 모자이크화에 어른거린다. 그 가운데 자연과 인간이 춤추듯 헤엄을 치는데 참으로 아름답고 평화롭다. 샤갈의 연못은 신의 질서가 비춰지는 거울이다. 긴장감이 사라진 자리에서 인간은 다시 세계와 화목할 수 있게 된다. 소, 바이올린 연주자, 유대인과 비텝스크 랍비, 서커스와 혁명, 가죽 벗긴 황소, 마법사를 그리던 샤갈은 이제 특유의 우화적 세계를 확장시켜 신과 인간의 이야기까지 나아간다. 샤갈의 푸르고 붉은 빛 가운데 아브라함과 모세의 이야기를 듣는 시간이 고요하게 흘러갔다.

　그리고 생폴 드 방스를 둘러보면서 그를 놓아 보냈다. 니스를 둘러싼 산등성이를 타고 올라 하늘 가까이 닿은 조용하고 작은 이 마을에서 샤갈은 말년을 보내고 죽음을 맞이하고 땅에 묻혔다. 마을 입구에서 건강해 보이는 노인들이 쇠구슬치기 놀이인 페탕크에 열중해 있었다. 유명 예술가들이 머물던 흔적 때문에 관광 명소가 되고 상업화가 진행되어 아기자기한 가게들이 줄지어선 마을 내부는 조금 답답해 보이기도 했지만, 어느 집 대문 옆에 걸린 편지함에 저 페탕크 노인들이 그려진 모습이며 정성 들여 자갈을 모자이크하듯 땅에 박아 좁은 언덕길에 모양을 낸 것이 보기에 좋았다. 우물과 분수 하나도 같은 모양으로 세워놓지 않았고 물길이 있는 모퉁이를 돌 때마다 화랑들이 하나씩 나타났다.

엑상프로방스를 중심으로 한 프로방스의 명물이라지만 코트다쥐르에도 나뭇잎 모양의 아몬드 과자 칼리송calisson은 얼마든지 많았다. 너무 달까봐 덥석 사지 못하다가 동화 같은 마을에 오고 보니 분위기에 취해 얼떨결에

생폴 드 방스. 모자이크하듯 자갈을 박아 넣은 언덕길과 식수대.

1 생폴 드 방스 언덕 꼭대기에 있는 교회의 세례의식.
2 샤갈이 묻혀 있는 묘지.

작은 상자에 든 칼리송을 사고 만 것이다. 고소한 향기가 코끝에 감기면서 쫀득쫀득 씹히는 맛이 일품이다. 아득하게 꿈결로 떨어지는 것만 같은 삶에 대한 긍정의 순간을 샤갈은 어떻게 창조적인 삶과 연결해나갔을까.

　가장 높은 곳까지 연결되는 계단 꼭대기에는 좁은 길에 비한다면 의외라고 할 만큼 높은 탑을 지닌 교회가 서 있었고 낮게 읊조리는 사람들의 소리에 이끌려 나도 모르게 안으로 들어가보았다. 교회에는 아이의 세례식이 한창이었는데 별다른 조명시설이 없는 오래된 교회가 그렇듯 내부는 어두웠으나 제단 전면이 스테인드글라스로 마무리되어 흰옷 입은 사람들을 더할 수 없이 환히 비춰주는 햇볕의 세례가 장관을 이룬다. 지중해식 식단으로 손님을 맞는 작은 식당 창문도 그러했고 샤갈이 영면한 묘지 또한 자연스러운 마을 풍경의 하나로 남았다. 남프랑스에서는 쏟아지는 햇살을 통과한 온갖 사물들이 투명할 대로 투명해지고 가벼워지고 날아간다. 아방가르드 화가들의 공동체 '벌집' 시기를 샤갈은 이와 같이 회상한다. 그는 아마 여기서도 그러했을 것이다.

　　러시아인들의 작업실에서 모욕당한 모델이 통곡했던 그 시기에, 이탈리아인들은 노래하고 기타를 튕겼고, 유대인들은 논쟁을 멈출 줄 몰랐는데, 나는 혼자 석유 등불을 비추며 작업실에 앉아 있었다.[5]

　생폴 드 방스의 또 다른 자랑은 매그 미술관Fondation Maeght이다. 소나무 숲 속에 포근히 안긴 모습이 본래 한 몸인 것처럼 잘 어울린다. 미술관 외벽과 정원에는 호안 미로와 알렉산더 콜더, 자코메티의 조각과 모자이크 벽화, 유머 감각이 돋보이는 분수 등이 볼거리를 제공한다. 내부 전시관에는 이 미술관의 설립자이자 칸의 아트딜러였던 애메 매그와 마그리트 매그가 애정을 갖고 전시를 마련했던 샤갈, 마티스, 미로, 칸딘스키, 뒤샹, 브라크의 작

1 호안 미로, 알렉산더 콜더의 조각이 놓여 있는 매그 미술관의 정원.
2 유머 감각이 돋보이는 분수.

품들이 굵직하게 남아 있다. 샤갈이 남긴 '꿈꾸며 나는 세상'이 입체감을 띠고 우리 앞에 다시 등장하는 것을 볼 수 있다.

문득 파리 여행 마지막 밤의 기억이 선명히 떠오른다. 방돔 광장을 지나 튈르리 정원에 닿았다. 아이들이 루브르를 돌아 나와 맨 처음 보고 마음에 담아둔 에어스윙을 찾아온 길이었다. 아빠와 함께 그네를 타고 날아올랐던 큰아이가 바람소리를 가득 머금고 말했다. "엄마, 에펠탑도 개선문도 모두 보였어. 꽤 높고 빨라서 조금 무섭긴 했지만 똑바로 눈을 뜨고 바라보니 정말 그렇게 시원할 수가 없어. 파리를 잘 알게 된 것 같은 느낌도 들고."
언젠가 우리 집을 방문했던 선배는 이런 이야기도 들려주었다. "어릴 때부터 달이 무척 궁금했거든. 둥그렇고 환한 실루엣만 보는 것이 아니라 아주 가까이 보는 것. 지도교수님과 이런저런 얘기를 나누다 그런 얘기도 곁들이게 되었는데, 집에 망원경이 있는지 물으시는 거야. 그때야 군대에서 쓰던 것 같은 방망이처럼 생긴 망원경들이 모스크바 지천에 깔려 있어서 싸게 살 수

튈르리 정원 옆 에어스윙.

있을 때고 장난삼아 하나 사둔 것이 집에 있기는 했지만 그걸로 달을 봐야 얼마나 보일까 싶었지. 그랬지만 일단 있다고 말씀은 드렸어. 집에 가서 그걸로 달을 보라고 하시는 거야. 별 기대는 없었고 그냥 다음에 만나 뵐 때 봤다고는 말해야겠기에 추운 겨울 발코니에서 그걸 치켜들었는데 글쎄 분화구까지 죄다 보이는 거야. 너무나 큰 충격을 받았어. 어릴 때부터 물리학자가 되겠다는 꿈을 꾸고 이렇게 멀리까지 와 있는데 나는 정작 궁금해하는 것을 보려는 시도조차 하지 않고 한탄만 하고 있었구나 하고."

"엄마, 달이 있어, 달이. 저기 봐." 가을에서 겨울로 접어드는 아침, 작은아이가 공룡이 그려진 내복을 입고 창문턱으로 훌쩍 뛰어올라가 앉아 창밖을 보라며 환호성을 지른다. 부엌에서 큰아이의 도시락을 준비하고 있다가 부르는 곳으로 다가가 가리키는 곳을 보니 검푸른 하늘 높이 초승달이 걸려 있다. 전날 밤 잠자리에 들기 전 『해롤드와 보라색 크레용』을 읽으면서 마지막에 '크레센트'라는 단어를 알려주었는데 잠자기 전에 보았던 해롤드의 침대 옆 창문 초승달이 잠자고 일어난 아침, 아이의 침대 옆 창문에도 걸렸다. 잠시 후 엄청난 규모의 새떼가 V자로 일사분란하게 빠르고 반복적인 동선을 그리며 날아다니는데 '와아' 하고 감탄하는 아이의 얼굴을 나는 다시 감탄하며 바라보았다. 녹음이 우거진 전원에서의 생활을 꿈꾸며 마지못해 그럭저럭 살아가는 도시생활에서 스스로에게 결여되어 있다고 한탄하고 안타까워하던 대상들을 아이는 주머니에서 무심코 접어둔 손수건을 꺼내듯 고마워하고 기뻐한다.

샤갈에게는 비텝스크도 파리도, 생폴 드 방스도 고향이 되는 동시에 그 어느 곳도 고향이 될 수 없었던 것인지도 모른다. 상실감이란 잃어버린 대상 때문에 잃어버린 자에게 찾아오는 텅 빈 마음일 텐데 그에게는 잃어지지 않는 고향이 이미 마음 깊숙이 자리 잡고 있었던 듯하다. 또 그는 그 위로 다시 채워야 할 것들이 무엇인지 분명히 알았다. 벨라루스와 프랑스에서 마음속에 반짝거렸던 것들이 여전히 내 마음에 불을 밝히고 있다.

샤갈이 그린 오페라 가르니에 극장의 천장화, 1963년.

한 고려인 화가

니콜라이 박과 타슈켄트, 사마르칸트

어느 해 9월 하순, 타슈켄트 공항에 마중 나온 유라(유리의 애칭)는 예술
인거리 끝에 있는 집으로 우리를 데려갔다. 유라와는 오래전 우즈베크 고려
인 사회의 몇몇 인사들을 통해 소개받아 친분을 쌓아온 사이였다. 1층엔 제
각기 입구가 마련된 방 두세 칸짜리 아파트들이 네모반듯하게 자리 잡고 있
었고, 건물 끝에 난 별도의 입구로 들어서면 계단을 통해 2층으로 오를 수
있었는데 복도의 양편으로 높은 천장을 지닌 화가들의 작업실이 마련되어
있었다. 국수집이 문 닫기 전에 서둘러 나가자는 유라의 성화에 작업실 한
편에 짐 가방을 던져두고는 다시 타슈켄트 거리로 나섰다.

그 거리에는 고려인 음식점이 여럿이었다. 그래도 유라의 단골은 따로 정
해져 있는지 그중 한 곳을 망설임 없이 들어가 앉자마자 미리 주문해둔 물
국수가 우리 앞에 놓였다. 진한 고기육수에 하얀 소면이 실타래처럼 엉켜
있고 지단과 채 썬 김치, 당근 채와 편으로 썬 익힌 고기가 푸짐하게 올려져
있다. 한국식 물국수에 비해 기름기가 많고 새콤달콤한 맛이 강조되었다. 떠
나온 고향 땅에 대한 그리움을 담고 있으나 중앙아시아 땅에 맞게 변형되어
이제는 다민족 국가 러시아의 맛으로도 기억될 국수 한 그릇을 앞에 두고
우리는 니콜라이 세묘노비치 박에 대해 얘기를 시작한다. 그는 유라의 아버
지다.

타슈켄트 예술인 거리의 아파트.

니콜라이 세묘노비치 박은 1922년 중국에서 태어났다. 조선 사람인 그의 부모가 1928년에 이주해 갔던 극동의 스파스크*라는 도시에서 그는 어린 시절을 보냈다. 1930년부터는 나호드카◆에서 사립학교에 다녔고 청년 시절은 러시아의 볼가 강 유역에서 보냈다. 부모를 일찍 여의고 온갖 어려움에도 불구하고 생의 진로를 스스로 결정해나가야 했던 그는, 일찍부터 그림에 소질을 보인 탓에 자연스럽게 펜자▪ 미술학교를 다니게 된다. 1940년에는 미술학교에서 그가 최초의 스승이라고 말하는 알렉산드로프에게 배우게 되지만, 제2차 세계대전 때문에 학업은 중단되고 만다. 이후 민병대로 입대하는 한편, 노동자 군대의 대열로 중앙아시아에 있는 치르칙이라는 도시의 건설 현장으로 가게 된다. 그의 잦은 이동은 물론 극동 여러 지역으로부터 소련 각지로 흩어진 소수민족의 운명이기도 했다. 그러나 이러한 환경은

● 블라디보스토크에서 240킬로미터가량 떨어져 있는 연해주의 한 도시.

◆ 연해주의 항구도시로 사할린이나 캄차트카 등지로 물자를 수송하던 도시.

▪ 볼가 강 지류인 수라 강 연안의 도시.

니콜라이 박이 그린 초상화들이 걸린 그의 아파트 거실.

오히려 그의 의지를 단련시킨 면이 없지 않았고 정신적인 지평을 넓히는 데도 영향을 끼쳐 창작에 대한 태도에 본질적인 변화를 가져오게 했다. 자신의 소질과 관점에 대해 어느 정도 확신을 갖게 되었던 것이다.

1946년에 그는 사마르칸트 미술학교 3학년으로 편입해 벤코프에게 배우던 중 라트비아 공화국의 리가 미술 아카데미에 입학할 수 있는 기회를 얻게 된다. 리가에서 이 년을 공부한 후 타슈켄트에 새로 문을 연 종합예술대학으로 옮겨 학업을 계속한다. 다양한 도시에서 수많은 스승의 가르침을 받았고 때로 그들의 교수법은 대립되기도 했으나 니콜라이 박은 반복적인 사생을 기반으로 자신만의 기법을 연마해나갔다. 그리고 저 수많은 스승들에겐 누구도 부정할 수 없는 공통점이 있었으니 바로 러시아 리얼리즘의 회화 전통에 대한 믿음이었다. 자연과 인간에 대한 흥미와 생에 대한 깊은 확신이 그 가운데 있었다. 그가 구현해낸 화면 속에는 극동의 언덕과 볼가 강의 초원과 발트 해의 모래 언덕이 무심히 등장한다.

2층 작업실로 바로 가지 않고 혹시나 하고 1층 아파트 현관문을 여니 힘없이 저녁잠으로 빠져들었다가 깜짝 놀라 깬 것 같은 여든다섯 살의 노인 니콜라이 박이 지팡이에 상체를 의지하고 팔걸이의자에 앉아 있는 것이 보였다. 몇 년 전 서울에서 봤을 때보다 확연히 기력을 상실한 모습이었다. 꼬장꼬장하다는 표현이 제 몸처럼 어울리던 어른이었는데 이제는 눈앞의 물건도 지척의 소리도 구분하기 힘들어 보였다. 당시 니콜라이 박은 1990년대 초 타슈켄트를 방문했다가 그의 작품을 보고 감동을 받아 그의 신변을 돌보고 후원을 아끼지 않았던 한국인 사업가가 마련해준 서울 모처의 작업실 이젤 앞에 앉아 있었다. 물신에 사로잡힌 서울의 모습에 진저리를 치던 대쪽 같은 노인의 모습은 이제 사그라지는 촛불 같은 신세가 되었다. 앉아 있는 화가의 배경으로는 짙은 자주색의 벽지 위로 젊은 시절에 그린 인물화와 정물화 몇 점이 걸려 있었다.

1950년대 중반부터 우즈베크 공화국과 전 소련 단위의 전시에 활발히 참여해온 니콜라이 박은 고도古都의 모습과 그 풍속에 주로 관심을 보이며 〈고도 사마르칸트〉 같은 작품을 생산해낸다. 중앙아시아인들의 의상과 중세 건축에서 보이는 화려함과는 대조적으로 대지의 색감이 황량하게 느껴진다. 한 작품을 위해 수많은 에스키스를 반복해서 그리고, 대상을 둘러싼 자연과 문화를 관찰하기 위해 수개월씩 떠돌아다니기도 하는 수도사와 같은 러시아 화가들의 삶이 그에게서도 재현된다. 그러나 뭐니 뭐니 해도 니콜라이 박의 진가는 인물화에서 드러난다. 〈물 먹는 노인〉, 〈붉은 허리띠를 두른 노인〉, 〈휴식하는 노인〉, 〈보습을 들고 있는 노인〉에서 중앙아시아인으로서의 보편성을 지닌 개인과 개별 인격으로서의 특수성을 지닌 개인이 모두 녹아들어간 것을 목격하게 된다. 그는 자신의 모교인 타슈켄트 예술대학에서 오랫동안 교수로 있었고 후에 공훈예술가로도 추대되지만 일련의 공식 타이틀에 기대지 않더라도 작품 몇 점을 통해서도 그의 대가적인 면모는 쉽게 드러

1 니콜라이 박, 〈죽음의 사막〉, 캔버스에 유채, 50.8×52.7cm, 1989.
2 니콜라이 박, 〈물 먹는 노인(A)〉, 종이에 유채, 34.7×44cm, 1959.

1 니콜라이 박, 〈고도 사마르칸트〉, 캔버스에 유채, 150.5×120.5cm, 1955~1993.
2 니콜라이 박, 〈여름 부엌〉, 캔버스에 유채, 80×57.6cm, 1963.

난다.

1970년대부터는 인물화 외에도 정물화, 풍경화, 역사화 등 다양한 장르를 더 적극적으로 시도하기 시작했지만 이때에도 여전히 중심이 되는 것은 사람이었다. 정물에서조차 그는 금욕주의적 태도를 견지한다. 늘어놓은 사물도 개수를 엄격히 제한하고 쓸데없이 풍성하고 호화스럽게 보이게 하는 기법은 철저히 배격한다. 마른땅과 유리하는 삶을 통해 배운 진실의 감각이 지극히 일상적인 물건들조차 화면에서 명백하게 빛나도록 한다. 풍경 또한 마찬가지다. 꽃이 흐드러지게 피어 화사한 기운으로 화면이 넘쳐나는 순간은 그의 시간에 속한 것이 아니다. 지칠 줄 모르고 비춰대는 태양빛에 흙색은 바랬고, 초원은 그저 단조롭고 드넓게 펼쳐져 있으며, 거기에는 여전히 하루를 살아가는 작고 강인한 사람들이 있을 뿐이다.

그는 혈통적으로 한인이고, 아버지의 땅인 한국행을 그렇게도 갈망했고 또 실제로 그 소망을 이루기도 했다. 1994년 예술의 전당에서 전시회를 열어 〈고도 사마르칸트〉, 〈사막에서의 죽음〉, 〈여름 부엌〉, 〈추수절〉 등으로 큰 호응을 얻었고, 1998년에는 서울 국립현대미술관에서 열린 '다시 찾은 근대미술'전에, 2009년에는 서울 국립현대미술관의 '아리랑 꽃씨Korean Diaspora Artists in Asia'전에 작품이 초대되었다. 서울 국립현대미술관에는 그의 작품 〈자화상〉이, 서울 시립미술관에는 〈민중 봉기〉가 각각 소장되어 있다. 〈붉은 허리띠를 두른 노인〉, 〈국화〉 등이 도쿄에, 〈집시 여인〉이 런던에, 〈고려 농부 김씨〉가 모스크바에 걸려 있다는 것까지 고려한다면 그의 회화는 어느 정도 보편성을 획득했다고 볼 수 있다.

그렇다면 그의 회화는 한국적인가? 그는 한반도의 전통에 마음이 끌리지 않는 것은 아니었으나 이것이 그의 회화에 반영된 적극적인 흔적은 찾아보기 어렵다. 그는 우즈베키스탄에 살았던 러시아 리얼리즘의 전통을 잇는 작가이며 운명적으로 한반도의 문화로부터 단절되어 살아갈 수밖에 없던 처

유라가 쩐 메밀과 데친 소시지, 오이 절임으로 차린 아침 식탁.

지였다. 동시에 이것은 니콜라이 박뿐만 아니라 고려인이라는 이름의 코리안 디아스포라 전체에 해당되는 것이다. 작가는 가끔 아주 어린 시절의 기억을 떠올려, 혹은 가까운 사람들의 이야기를 통해 동북아의 풍경을 꿈처럼 점점이 찍어 〈회상〉과 같은 작품을 내보이기도 했다. 집단농장의 고려인들을 그리기도 했다. 그러나 이마저도 한반도의 특수성에 포섭된다기보다는 좀 더 보편적인 정서에 기대는 듯 보인다. 이는 니콜라이 박의 개인사적으로 본다면 공간적 고향의 상실에서 시작된 것이지만, 결과적으로 한반도 역사에 시야와 지평의 확장을 가져온 것으로 볼 수 있지 않을까. 게오르그 짐멜●과 지그프리트 크라카우어◆, 발터 벤야민 등에 대해 언급하며 다문화연구자 니콜 라피에르는 "산책자는 망명자가 됐고, 그의 삶과 사유는 그 어느 때보다 자유롭게 떠도는 신세가 됐다"고 말했는데, 이는 니콜라이 박에게도 해당된다고 하겠다.

● 독일의 사회학자. 저서로 『사회 분화론』, 『돈의 철학』 등이 있다.

◆ 독일의 사회학자이자 문화비평가. 프랑크푸르트 학파로 근대성과 도시문화, 영화 등에 관심을 가졌다.

아미르 티무르 국립 역사박물관과 포석 조명희 기념관.

우즈베키스탄에서 난 과일을 맛본 사람들은 잘 알 것이다. 뜨겁고 건조한 기후가 선사하는 꿀송이같이 단맛을. 황량하고 구석진 골목길이지만 태초의 시간을 생각나게 할 만큼 고요함이 맴도는 가운데 손바닥만 한 마당에 놓인 의자에 앉아 깍지 낀 손을 뒷목에 대고 고개를 젖혔다. 푸른 과실나무가 향긋한 냄새를 풍기며 얼굴에 그늘을 드리우고 있었다. 엄마 같은 유라가 찐 메밀과 물에 대친 굵직한 소시지, 오이 절임으로 아침을 챙기며, 먼 길 다녀오려면 든든히 먹어두어야 한다며 잔소리를 해댄다. 14세기 티무르 제국을 창시한 우즈베키스탄의 전설적인 통치자 아미르 티무르 박물관과 나보이 극장을 둘러보기도 하고, 포석 조명희* 선생 기념관도 들러보았지만, 오늘 다녀오려고 하는 사마르칸트에 대한 기대감과는 비교할 수 없는 것이었다.

낡은 승합차와 승용차가 줄지어 선 곳에서 사마르칸트까지 갔다가 몇 군데를 돌아보고 다시 타슈켄트로 돌아오는 택시 편을 흥정했다. 포장도로에

■ 카프(KAPF, 조선프롤레타리아예술가동맹의 약자) 작가로 소련으로 망명해 1937년 스탈린 치하 하바롭스크 감옥에서 처형당했다.

서도 흙먼지가 진동하는 가운데 택시는 천천히 수도를 빠져나갔다. 초지도 별로 눈에 띄지 않는 땅에서 동물들을 풀어놓고 하릴없이 거니는 목동들이 빠르게 창밖 뒤로 밀려나는가 싶더니 하늘에 맞닿은 메마른 땅이 계속 이어졌다. 오래되어 성한 곳 없이 차 구석구석 털털거리는 소리가 나니 그 울림에 몸은 불편해도 신기하게 잠은 절로 온다. 늦은 점심 즈음 사마르칸트에 도착해 제일 먼저 보이는 식당 안으로 들어갔다. 마음이 급해 샐러드와 리표슈카*만을 청하고 보니 무슨 잔치가 벌어지는지 동네 아주머니들이 머릿수건을 하고 나와 서로 부둥켜안고 난리다.

도시 이름 '사마르칸트'는 본래 이곳에 살던 사람들의 언어로 '바위의 도시'라는 뜻을 지닌다. 그러고 보니 페테르부르크 역시 표트르의 도시라는 뜻으로 표트르 대제와 사도 베드로를 동시에 가리키는데, 베드로의 본뜻은 '반석'이다. 두 도시가 같은 의미를 품고 있는 것이다. 한때 티무르 제국의 수

사마르칸트 입구의 어느 식당.

● 진흙가마에서 구운 동그랗고 커다란 우즈베크 전통 빵.

사마르칸트 구르 아미르.

도였고, 중국과 서역을 연결하는 실크로드의 중간 지점에 자리 잡은 오아시스였기 때문에 오늘날 우리가 터키의 보스포루스 해협을 동서양이 만나는 곳으로 이해하는 것과 마찬가지의 위상을 가졌던 곳이다.

유적이라면 대개 이런 것들이다. 예배 공간인 모스크, 이슬람식 교육 기관인 마드라사, 그리고 왕과 선지자의 무덤과 그를 기념하는 또 다른 모스크다. 왕들의 무덤이라는 구르 아미르로 종가의 큰 어른들 같은 남자들이 납작한 사각모자를 쓰고서 끊임없이 몰려든다. 컴컴한 실내에 불빛 하나 없고 자그맣게 뚫린 창을 통해 들어오는 빛에 의지해 겨우 눈의 초점을 맞추면서 기다란 돌관들을 바라보았다. 기도문을 외는 사람이 하나둘 생기더니 소리는 점점 거대해져서 커다란 울림통 같은 공간에 선 우리는 그만 기진맥진해진다.

가장 웅장한 그림이 펼쳐지는 장소는 아무래도 레기스탄 광장이다. 울르그 베그 마드라사 등 세 개의 마드라사가 중심을 향해 마주보고 있는 형태다. 이슬람 회당에 부설된 높은 탑처럼 생긴 미나렛은 높이 올라가 외쳐 기

사마르칸트 레기스탄 광장.

도시간을 알리기 위한 목적으로 건축된 것이다. 그곳에 올라가게 해준다며 얼마간의 돈을 요구하는 사람들이 부지기수로 많았으나 별로 귀찮지는 않았다. 건네는 돈의 액수가 천 솜, 이천 솜으로 올라가도 그 살림살이가 좀처럼 나아질 것 같지 않은 그들이 고단해 보여서였는지, 아니면 자꾸만 더 시퍼레져가는 하늘 아래 어떤 사람의 목소리라도 그저 고맙게 들렸던 것인지 나로서도 알 수가 없다.

멀지 않은 곳에 티무르가 사랑한 중국인 왕비 비비하눔이 인도 원정을 떠난 티무르를 위해 개선 기념으로 지었다는 모스크가 있다. 그 아름답고 한가로운 정원에 앉은 검게 그을린 피부의 여인들에게 눈길이 갔다.

중앙 아시아식 노천시장인 시욥에 들렀다. 니콜라이 박이 가장 반길 만한 선물을 하나 사가려던 참이다. 그는 여러 차례 강조했었다. "사마르칸트 리표슈카가 진짜지. 타슈켄트에서 비슷하게 만들려고 해도 소용없어. 그러니 모스크바에선 오죽하겠어?" 이럴 때 보면 그는 정말 영락없는 중앙아시아 사람이다. 순창 고추장에 영광 굴비를 찾는 것이나 마찬가지다. 그러나

1 사마르칸트 비비하눔 모스크. **2** 노천시장 시욥에서 리표슈카를 파는 여인들.

리표슈카 파는 상인의 매대 앞에서는 그만 할 말을 잊었다. 종류가 많아도 너무 많다. 일반적으로 밀가루 반죽을 발효해 화덕 안쪽 벽에 붙여 굽는 이 납작하고 둥근 빵은 우유를 넣은 것, 설탕을 넣은 것 등 첨가 재료에 따라 종류가 나뉘기도 하고 식사용으로 고기와 먹을 것인지, 위에 단것을 얹어 식후에 먹을 것인지, 서양식 케이크나 한국식 떡처럼 기념일에 누군가를 축하하기 위한 것인지에 따라 무게도 가격도 천차만별이었다. 한참 고민하다가 가장 담백하게 생기고 위에 통깨가 뿌려진 것 하나와 우유가 들어 묵직한 것 하나를 샀다. 한산한 좌판이 민망해 몇 개 더 사볼까 싶었지만 그만두었다. 리표슈카는 보관해두었다가 먹는 빵이 아니었다.

아프라시압 언덕 위에 있는 묘지 샤히 진다는 이슬람교도들과 티무르 왕조의 묘지인데, '살아 있는 왕'이라는 뜻을 지니고 있다. 이곳 역시 기도하는 사람들이 많았다. 이슬람 선지자의 묘 뒤로 보통 사람들의 못자리가 줄줄이 이어졌다. 그 높은 계단을 다시 내려오는 순간 오른쪽에 펼쳐진 풍경은 니콜라이 박의 〈고도 사마르칸트〉에서 보았던 그 장면을 떠올리게 했다. 돌 언덕에서 내려앉은 조각돌들이 길바닥에서 허옇게 먼지바람을 일으키고 왼편엔 랜드마크처럼 이슬람 사원이 우뚝 서 있다 싶더니 멀리 하나, 더 멀리 또 하나 그렇게 묘지 같은 예배처소가 줄줄이 눈에 들어오는 그림. 그 가운데 달구지와 낡은 트럭을 타고 집과 일터를 오가는 사람들이 많지도 적지도 않은데 관찰자인 작가는 그들에 대해 쉽사리 연민을 내보이지 않았다.

아프라시압 언덕 위의 묘지 샤히 진다.

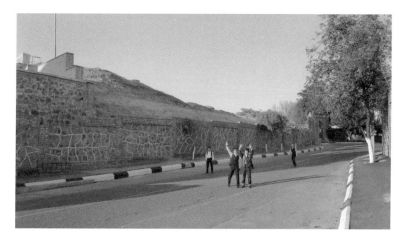

아프라시압 언덕에서 만난 아이들. 〈고도 사마르칸트〉의 배경이 된 곳이다.

평지에서 길을 건너 지나온 곳을 바라보니 그림의 배경이 맞았다.

타슈켄트를 향해 출발해야 마땅한 시각을 훨씬 넘겨 고도를 겨우 탈출
했다. 음료수나 한잔 마실까 하고 들어갔던 식당에서 결혼피로연이 벌어졌
는데 아이들부터 노인들까지 붙잡고 놓아주질 않는 것이다. 푸른 바탕에 흰
색으로 무늬를 새겨 넣은 찻주전자에는 쉴 새 없이 찻물이 채워지고 샐러드
와 고기, 과일로 한 상이 차려졌다. 그 환대에 답하느라 밤하늘에 별이 총총
할 때 집에 도착했다. 늦은 밤에 좀처럼 식사를 하는 법이 없는 천하의 니콜
라이 박도 사마르칸트 리퓨슈카 앞에서는 별수 없었다. 그는 먼 길 오느라
온기는 사라졌지만 여전히 폭신한 빵을 크게 뜯어 수프 한 그릇에 곁들였다.

타슈켄트에서도 역시 바자르 구경이 제일 신난다. 사람 머리보다 더 큰 중
앙아시아식 멜론인 디냐를 비롯해 갖가지 과일과 꿀, 견과류가 풍성하다. 그
곳에서도 고려인들을 마주치지 않을 수 없다. 반찬가게는 온전히 이들의 몫
이다. 채 썰어 새콤달콤하면서도 매콤하게 맛을 낸 당근 샐러드가 '한국식

당근'으로 구소련 전체에 퍼지게 된 데는 이들의 역할이 크다. 우즈베크 사람인 이들이 한국과 무슨 상관이 있느냐고 묻는 사람이 있다면 이 당근 샐러드를 보라고 말해주고 싶다.

타슈켄트 바자르의 고려식 반찬가게. 새콤달콤매콤한 당근 샐러드가 눈에 띈다.

유라는 언젠가 아버지의 작업실과 아파트를 기념관으로 꾸몄으면 했다. 그 자신이 회화를 전공하고 화가로 활동한 경력도 있지만 지금은 공예품을 개발하는 작은 회사의 아트디렉터로 있으면서 유네스코를 통해 우즈베크 전통 염색기법을 재연하는 프로젝트를 진행하고 있기도 했다.

우리는 타슈켄트 국립미술관에 잠시 들렀다가 그가 낡은 가옥을 고쳐 염색 작업장으로 개조하고 있다는 곳을 찾아갔다. 실개천이 흐르는 옛 마을 한쪽에 붉은 빛깔이 도는 흙벽으로 단장한 채 고운 나무 뼈대를 군데군데 드러낸 집이었다. 방들과 통로를 연결하는 긴 여닫이문은 전통 장식의 화려함을 간직하면서도 거리로 난 높다란 방 창문은 현대식으로 변주를 이루었는데 바닥의 벽돌 마감재가 천장의 원통형 나무 마감재와 잘 어우러져 세련

낡은 가옥을 개조한 유라의 전통식 염색 작업장.

된 모습을 갖추었다. 볕이 쏟아져 들어오는 창유리 하나하나는 각자 영문도
모른 채 쪼개진 모자이크 조각 같았지만 전체로 모아놓고 보니 분명한 리듬
감과 균형미가 느껴졌다.

거동이 불편하다며 한사코 거절하는 손을 붙들고 떠나기 전 꼭 밖에서
식사 한 끼 대접하게 해달라고 억지를 부렸더니 니콜라이 박은 마지못해 나
갈 채비를 한다. 그러면서 식당에서 사 먹는다면 단 한 가지만 원한다고 한
다. 고려식당의 물국수. 이번엔 넓은 뜰이 있는 곳으로 갔다. 옛 소련 땅에서,
아니 세계 어디를 다녀봐도 이처럼 맑은 국물에 면을 말아 먹기 좋아하는

민족은 드물다. 우리는 각자 국수 한 그릇씩을 받아들고 말이 없었다. 어떤 말도 필요 없었다.

그와 헤어진 지 이 년여 후, 부음을 들었다. 또 한 세대가 저물어간다는 약간은 건조한 생각과 더불어 그때 서둘러 그를 만났던 것이 다행스럽다는 아주 이기적인 생각도 들었다. 중앙아시아 리표슈카, 버터를 듬뿍 바른 바톤(기다란 모양의 빵) 그리고 고려식 물국수를 동시에 좋아했던 중앙아시아인이자 소련 공민이며 한인이었던 한 예술가는 누구나 공감할 아름다움의 세계를 구축해놓고는 그 너머로 사라져버린 것이다.

고려식 물국수 한 그릇.

Aukštaitija

숲 속 사람들

리투아니아 아욱슈타이티야에서

이른 봄, 심한 두통에 토악질 몇 번으로 기운이 쭉 빠져 있었다. 이유를 알 수 없이 찾아왔다가 별다른 조치를 취할 사이 없이 사라져버린 탈진을 그저 봄을 맞이하는 진통이려니 여겼다. 아직은 싸늘함을 감추지 못하는 계절이지만 그럴 땐 걷는 게 제일이었다. 집을 나서다가 오랜만에 확인해본 우체통에 반가운 편지 한 통이 들어 있었다. 리투아니아에서 만난 아루나스Arunas로부터 온 것이었다.

노동절을 낀 연휴 즈음에 리투아니아로 떠났다가 닿은 인연이니 그때가 아마도 전해 5월 언제쯤이었을 것이다. 여행 중에 만난 그들의 모습이 잔잔히 마음에 남아 본격적으로 여름이 막 시작되려는 무렵에 한 번, 그리고 그해 마지막에 안부 편지를 한 번 더 보낸 적이 있다. 언제나 답신이 올까 하고 기다리긴 했지만 이곳과 그곳의 사정이 같지 않을 테니 야속한 마음은 들지 않았다. 벨라루스와 리투아니아 양국의 우편 서비스가 그리 신뢰할 만하지 못하다는 게 또 다른 이유가 되어 아예 반쯤 포기해버린 것인지도 몰랐다. 그래도 어쨌든 할 도리를 다한 것은 내 쪽이라고 내심 생각하고 있었던 것만은 분명하다. 그런데 이렇게 잊어버릴 만할 때 소식이 오니 새삼 더 반갑기도 해서 아련한 기억 주머니의 안감을 뒤집어 그곳에서 만난 숲 속 사람들에 대한 이야기를 꺼내놓게 된다.

사람들의 의연함과 그 마음의 모태가 된 자연의 장중함에 취해 기회가 될 때마다 리투아니아의 물가로 혹은 숲으로 찾아가곤 했다. 민스크에서 차로 두 시간 반가량이면 리투아니아와의 사이에 놓인 국경을 넘을 수 있었고 그로부터 반 시간 만에 수도인 빌뉴스에 닿는 것이 가능했던 것이다. 아욱슈타이티야Aukštaitija 국립공원은 빌뉴스 근교에 위치해 도시민들이 찾아가기 어렵지 않다. 게다가 리투아니아에서 가장 오래된 숲이면서 자연보호 지구로 지정돼 있어 발트 삼국에 서식하는 식물군의 60퍼센트가량을 샘플링할 수 있을 정도로 '통제된 야생'의 모습을 하고 있다.

국립공원 초입인 타우라그나이에서 6~7킬로미터 더 달려 알리아이Aliai 숙소 부지에 들어서자 밖에서는 촘촘한 나무숲으로만 보였던 것과는 달리 꽤 넓고 평평한 사유지가 펼쳐졌다. 가운데 큰 물웅덩이가 있는데 연못이라 하기엔 넓고 호수라 하기엔 아담한 크기였다. 그 주변으로 코티지 세 채와 큰 창고 겸 목공 작업실, 습식 사우나가 나무 한 그루와 다름없이 자연스럽게 심겨 있었다. 거기서 장작을 패고 자전거를 타며 배드민턴을 치는 풀밭 생활을 시작했다. 창가에 느긋하게 앉아 집에서 챙겨 온 책을 읽어나갔다. 소나무와 사과나무, 자작나무, 참나무 등 눈에 들어오는 수목의 종류는 다양했고 나뭇가지 사이로 서서히 해가 기우는 것이 보일 때 그 빛을 받으며 물을 끓이고 밥을 짓는 것은 도시의 일상 가운데 다급하게 해치우던 부엌일과는 전혀 다른 것처럼 여겨졌다.

"한국이면 남한인가요? 거기서는 코뮤니즘이 별로 인기 없죠?"

집주인 마르티나스Martynas가 물었고 나는 그의 질문에 즉답을 피하려고 그의 이름이 그리스식이 아니냐고 딴청을 피웠다.

"아니요. 우리 조상들은 쭉 이 땅에서만 살아왔어요. 그렇다고 이 이름이 정통 리투아니아식 이름이라고는 할 수 없죠. 아들 이름 파트라스는 피터나 마찬가지인걸요. 마틴이나 피터는 지극히 유럽적인 이름이잖아요. 내 아내

알리아이의 작은 연못과 코티지 창문.

라면 포르투갈계 혈통이 섞이긴 했지만요."

유독 '유럽식'이란 단어에 힘을 주어 말하는 그가 오늘날 리투아니아의 자의식—철저하게 EU의 일원으로 살아남겠다는—을 보여준다는 느낌이 들었다. 이 유러피안 코뮤니스트는 액세서리 만드는 일을 했고 독특한 심미안으로 코티지 곳곳을 멋스럽게 꾸며두었다.

카프카와 나보코프 선집, 두세 권의 백과사전, 소비에트 클래식 영화 DVD 몇 개 사이로 박찬욱과 김기덕의 이름이 박힌 DVD도 보였다. 리투아니아의 한 지방 숲 속에서 기대하지 못했던 서가의 풍경이었다. 감상자의 시선을 고려해 낮지만 가로로 넓게 난 창으로 가끔 태양의 흔적을 더듬으며 아이들을 재우고 책에 얼굴을 파묻었다. 평소보다 많이 걸어서인지 얼마 되지 않아 고개가 푹 떨구어졌던 것으로 기억한다.

새소리에 잠을 깬다는 꿈같은 얘기가 현실이 되었다. 그리고 숲 속의 날 공기를 버무려 아침상을 차렸다. 마르티나스가 마당 끝에서 자기 몸만 한 견공 하나를 데리고 왔다. 아르고스.* 마지막 식구는 정말 그리스 신화 속에서 이름을 따왔다. 동그란 얼굴에 큰 덩치, 무뚝뚝해 보이지만 섬세한 면을 속속 드러내는 마르티나스와 아르고스는 기막히게 닮아 있었다.

국립공원으로 지정된 면적은 무척 넓었지만 민가는 많지 않았다. 부지의 70퍼센트는 숲이, 15퍼센트는 호수가 차지하고 있고 크고 작은 호수의 개수가 126개에 달한다고 했다. 빙하기 말기에 형성된 피오르 지형의 특징을 보이는 타우라그나스 호수 주변을 걸었다. 정말 산이라 부를 만한 것은 없었다. 평원 위로 남아 있는 낮은 구릉의 흔적 또한 줄기가 뚜렷하지 않고 무르다. 울창한 삼림과 호수만을 끼고 사는 리투아니아인들의 유전자에는 그래서 일찍부터 풀빛, 물빛이 염색되어 있는 모양이었다. 호수를 내려다볼 수 있는 언덕 위 표지판에는 이런 전설이 기록되어 있었다.

"먼 옛날 이 언덕에는 큰 참나무가 한 그루 있었다. 토속신앙의 의례를 주

1 마르티니스와 아르고스. 2 피오르 지형의 특징을 보여주는 타우라그나스 호수.

● 그리스 신화에 나오는, 전신에 무수한 눈을 가진 괴물. 암소로 변한 이오를 감시하라는 헤라의 명을 제대로 수행하지 못한 사건 이후, 헤라가 그 무수한 눈을 떼어 공작의 깃털에 박아 넣었다고 한다. 또 오디세우스의 충견 이름도 아르고스다.

관하던 사제 한 사람이 신성한 불을 지키며 그 커다란 나무의 빈 속에서 살았다. 후에 기독교인들이 그 자리에 교회를 지었는데 그 교회가 갑자기 감쪽같이 사라져버렸다. 어느 날 언덕 쪽에서 오르간 소리가 나는 것을 듣고 한 용감한 사람이 언덕 위로 올라가 구멍을 들여다보았다. 그는 사라져버린 교회와 파괴된 제단을 보게 되었다. 매해 한여름 정확히 자정이 되면 언덕 위의 교회는 단 1초 동안 나타났다 다시 사라지곤 한다. 날카로운 눈을 가진 사람만이 볼 수 있다고 한다."

스트리페이키아이 마을 입구와 야외 양봉 박물관 입구의 나무 조각들.

인기척이 없는 숲을 꿋꿋하게 달리다보면 숨바꼭질하는 아이들처럼 숨어 있는 작은 마을들이 하나씩 나타났다. 스트리페이키아이Stripeikiai 마을의 입구에는 사는 곳의 이름을 알리는 나무 기둥이 하나씩 서 있다. 민화와 전설로부터 상징물을 차용해 장식해놓은 투박한 조각이 다양한 이야기를 담고 있어 찾아보는 재미가 있다. 그리고 또 그 어귀에는 나무십자가도 어김없이 서 있다. 토속신앙과 가톨릭 신앙이 묘하게 얽혀 있다. 사실 리투아니아는 폴란드와 함께 동유럽 최대의 가톨릭 국가지만 유럽에서 가장 늦게 기독교 신앙을 받아들여 이교 신앙이 제일 마지막까지 성했던 지역이기도 하다.

집집마다 벌통을 몇 개씩 두고 꿀을 받았고, 동네 큰 나무 밑에는 말이 몇 마리 매여 있으며, 언덕에는 얼룩소가 풀을 뜯고 있었다. 그 틈에 남의 동네에 놀러 온 우리 집 꼬마들도 덩달아 바빴다. 풀과 꽃의 생김새를 빤히 쳐다보다가는 돌멩이를 물속에 던져 수면에 줄무늬가 생기고 퐁 소리가 나는 것에도 즐거워했다. 목조 가옥 몇 채가 있는 동네에는 가게 하나 보이지 않았다. 기다리고 또 기다리는 삶. 2백 마리의 꿀벌이 단 한 스푼의 꿀을 모으는 데 하루 종일 걸린다는 사실 또한 새롭게 알았다. 중세 때 리투아니아는 양봉으로 꽤 번창했다고 한다.

이 지역 양봉의 역사를 보여주는 전시 공간에도 들렀다. 밀랍과 꿀이 지역 경제에 미치는 영향 또한 대단해서 15세기에는 벌통이나 벌의 생활무대가 되는 나무를 손상시키는 자를 엄하게 처벌하는 법령이 제정될 정도였다고 한다. 온갖 높이의 나무 구멍 속에 사는 벌들을 찾아 사람들은 나무둥치

양봉을 위한 전통식 꿀통들이 늘어선 언덕.

를 올랐고 꿀을 모았다. 사람이 사는 집처럼 다양한 디자인으로 만들곤 했다던 벌통들의 행렬이 이어졌다. 나무통이 길게 누운 형태로 둥근 면이 땅으로 가게 한 다음 위에 덮는 통은 지붕처럼 덧씌웠다. 벌들이 밥줄이었으니 그보다 더 귀한 것이 있을까.

토속신앙의 세계에서 벌은 신격화되기도 한다. 'Bee God Babilas'라고 쓰인 명패가 눈에 들어왔다. 야외 양봉 박물관 부지를 막 나설 즈음 구름에 파란 하늘이 조금씩 가려지고 비를 뿌릴 듯 축축함이 밀려들어 귀가를 서둘렀다.

어둑해진 저녁 숙소 앞마당에 불을 피우며 마르티나스가 말했다.

"가끔 외국 사람들을 만나면 자기 나라에 대한 나의 인상을 궁금해하던 게 생각나서 말인데요, 내가 한국에 대해 꼽을 수 있는 건 세 가지예요. 올림픽, 삼성이나 현대 같은 대기업, 그리고 김기덕과 박찬욱."

한국에 대해 다른 것들도 떠올려주었으면 하는 바람은 어디까지나 바람에 그칠 뿐이고 아마도 일반적으로 외국인들에게 각인된 한국의 이미지는 그가 본 대로일 것이다.

"그런데 난 다른 질문이 있어요. 이 터를 일구느라 십 년이나 숲 속에서 뒹굴어야 했다면서 그 과정이 힘겹지는 않았나요? 기대했던 경제적 자립은 얻었나요?"

그는 웃었다. "무엇보다 우리 가족은 건강해요. 그보다 좋은 것은 없지요."

갑자기 이웃 코티지에서 실랑이가 벌어졌다. 빌뉴스에서 온 젊은 부부 중 아내인 밀다Milda가 연못 안쪽으로 막대기를 휙 집어던지자 그 날아가는 흔적을 따라가던 강아지가 물로 뛰어들기를 주저했다.

"물을 너무 무서워해서 저 녀석을 훈련시키는 중이에요. 괜한 두려움이라는 걸 알았으면 해요. 물에 들어가고 들어가지 않고는 자유지만 그 시원한 물맛을 알면 녀석도 전혀 다른 세상을 누릴 수 있을 텐데 말이죠."

물레방앗간이 있는 기누치아이 마을 사람들.

나를 둘러싼 두려움과 선입견에 대해 생각했다. 밤은 깊어가고 내 고민도 깊어갔다.

지역 안내 지도에는 전통마을ethnographic village이라고 표시된 곳이 몇 군데 있었다. 그야말로 오래된 마을들인데 지금도 사람이 살고 있는 곳이라 자연스럽게 지역민들의 생활을 엿볼 수 있을 것 같았다. 특별한 볼거리가 있는 관광지가 아닌 곳을 찾는 방문객의 마음이야 작은 흥분으로 일렁일지 몰라도 그곳에서 일상을 이어가는 주민 입장에서는 썩 달가운 손님이 아닐 수도 있어서 발걸음은 더욱 조심스러웠다.

바이슈노리슈케스Vaišnoriškės, 스트라즈다이Strazdai라고 쓰인 장식 목판들이 우리를 맞이했다. 꽃밭과 텃밭, 벌통이 가옥 앞에 울타리 없이 자리 잡고 있는 풍경은 어디나 마찬가지였고 휴일이라 한 곳에 모여 불을 피우고 고기를 구워 먹는 집도 여럿 보였다. 한결같이 말수가 많지 않고 조용히 잘 웃는 사람들이었다. 보통은 발트 삼국이라고 하면 리투아니아, 라트비아, 에스토니아를 한데 묶어 생각하기 쉽지만 마르티나스는 세 나라가 완전히 다르다고 강조했었다. 에스토니아 사람들은 말수가 적고 싸늘한 편이어서 오히려 핀란드 사람들과 공통점이 많고, 지금의 라트비아는 러시아인 비율이 자민족 비율을 압도할 지경이라 그에 따른 정치, 경제적 문제가 끊이지 않는 형편이며, 리투아니아는 그에 비하면 사람들이 느릿느릿하지만 정이 많고 크게 휘둘릴 이슈 거리를 만들지 않는 편이라고 한다. 물론 팔은 안으로 굽는다고 가장 인간적인 민족으로 자신들을 중심에 놓고 판단한 것이기는 하지만 그의 단순화를 슬쩍 눈감아주고 싶어질 만큼 내가 만난 리투아니아 사람들은 진정 인간적인 호의를 잃지 않은 순박한 사람들이었다.

발루오사스 호수가 한눈에 내려다보이는 마을 슈미나이Suminai로 들어섰을 때다. 벌통을 확인하고 있는 남자가 있어 슬쩍 말을 붙였다. 아루나스라고 자신을 소개한 그의 눈빛이 예사롭지 않았다. 한눈에 보기에도 평생

숲 속 깊은 곳에 자리한 슈미나이 마을 풍경.

을 초야에 묻혀 지내왔다고 보기에는 복잡한 그것. 벨라루스에서 지내기가
어떠냐고 묻는 그에게 알다시피 닫힌 구석이 많은 나라 아니겠냐고 하자 그
나라는 서구 자본으로부터 스스로를 지키려는 것뿐이고 더 나은 조건을 제
시하는 러시아에 기댈 수밖에 없는 것 아니겠냐며 반문한다. 그럼 리투아니
아는 어느 쪽이냐고 짓궂게 물었다.

"당연히 다 먹혀들어간 불쌍한 지경 아니겠습니까? 당장 가까운 예를 들
어볼까요? 여기 시골 주민들만 해도 죄다 은행을 드나들지 않고는 살 수가
없는데 코딱지만 한 힘없는 은행 한두 개 빼고는 전부 외국계 은행이 판을
칩니다. 주로 스칸디나비아 은행들이 세를 부리는데 이런 상황은 점점 심해
질 거예요. 이건 정상이 아니에요."

이런저런 사회과학 공부를 좀 했다고 하니 "그럼 라즈베칙이네?" 한다. 러
시아어로 '라즈베칙'이란 정보원, 스파이쯤 된다. 얘기를 나누는 건 좋지만
사진만은 완강하게 거부하기에 몇 번 놀려줬더니 그럼 작업망을 내리고 일
하는 모습을 담는 건 괜찮다고 한다. 그가 권하기에 나도 난생처음 벌통에

고개를 들이미는데 겁이 나서 뒤로 한 발 물러섰더니 괜찮다며 용기를 내보란다. 손잡이 달린 주전자 모양의 도구에서 증기를 뿜어내니 벌들이 달려들지 못하고 얌전히 있다. 그렇게 벌통에서 한참을 있다가 호숫가로 내려가려는데 정수리에 무언가 이물감이 느껴져서 손을 대보니 벌 두 마리가 딱 붙어서 머리카락을 털어대도 꼼짝하지 않는다. 아루나스가 엄지와 검지로 차례차례 벌들을 꽉 집어 내 두피에서 떼어내더니 생명의 은인을 알아 모시란다. 어딘지 냉소적인 그가 싫지 않았다.

아루나스의 벌통과 다이바의 텃밭.

아루나스는 아내의 텃밭으로 우리를 이끌었다. 호수 반대편을 바라보니 멀찍이 여인 하나가 쭈그리고 앉아 있다. 회의적인 눈빛의 남편과 달리 한결 안정적인 심성이 엿보이는 인상의 아내는 이그날리나Ignalina의 병원에서 일하는 심장전문의였다. 이그날리나는 인근의 소도시로, 원전이 들어서면서 개발된 계획 도시였지만, 리투아니아가 EU에 가입하면서 해당 원전의 폐쇄를 조건으로 내건 탓에 지난 2010년 문을 닫은 바 있다. 병원 일이 바쁘면

이그날리나에 있는 집에서 지내다가 주말이면 이곳에 들러 오래된 집과 텃밭을 돌본다면서 결국엔 이 마을에서 내내 살아가는 삶을 살고 싶다고 했다. 아내가 스스럼없이 자신에 대해 얘기를 풀어내는 틈으로 슬쩍 아루나스가 끼어들어 못 이기는 척 해준 말은 또 이렇다. 수도 빌뉴스에서 각종 비즈니스로 바쁘게 지내다 몇 해 전 이리로 이주해 왔다는 것인데 자세히 묻지는 않았지만 지금의 아내를 만나면서 그렇게 된 것 같았다. 빌뉴스 거주시기를 '쓰레기 같은 삶'이었다고 거침없이 말하는 그를 보니 처음 봤을 때의 눈빛이 말하는 바가 조금은 이해가 되었다.

감자와 딸기를 심고 있는 그녀 다이바Daiva는 행복해 보였다. 이곳에 와서 밭일을 하는 것이 자신에겐 휴식이라고 했다. 자연과 벗해 정착하고픈 꿈을 가진 도시민은 너무도 많다. 그러나 실제로 그런 바람을 실행에 옮기는 데는 적지 않은 제약이 따른다. 그런 면에서 자신들이 걸어온 과거의 삶과 지금의 생활을 멀리서 찾아온 사람들에게 설명하는 그들의 어깨에 온갖 장애물들을 헤쳐온 시간에 대한 자부심이 깃들어 있는 듯했다.

운명이라는 신화적 뜻을 가졌다는 다이바라는 이름의 아내를 둔 나이 오십의 사내는 잠깐 자리를 비우더니만 자그마한 사과를 한 바구니 가득 담아 가지고 왔다. 수줍게 사과를 받아든 우리 집 꼬마들의 얼굴에 웃음이 번졌다. 부부는 자신들의 집을 보여주고 싶어 했다. 예전에 이곳엔 대장장이 부부가 오랫동안 살았다고 했다. 지금의 세간은 전부 그들이 남겨주고 간 것들이라면서. 그들은 쇠를 두드려 필요한 것들과 신기한 것들을 두루 만들다가 남는 시간엔 저 호수에 작은 나무배를 띄우고서 살았더라는 얘기를 전설처럼 들려준다. 오래된 페치카와 손뜨개 덮개들, 커다란 궤짝을 개조해 만든 높다란 침대를 일곱 난쟁이 집 둘러보듯 구경했다.

풀밭에서 달팽이 한 마리를 발견해 신기해하는 아들 녀석에게 장난 상대가 되어주는 아루나스를 보며 내가 말했다. "주소 좀 적어줄래요? 아이들과

예전 대장장이 부부가 남겨준 세간살이와 오래된 페치카.

찍은 사진 보내줄게요. 라즈베칙이 보내는 엽서도 한번 받아보고 말이죠."

"어? 그럴래요? 그러고 보니 이 슈미나이 주소로 우편물을 받아본 적이 한 번도 없어요. 지난주에 잡지 하나를 구독 신청했는데 아직 도착 전이거든요."

집 안으로 뛰어 들어가 종이와 펜을 들고 나와 쭈그리고 앉은 그는 주소를 천천히 써내려갔다.

어느새 휴가 마지막 날이 왔다. 작별 인사를 하겠다며 옆 코티지의 밀다에게 가서는 아예 그 집 돗자리에 철퍼덕 앉아버렸다.

"이곳 사람들이 자신의 생활에 대해 만족도가 높은 것이 놀라워요. 한국에서 같은 질문을 하면 긍정적인 반응이 얼마나 돌아올지를 생각하니 씁쓸해요."

아기와 망중한을 보내던 이 젊은 엄마는 리투아니아의 대규모 통신사에서 일하는 사람답게 여전히 저널리스트적인 안테나를 곧게 세우고 조심스레 한마디 한다.

"고용 형태와 경제적 자립도에 따라 이곳도 다 다른 대답이 나올 거예요. 도시에서 일하다 시골로 왔다 해도 확실한 직업을 가지고, 혹은 가치가 제법 되는 부동산을 소유하고 있는 처지라면 더 물어볼 필요도 없겠지만요. 그래도 빌뉴스나 카우나스 같은 도시에서보다는 적은 것으로도 만족하며 살게 되니 아무래도 전체적인 만족도는 높지 않을까 생각해요."

머리를 써서 살던 사람들이 몸을 쓰며 고되게 생활하면서도 이것이야말로 쉬는 것이라고 고백하는 현장을 보았다. 문제의식의 세계에서는 비판적인 태도를 취하더라도 실천적 태도에서는 낙천적인 세계관을 유지해나가는 견고한 사람들을 쉽게 잊을 수 없었다.

이그날리나 원전이 체르노빌과 같은 원자로를 사용하고 있었기 때문에 폐쇄가 결정된 것이라는 것, 건설 당시 함께 이주해 온 러시아인이 아직도 상당수 인근 비사기나스Visaginas를 중심으로 모여 살고 있고 원전 폐쇄를 둘러싸고 이들과 리투아니아인들 간에 심상치 않은 기류가 흐르고 있다는 것은 여행 후에 알게 된 사실이다. 그럼에도 문제시되었던 기존의 경수로와 다른 종류를 사용할 뿐 발트 삼국과 폴란드에 전력을 공급할 원전이 다시 건설될 계획이고, 벨라루스도 리투아니아와의 국경 부근에 러시아의 도움으로 또 다른 원전을 건설 중이라고 하니 이 모든 꿈같은 광경들이 정말 꿈처럼 하루아침에 사라져버릴까 덜컥 겁이 난다.

아루나스로부터 온 카드의 앞면엔 버들강아지가 판화로 새겨져 있었다. 부활의 계절이 오면 러시아 사람들은 버들강아지 가지와 원통 모양의 빵 쿨리치를 손에 들고 새 생명을 얻은 기쁨을 노래한다. 그리고 안쪽엔 어린 학생처럼 볼펜으로 꾹꾹 힘주어 눌러쓴 흔적이 역력한 필체가 이어졌는데 소리 나는 대로 쓴 서툰 러시아어, 러시아어와 리투아니아어의 혼합 형태처럼 보이는 단어들로 문장이 들쭉날쭉했다. 리투아니아에서 내가 아루나스와

라다칼니스 언덕 인근의 키레이키아이 마을.

대화를 나눈 매개는 물론 러시아어였다. 그러나 아마도 소련 시대에 겨우 러시아어를 익혔던 그가 소비에트 연방 해체 이후 급속하게 러시아어 문법을 잊어가고 있는 듯했다. 말하는 것에는 아무 문제가 없었으나 쓰는 것은 또 다른 문제였고, 러시아어를 쓰는 것부터 배운 나는 그런 그의 처지를 짐작할 수조차 없었던 것이 사실이다.

답장 없이 몇 달이 지난 것은 그런 망설임이 있었기 때문이었을 테고 봄의 초입에 내게 당도한 버들강아지 한 줌은 그런 만큼 용기와 호의가 듬뿍담긴 것이었다. 주저함 끝에 수줍게 건네는 한마디 말로 소통은 계속될 기미를 보인다. 그가 보여준 수고로움에 힘입어 나는 그간 망설이고 있던 한두 가지 일을 다시 해볼 용기를 얻었다.

아루나스로부터 온 봄소식.

Fryderyk Franciszek Chopin

NARODOWY
INSTYTUT
FRYDERYKA
CHOPINA

폴란드의 얼굴

쇼팽과 바르샤바

상트페테르부르크 네크라소프 가에 있는 라흐마니노프 기념 음악학교는 일반 학교의 하교 시각인 오후 두세 시 무렵 서서히 붐비기 시작해 밤이 늦도록 많은 사람들이 드나든다. 밖에서 보기엔 그리 특별할 것이 없어 보이는 낡은 연분홍빛 건물의 내부는 그러나 의외인 구석이 많다. 매우 높은 천장과 아주 좁은 복도는 정해진 방으로 들어가기 직전까지 딴 생각 따위는 일 초도 못하게 하려는 듯 학생들을 초조하게 만든다. 그리고 레슨실이든 이론실이든, 합창실 혹은 오케스트라실이든 배정된 방으로 들어가면 바로크풍의 벽장식을 배경으로 크지 않은 공간을 가득 채우는 그랜드피아노의 당당함을 마주하게 된다.

물론 아이들을 데려다주러 왔다가 수업이 끝나기를 기다리는 보호자 입장에서는 문이 살짝 열린 틈으로 이런 광경을 훔쳐보며 비좁은 복도에서 책한 권 벗 삼아 벽걸이시계나 화분처럼 풍경의 일부가 되는 것도 나쁘진 않다. 본격적으로 연주를 시작하기에 앞서 오케스트라 단원들이 악기를 조율하는 시간처럼 각방에서 건반과 현, 관, 타악기가 제각각 소리 내는 것을 들을 수 있으니 그것만으로도 썩 괜찮은 음악회가 되기도 한다. 러시아 전통 악기들까지 모두 한자리에서 배우니 소리의 다양함이란 이루 말할 수 없지만 여전히 가장 빈번히 다뤄지는 악기는 피아노다. 그리고 피아노를 연주하는 학생들이 가장 즐겨 찾는 악보는 단연 쇼팽의 것이다.

피아노를 배우기 시작한 후, 나는 쇼팽으로 폴란드를 알았다고 해도 지나침이 없다. 마치 녹턴, 발라드, 마주르카, 즉흥곡, 폴로네즈, 스케르초 같은 장르 명은 오직 이 한 명의 피아노 천재에게서 모두 나온 것만 같았다. 프랑스에서 주로 활동했지만 죽을 때까지 조국 폴란드를 마음속에서 아파한 프레데리크 쇼팽의 운명은 부모의 이력으로 이미 상당 부분 예견된 것이 아니었을까. 바르샤바 근교 젤라조바 볼라에서 1810년 3월 1일 출생한 그는 프랑스에서 이주해 귀족 자제들에게 프랑스어를 가르치던 아버지와 이름난 피아니스트였던 어머니를 두었다. 문화적으로 변방으로 치부될 뿐 아니라 (당시 음악가들에게 성지와도 같은 곳은 오스트리아 빈이었다) 특히 작곡 분야에서 이렇다 할 음악가를 배출하지 못하던 폴란드도 쇼팽의 등장으로 큰 기회를 얻게 된 셈이었다.

민스크 외곽에서 E30 도로를 타면 브레스트를 거쳐 바르샤바까지 시원하게 차가 빠진다. 이 도로는 동으로 모스크바까지, 서로는 베를린까지 이어진다. 이는 러시아가 서쪽으로, 독일이 동쪽으로 진출하기 위해서는 벨라루스와 폴란드를 밟고 지나가야 함을 뜻한다. 김윤식 선생의 예술 기행 『낯선 신을 찾아서』에는 폴란드인 일본 문학 연구자가 한국어를 전혀 알지 못하는 처지에서도 한국 근대문학에 심취해 일어 중역을 통해서라도 선우휘나 김석범 연구를 계속하더라는 에피소드가 나온다.[1] 러시아 제국과 히틀러 통치하의 독일과 소비에트 연방에 내내 시달려온 그 역사적 고단함 때문에 일제 식민 통치와 이념 전쟁을 겪은 한국에 유독 관심을 보이는 것이 아니겠냐는 것이다. 한국 국민이 폴란드에 접근하는 방식도 저와 유사한 면이 있지 않을까? 쇼팽을 피아노의 시인이라 칭하기 이전에 민족애가 남달랐던 대표적인 작곡가로 기억하고 싶어 하는 것도 그런 맥락에서가 아닐까 싶다.

바르샤바 외곽의 주거지역은 소련 냄새가 물씬 풍겼다. 키예슬롭스키의 텔레비전 영화 시리즈 〈십계〉에서 비춰지던 주택단지의 모습과 다르지 않

바르샤바 외곽의 주택가와 문화과학궁전.

았다. 주민들의 삶을 통해 살인, 사랑, 운명, 고독 등의 주제가 펼쳐지던 바르샤바라는 공간은 어딘지 모르게 을씨년스럽고 탁한 회색빛을 띠고 있었던 것이다. 적당히 낡은 소련식 전차가 빠른 속도로 레일을 따라 교차해 지나갔다.

관광지 주변이 아닌, 주거지역에 푹 파묻힌 곳에 숙소를 잡았기에 끼니를 해결하려 자연스럽게 동네 식당 한 곳에 들어가게 되었다. 창가에서 문학 모임의 회원인 듯한 십여 명의 사람들이 차례로 한마디씩 하는 소리를 엿들었다. 러시아어와 비슷한 음운을 가진 단어가 가끔 튀어나와 뜻을 추측해볼 수 있었거니와 전혀 뜻밖의 단어라 해도 러시아어보다는 조금 더 둥글둥글한 소리의 끝 맛이 노래 한 자락을 듣는 것 같아 기분이 좋았다. 바로 옆 테이블에선 동유럽 억양이 섞인 거친 영어로 두 남자의 대화가 이어졌는데 와인 한 병을 벌써 비운 터라 얼굴 표정에서도 취기가 그윽하게 올라왔다. 유럽연합에 빠르게 흡수되어가는 폴란드의 분위기가 못내 못마땅하고 서운한 한 사람과 그럼에도 비즈니스적 마인드로 상황을 분석해내는 또 다른 사

저녁 식탁의 토론.

람의 대화는 적당한 접점을 찾지 못한 채 계속 제자리를 맴돌고 있었다.

바르샤바 구시가지를 돌아보는 일은 소위 왕의 길이라 불리는 거리에서 시작하고 끝나는 모양이었다. 왕의 길이 본래 벨베데레 궁전에서 바비칸에 이르는, 남북으로 길게 뻗은 길인 탓에 더 정확하게 말한다면 신세계Nowy Swiat 거리와 크라코프 교외Krakowskie Przedmiescie의 주변이 바르샤바 시내의 주된 관광 코스라고도 말할 수 있을 것이다. 우선 신고전주의 양식의 건물들이 퍼레이드를 벌이는 사이사이로 세련된 카페와 레스토랑, 호텔들이 포진해 있다. 이 거리를 지나면 코페르니쿠스의 동상을 앞세우고 서 있는 과학 아카데미 건물을 시작으로 쇼팽의 심장이 안치되어 있는 성십자가 교회와 맞은편의 바르샤바 대학 구관이 있는 캠퍼스, 견고하게 복원된 왕궁이나 중세 성벽의 일부로 망루 역할을 했던 바비칸을 만난다.

이 동유럽—정작 이들은 중유럽이 맞는 표현이라며 열을 올리기도 한다—의 수도에는 무엇 하나 도드라지게 화려한 구석이 없다. 금과 은이 많이 동원되어 유례없이 화려한 내부를 자랑하는 성십자가 교회도 프랑스나

1 왕의 길을 지나는 사람들. 2 구시가지 광장의 야경.
3,4 성십자가 교회와 쇼팽의 심장이 묻혀 있는 하얀 기둥.

이탈리아는커녕 독일이나 체코의 보통 교회 장식보다 오히려 수수한 축에
속한다. 유별난 구석이 있다면 전면 제단 왼편에 서 있는 흰 기둥의 존재다.
쇼팽의 유언에 따라 시신에서 심장이 떼어져 이곳 기둥 아래 묻혀 있는 까
닭에 그 애절함을 기리며 그가 남긴 작품들을 연주하고 감상하는 음악 애

호가들의 발길이 끊이지 않는 것이다.

여섯 살에 피아노를 배우기 시작해 열두 살에 바르샤바 음악원 원장인 엘스너에게 음악 이론을 배운 이후 누구에게도 정식으로 피아노 레슨을 받지 않고, 자신의 존재를 오직 음악 하나에 밀어 넣었던 이 천재는 1825년 자신의 첫 작곡 작품 〈론도〉를 선보였고, 1828년 독일 연주여행을 시작으로 빈 등을 거쳐 이후에는 파리에 정착했다. 러시아의 수중에 들어간 조국을 멀리서 지켜보며 고통스럽게 그리워할 수밖에 없었던 예술가의 비애는 어머니로부터 물려받은 섬세한 성격과 유약한 육체와 더불어 그의 길지 않은 서른아홉 해 생을 괴롭혔다. 떠도는 동유럽 음악가의 신분으로 파리 살롱계의 중심으로 들어간 그는 멘델스존, 리스트, 베를리오즈, 슈만 등 낭만주의 음악가들뿐 아니라 발자크, 하이네 등 문인들과도 친분을 쌓았다. 1836년 첫 만남 이후 그의 연인이자 후견인이 된 여장부 조르주 상드와의 화려한 나날에 대해서는 널리 알려진 바와 같다.

길 건너편 바르샤바 대학 구관 캠퍼스에 잠시 들렀다. 러시아, 프로이센, 오스트리아 삼국의 분할 점령 시기를 거치며 시련을 겪어온 폴란드 민족의 지성사를 담담히 보여주는 대학도서관의 전시—이 전시는 비스와 강가에 새로 지은 대규모 신 도서관의 비전에 대한 것이기도 했다—와 이웃 건물의 입구 게시판에 붙어 있던, 이제 막 학기말 시험을 치른 학생들의 평점 리스트를 마주했다. 이 구시가지의 건물 대부분은 제2차 세계대전 직후 잿더미로 변했다가 철저한 고증을 거쳐 복원된 지 오래지 않은 것들이다. 새로 다시 만들어냈다는 점 때문에 오래된 도시로서의 매력이 덜하지 않을까 했던 우려는 금세 접어야 했다. 도시의 견고한 모양새와 차분한 색조는 자신들이 지나온 시간들과 향후 지향하는 바를 정확하게 보여주고 있었고 그 태도만으로도 방문객에게 감동을 주기에 충분했다.

왕궁에는 들어가지 않기로 하고 대신 그 옆의 카르멜 교회에 눈을 돌렸

1 바르샤바 대학 정문. **2** 카르멜 교회 외관.

다. 입구 왼편에 낭만파 시인 아담 미츠키에비치의 동상이 서 있다. 이 폴란
드-리투아니아 연방 출신 문인은 지금의 벨라루스 땅에서 태어났고 19세
기 전반에 활동했던 만큼 민족주의에 고무된 시를 많이 남겼다. 러시아의
푸시킨과도 친분이 있었고, 바르샤바 봉기가 실패로 돌아간 이후에는 바이

마르로 가서 괴테를 만나기도 했다. 한편 파리에서는 망명자의 신분으로 있으면서 다양한 민족적 특성이 공존할 수 있었던 연방의 부활을 꿈꾸며「판타데우시」 같은 애국 서사시를 남기기도 했다. 그러니까 쇼팽의 인생 후반부에 해당하는 1830년대와 1840년대는 연방의 부활을 끊임없이 추구하던 애국 단체들의 노력이 바르샤바 봉기로 이어졌음에도 러시아 황제의 군대가 이를 무참히 짓밟는 가운데 망명 지식인들이 파리에서 공중그네를 타던 시기였던 것이다. 그렇기 때문에 그에 감화된 쇼팽이 들려주는 음악은 자연스레 폴란드인의 가슴에 녹아 들어가 폴란드인으로서의 자의식을 끊임없이 돌아보게 만들었던 것이다.

왕의 길에서 조금 비켜난 곳에 있는 쇼팽 박물관을 빠뜨릴 수는 없는 일이었다. 작곡가가 살았던 집을 역사관으로 개관한 것이 아니라서 어떤 주제로 박물관을 꾸몄을까 궁금했는데 친필 편지와 악보 몇 점, 손때 묻은 플레이엘 피아노 한 대 이외에는 온통 멀티미디어의 화려한 축제가 펼쳐졌다. 그런데 예술가와 사실 관계로 얽혀 있지 않은 공간 중에 그의 작품들 자체에 대한 애정과 자부심을 이토록 절절하게 내보일 수 있는 공간이 또 있을까 싶을 정도로 밀도 있는 기획으로 꾸며져 있었다. 상층에서 쇼팽과 관련된 약간의 물건들을 그저 바라보며 시작된 관람은 하층으로 내려올수록 애틋한 에피소드들과 함께 그가 남긴 곡들 하나하나를 직접 들으며 음악 자체에 집중하게 되고야 만다. 입장권을 대신해 각자가 손에 쥔 카드를 센서에 대면, 마주르카란 본래 어떤 리듬을 지닌 폴란드의 춤곡인지, 연습곡을 통해 쇼팽은 연주자가 어떤 테크닉을 익히게 하고자 했는지 대번에 알아차릴 수 있게 된다.

피아노를 연주하는 많은 사람들에게 쇼팽은 첫사랑이다. 하농으로 스케일을 연습하고, 단계별로 번호가 붙은 체르니, 바흐의 인벤션과 심포니로 엄격한 틀 안에 자신을 가두어 오로지 악보 읽는 연습과 자유롭게 손가락 놀

1 쇼팽 박물관 외관. 2, 3 박물관 내부와 전시실. 4 쇼팽의 마지막 피아노.

리는 연습만 하다가 선곡집의 일종인 소나타 모음집을 탈피해 처음 받아 드
는 악보가 쇼팽이다. 종종 모차르트나 슈베르트로 낭만적인 선율을 느껴보
기도 하지만 모차르트는 모범생 티가 역력하고 슈베르트의 매력은 역시 가
곡에서 더 두드러진다. 그에 비한다면 쇼팽은 그윽한 달빛 아래 비친 하얀

얼굴과도 같다. 게다가 그의 음악은 피아노로 시작해 피아노로 끝난다. 그렇기에 마주르카나 왈츠, 녹턴 등 기교적 부담감이 비교적 적은 곡들은 그것대로 아마추어 연주자들에게 감정이입의 연주가 주는 최초의 뿌듯함을 안겨주고, 스케르초나 연습곡, 즉흥곡 일부나 대大 폴로네즈처럼 화려한 손놀림이 기본이 되어야만 하는 곡들은 전문 연주자의 길을 가는 사람들에게 정복의 대상처럼 여겨지기도 하는 것이다. 리스트나 베토벤의 좀 더 날카롭고 웅장한 조합 앞에서 이 첫사랑의 그림자는 희미하게 사라져버리는 듯하다가 어느새 진행형의 시제로 되돌아오고야 만다.

수많은 쇼팽 스페셜리스트들의 이름이 떠오른다. 쇼팽보다 더 많은 스페셜리스트를 가진 작곡가가 쉽게 떠오르지 않는다. 연주가뿐만 아니라 청중도 모두 저 열병에 빠져 있기는 매한가지다. 쇼팽은 사람이 목소리를 내듯이 건반이 연주되기를 원했다고 한다. 일례로 애초에 춤곡의 형식이었다가 후에 독일 시를 바탕으로 가곡의 형태로 내려오던 발라드가 쇼팽에 의해 피아노곡으로 재탄생한 사연을 들 수 있다. 그의 발라드는 아담 미츠키에비치가 폴란드 설화에 뿌리를 두고 재구성한 폴란드 민족 문학에 영향을 받았다고도 하는데, 한국처럼 서정적인 발라드(사랑 노래에 대한 통칭으로서)가 크게 유행하는 나라에서 쇼팽을 거부하기는 여러모로 어렵지 않을까 싶다. 녹턴은 또 어떤가. 이탈리아 오페라에서 착안해 은은히 내면세계를 비추는 잔물결과도 같은 녹턴은 역시 로시니의 오페라에 열광적이었던 쇼팽이 인간의 목소리에 보내는 또 하나의 찬가다.

루빈슈타인이냐 폴리니냐, 짐머만이냐 키신이냐, 쇼팽 음악을 좀 듣는다는 이들 사이에서는 의견이 분분하다. 말하는 본인들조차도 그런 키 재기가 다 부질없다는 생각을 못 하지는 않으리라. 내 경우엔 2000년 겨울 쇼팽 타계 150주년을 기념해 EMI에서 발매한 스타니슬라프 부닌의 CD 다섯 장짜리 스페셜 에디션이 기억에 남는다. 간혹 이례적인 경우도 있기야 하겠지만 슬라브적 감성을 슬라브인이 가장 자연스럽게 이해하고 표현해내는 건 당연한 일이란 생각을 하게 된 경우였다.

그러나 연주회에서는 좀 색다른 경험을 한 적도 있다. 2003년 늦은 봄에는 모스크바의 차이콥스키 기념 음악원 볼쇼이 홀에서 열린 윤디 리의 연주회에 간 적이 있다. 2000년 심사위원 만장일치로 십수 년 만에 우승자를 낸 쇼팽 콩쿠르의 영웅이니 당연히 그의 연주 목록에는 쇼팽의 화려한 대 폴로네즈라든가 환상곡이 빠질 리 없었으나 이 탁월한 젊은 피아니스트에게서 나는 좀 이상하게 느릿하고 쿨렁거리는 인상을 받았다. 왼손과 오른손의 박자가 다르게 진행되면서 오는 묘한 쾌감도, 꾸몄지만 그 꾸밈이 마치 필수적이라는 듯한 쇼팽 특유의 장식음이 선사하는 우아함도 느른하게 흐느적거리고 있었다. 이것을 두고 어떤 중국적 해석 혹은 중국식 기질의 반영이라고 말하는 것이 가능하다면, 비록 익숙하지 않아 편하게 들리지는 않아도 우리는 새로운 쇼팽의 출현으로 풍성해지는 피아노 음악의 세계를 기뻐해도 될 것이다. 쇼팽이 전하는 슬라브적 우수는 이제 시간과 장소에 따라 전혀 새로운 맥락에서 음미되고 해석될 수 있는 것이다.

다음 날 아침, 숙소 부엌 창가의 오래된 라디오를 켰다. 동그란 다이얼을 조금씩 돌리다가 깨끗한 음이 잡히는 곳에서 멈추니 어느 성당의 미사가 실황 중계되고 있었다. 말은 알아들을 수 없지만 차분하게 바닥에 내려앉는 그레고리안 성가에 마음이 편해졌다. 흐릿하다가 조금씩 비를 흩뿌리던 하늘이 서서히 맑아지고 있었고 그 틈을 타 우리는 와지엔키 공원으로 움직이기로 했다. 매번 하루 이틀뿐인 일정이긴 했지만 금번 방문으로 바르샤바에 발을 들여놓은 것이 세 번째가 되었다. 세 번째 찾은 바르샤바에서 하고 싶은 가장 중요한 일은 와지엔키 공원 산책이었다. 공원 입구에서 멀지 않은 곳에 주차하고 걸어가다가 바르샤바 대학 식물원을 만나 잠시 들러보았다.

바르샤바 대학 식물원.

안내문은 이곳이 폴란드에서 가장 오래된 식물원이고, 비교적 작은 규모
이나 면적에 비해 제법 다양한 종의 식물군을 보유하고 있음을 알려주고 있
다. '약용 식물', '장미 정원', '저지대 식물', '산악지대 식물' 등에서 보이듯 특
정 종으로 해당 구역을 꾸미기도 하고 식물학 전문 분류법에 따라 1, 2, 3 숫
자를 붙여 과 전체에 속하는 모든 식물을 한데 모아두기도 한 모양이었다.

작은 규모라고는 하지만 평평하기만 한 정원이 아니라 뒤로 갈수록 굴곡이 있는 지형에 우거진 숲을 방불케 해 조용히 숨어들기 좋은 수많은 열린 방들의 집합처럼 보였다. 비 오다 갠 축축한 땅에 지렁이가 꿈틀대고 노란 꽃잎 사이로 보일 듯 말 듯 파묻혀 궁둥이만 쳐든 꿀벌 두 마리가 열심이라는 생각이 들 즈음 주변을 거니는 사람들의 수가 적지 않았음에도 그들의 대화 하나하나가 귀에 와 선명히 박히는 느낌이었다. 온실에서 피부의 땀구멍이 열리듯 감각이 생생하게 깨어나고 있었다.

꽃꽂이 전시회가 한창인 다른 출입구로 나와 얼른 와지엔키 공원 안으로 들어갔다. 바르샤바 시민들이 가장 사랑하는 공원이라는 이곳에 대해 나는 단단히 착각하고 있는 것이 있었다. 헤르타 뮐러의 『숨그네』에서 주인공 레오가 비밀스럽게 찾아들던 오리나무 공원이나 넵튠 수영장이 바로 여기였을 것이라고 그냥 믿어버렸던 것이다. 사실 그럴 리는 없었다. 레오는 루마니아에 사는 독일계 가정의 일원이었고 와지엔키는 폴란드의 중앙공원이니. 그런데 사람의 연상력이란 엉뚱하면서도 한편 일리가 있는 것이기도 하다. 와지엔키의 본래 뜻이 목욕탕이라는데, 귀족의 사냥터로 쓰였던 이곳에 사냥 후 몸을 씻을 목적으로 욕탕을 설치하면서 그런 이름이 붙었다는 것도 저 소설 속의 장치와 관계가 없지 않으며, 주말이나 공휴일마다 음악회가 열리곤 한다는 소설 속 묘사도 쇼팽 음악회가 열리는 이곳의 풍경과 크게 다르지 않은 것이다. 그러니까 공원 안으로 들어서면서 기대했던 것은 사실 욕탕 같은 호수, 비밀의 방을 연속적으로 가르는 거대한 수풀이었는지도 모르겠다.

그런데 분명 물이 흐를 것 같은 방향으로가 아니라 사람들은 어떤 가냘프고 익숙한 선율이 흐르는 쪽으로 홀리듯이 걸어가는 중이었다. 그 뒤를 나도 몰래 따르고 따르다가 길이 끝나는 지점에서 그만 입을 벌리고 서 있을 수밖에 없었다. 늦봄에서 초가을에 이르는 시기의 장미 정원에는 매주 일

와지엔키 공원 내 쇼팽 기념비 주변에서 열린 음악회.

요일마다 음악회가 열린다고 했다. 쇼팽 기념비 아래 작은 천막을 치고 쇼팽의 곡을 연주하는 세계 각국으로부터 온 연주자들이 거기에 있었다. 장미 정원에 핀 장미들은 희거나 연한 분홍빛을 띠고 있었다. 그리고 그 장미 정원 중앙부부터 그를 둘러싼 언덕배기의 아름드리나무들 너머까지 아무렇게나 앉은 듯해도 빈틈없이 자리 잡은 시민들의 집중하는 등허리는 쇼팽 박물관 따위로 짐작할 수 없는 대단한 쇼팽적 현상이었다. 갓난아기는 수시로 빽빽 울어대고 돌쟁이 아이들은 사방을 뛰어다녔다. 표를 사서 들어오는 밀폐된 공간도 아니기에 연주가 시작되고도 계속해서 사람들은 바깥 대열을 밀고 들어왔고 가끔씩 연주 중에 자리를 뜨는 사람도 물론 있었다. 그럼에도 이런 주변부의 어수선함을 일시에 덮고도 남을 법한 고도의 집중력이 장미 정원 관객 대부분에게 있다는 것이 놀라웠다. 왈츠와 환상 즉흥곡, 폴로네즈가 이어졌다. 일본인 피아니스트의 연주는 사실 그리 특별할 것이 없었다. 하지만 부닌이 콩쿠르 장에서 연주한 실황도 이만한 감동은 줄 수 없었을 것이다. 그것은 관객들로부터 나온 것이었다.

넓은 공원부지에는 17세기부터 공국의 권력자들이 여럿 둥지를 틀었던 궁전도 몇 채 있었고 그중에는 한때 스타니스와프 루보미르스키의 욕탕이었다가 후에 스타니스와프 어거스트 포시아토프스키의 여름 별장이 되어 '물 위의 궁전'이라 불리는, 이 공원의 주인공 격인 건물도 있었다. 빈에서 제법 익숙하게 보았던 유리와 철근 구조의 오랑주리도 여럿 있었는데 구관은 극장으로도 사용됐던 모양이었다. 물 위의 궁전 주위를 뱃놀이 객들이 우아하게 떠다닐 때도 장미 정원으로부터 건반 소리가 끊이지 않았다. 20세기 초 빈 분리파 작가에 의해 조각되었다는 기념비 속의 쇼팽은 그로테스크한 분위기의 버드나무 아래에 앉아 깊은 생각에 잠긴 모습이다. 파리 몽소 공원에 있는 쇼팽 조각상이 피아노를 마주하고 조르주 상드와의 낭만시대를 한껏 만끽하는 분위기로 제작된 것과는 사뭇 대조된다. 17세기의 여름 별궁과 욕탕, 19세기의 뮤지션, 그리고 20세기의 모던한 조형예술이 와지엔키라는 이름 아래 조화롭게 녹아들어 있었다.

이 피아노의 음유시인은 1849년 10월 17일 파리에서 생을 마감했다. 조국 폴란드에서 혁명이 일어나는 것도, 러시아 황제에 의해 진압이 이루어지는 것도 멀리 타국에서 전해 듣는 수밖에 없었다. 바르샤바를 방문했던 그 여름, 우리 여행의 서방 한계점은 파리였다. 마들렌 사원에서 장례식이 진행되고 페르 라셰즈 묘지에 시신이 묻혔지만 미리 해부된 신체에서 꺼내진 심장만은 바르샤바의 한 교회에 모셔져 있는 이 사람, 스무 살에 고향을 떠나면서 선물로 안고 온 폴란드의 흙 한 줌이 관 위에 비장하게 뿌려졌다는 이 사람을 만나러 나 또한 파리로 가는 듯싶었다.

19세기 러시아 소설에 등장하는 교양 있다 하는 자들의 대화는 죄다 프랑스어로 진행되고, 독일인들조차 "파리에 가보니 낙후된 조국의 현실이 더욱 암담하게 보인다"고 말하기 일쑤였다고 하니 어쩌면 내가 파리에서 확인해야 할 프랑스적인 것의 실체란 제국의 변방으로부터 몰려든 천재들이 프랑스라는 바탕색에 계속해서 덧입힌 다양한 덧칠들이 아닐까 싶었다.

바비칸 주변 골목을 걷는 바르샤바 사람들.

견고한 사람들이 꾸는 꿈

베를린의 어제와 오늘

꿈꾸는 자는 어느 특정한 곳에 결코 머무르지 않는다. 거의 자발적으로 그는 방금 있었던 곳을 떠나 움직인다. 열세 살 무렵의 소년은 함께 여행하는 자아를 발견하였으며, 바로 그러기에 이 시기에 나타나는 보다 나은 삶에 대한 꿈은 무척 풍요로웠다. 이러한 꿈은 서서히 발효하는 하루를 떠올린다. 그것은 학교와 집을 뛰어넘으며, 우리에게 좋고 귀중한 무엇을 언제나 데리고 간다. 보다 나은 삶에 대한 꿈은 도피하는 전초병이요, 서서히 명료하게 되는 우리의 갈망을 위한 첫 번째의 숙소나 다름이 없다. 그 꿈을 통하여 우리는 지금까지 한 번도 체험하지 못한 무엇에 대하여 대화를 나눌 수 있는 기술을 연마하게 된다.

—에른스트 블로흐, 『희망의 원리』 중에서[1]

무엇에나 넘치는 법이 없었다. 숙소 화장실에 놓인 샴푸, 물비누, 치약도 자칫 부족할 수도 있겠다 싶을 만큼만 놓여 있었다. 추가로 요청하면 정확하게 가져다놓기는 하지만, 나중에 합산해보면 더 이상 요청할 필요까지는 없었다고 후회하게 되는 건 역시 이쪽이었다. 오묘한 혀의 감각이 유별나게 발달한 사람들은 못마땅해할지 몰라도 전반적으로 먹을 만한 음식들을 저렴하게 파는 식당들이 많았다. 약간 건조하리만치 군더더기 하나 없이 말끔한 인상의 생활인, 그것이 독일의 모습이었다.

베를린 돔 앞뜰.

　독일 중에서도 유독 베를린에 대해서 호기심을 느꼈던 것은 현대사의 중
요한 획을 그은 사건들이 주는 현장감 때문이었다. 목조 골격의 일부가 밖으
로 자연스럽게 드러나는 하프팀버half-timber 양식의 가옥이 옹기종기 모여
있는 구시가, 형형색색의 꽃 화분이 질서 있게 놓인 민가들은 베를린에서
기대할 것이 아니었다. 양차대전이 남긴 숙제들과 힘겹게 싸우고 있는 전사,
그가 베를린이었다.

　중국식 게이트를 열어놓고 있는 동물원을 지나자 카이저 빌헬름 기념교
회가 눈에 들어왔다. 황제의 이름을 딴 19세기 말의 이 교회가 문제시되는
이유는 전쟁으로 무너진 처참한 모습 그대로를 보란 듯이 드러내고 있기 때
문이다. 베를린 시내 최대의 번화가인 쿠담 거리를 지척에 두고 무너진 교회
의 잔해가 그대로 있는 모습은 다분히 충격적이었다. 공사를 위해 완전히 외
벽을 둘러쳐 교회인지 알아볼 수 없을 정도의 모습도 바로 옆에 새로 올린
육각과 팔각의 새 교회, 새 종탑과 묘한 조화를 이루고 있었다. 교회의 내부
로 들어서면 빛의 투과로 푸른빛을 발하는 돌 유리판들 앞에서 얼굴이 파

리해진다. 온통 현대식 건물들뿐이지만 네모반듯하게만 지어진 건물은 찾
아보기 힘들었다. 다양한 조형 실험실 같은 건축물들이 줄을 이었다. 원색
으로 칠해진 각종 파이프와 원통의 발전시설물들까지 합세해 거리의 모습
자체가 현대미술관 전시실을 방불케 했다.

　기우는 해 때문에 망설이다가 바로 체크포인트 찰리까지 갔다. 1961년부

1,2 카이저 빌헬름 기념교회의 외부와 내부. 현재는 무너진 교회에 외벽을 둘러치고 공사 중이다.
3 조형 실험실 같은 건축물이 늘어선 쿠담 거리.

터 1990년까지 베를린 장벽에 있던 국경 검문소로 외국인들이 동서 베를린을 오가던 유일한 통로였던 곳이다. 전후 소련과 미국, 영국, 프랑스가 분할해버린 조각난 베를린의 상징과도 같던 이곳에 이제는 미군 복장을 하고 관광객들과 호들갑스럽게 사진을 찍어대는 호객꾼들, 그리고 역시 세트장처럼 재연된 하얀 벽의 초소 하나가 냉전시대를 가까스로 상기시킬 뿐이었다. 이 모든 게 너무나 쇼 같아서 나는 이들이 부러운 마음도 들었다. 한국 사람들은 아무래도 이에 더 예민하게 반응할 수밖에 없을 것이다. 영어, 러시아어, 프랑스어로 안내되어 있는 경고문을 서쪽에서 한 번, 다시 한 발 옮겨 몸을 돌린 다음 동쪽에서 한 번 바라본다. 동쪽에서 서쪽으로 건너자마자 초소 오른편에 거대하게 자리 잡고 있는 점포는 다름 아닌 미국의 상징, 맥도널드다. 베를린을 찾은 관광객이라면 누구나 바로 이 자리에서 비슷한 각도로 사진을 남기게 될 것이고 그렇다면 미군 초소와 성조기, 그리고 맥도널드가 완벽하게 한 프레임에 담기게 된다. '찰리'라는 이름이 붙은 이유는 예상보다 단순했다. '세 번째' 초소라는 뜻이다. 일종의 무선 암호와도 같은 나토

체크포인트 찰리와 맥도널드.

음성 기호법에 의하면 A, B, C가 각각 알파, 브라보, 찰리로 읽힌다고 했다.

발걸음을 재촉해 홀로코스트 메모리얼을 방문했다. 공공미술의 극치가 이런 것이 아닐까 싶었다. 각기 다른 높이지만 네모반듯하게 줄을 맞춰 서 있는 잿빛 상자들은 굳이 무엇을 상징하는지 설명이 필요 없을 만큼 강렬한 인상을 주었다. 인도에 가까운 바깥 석관들은 의자 높이 정도밖에 되지 않아 아이들도 쉽게 걸터앉을 수 있을 정도였지만 안쪽으로 깊숙이 걸어 들어 가면 어둑한 그늘 아래 갇힌 느낌이 들 정도로 높다란 상자들이 우뚝 서 있었다. "엄마, 그러니까 이게 가짜 장례식fake funeral 같은 거야?" 베를린 시티의 미간과도 같은 장소에 일부러 만들어놓은 무덤은 아이의 기억에도 단단히 뿌리내릴 모양이었다.

홀로코스트 메모리얼.

브란덴부르크 문 근처에서는 멀리 전승기념탑이 보였다. 브란덴부르크 문에서 저 기념탑을 관통해 앞으로 쭉 뻗은 이 길이 바로 동베를린과 서베를린을 나누는 동서 축이었다. 1864년 덴마크와 벌인 전쟁에서 프로이센의

'황금의 엘제'가 서 있는 전승기념탑과 브란덴부르크 문.

승리를 기념했던 것인데, 이후 오스트리아, 프랑스와의 전쟁에서도 프로이센이 연이어 승전고를 울리면서 기존의 탑에 황금으로 치장한 승리의 여신상이 덧붙여졌다고 한다. 원래는 승리의 여신 빅토리아지만 베를린 사람들은 '황금의 엘제'라는 애칭으로 부른다. 빔 벤더스의 영화 〈베를린 천사의

시〉에서 그녀의 어깨에 앉아 냉전 시기 베를린의 암울한 나날을 관찰하던
천사 다미엘은 이제 또 어떤 베를린을 내려다보고 있을까? 그는 인간이 되
었다. 그러니 황금의 엘제 어깨 위가 아니라 시장과 일터에서, 흑백의 처절
함 속에서가 아니라 생생한 컬러감 속에서 인간세계를 느끼고 있을 것이다.
활기차지만 번잡스럽지 않고 세련미가 넘치지만 화려하다고 말할 수 없는
도시가 오늘날의 베를린이다. 브란덴부르크 문은 애초에 도시의 관문쯤으
로 지어졌던 것이 동, 서로 도시와 나라가 나뉜 마당에는 분단의 상징이 되
었고 이제 하나가 된 독일에서 통일의 상징이 된 의미심장한 문이다.

　문 앞으로 쭉 뻗은 거리 운터 덴 린덴을 따라 걸었다. 라임 나무가 줄지은
쾌적한 길을 걷다보니 아인슈타인과 마르크스, 엥겔스, 헤겔이 거쳐 간 훔
볼트 대학에 닿았다. 전후 이 대학이 소련군의 섹터에 속하게 되면서 서독
학생들의 입학이 불가능해졌는데, 이는 서독 지역에 베를린 자유대학이 설
립되는 계기가 되었다. 그리고 동독 지역에서는 1810년에 설립된 이래 베를
린 대학이라는 이름을 갖고 있던 이 대학이 갑자기 창립자의 이름을 딴 훔

훔볼트 대학 안뜰에 열린 헌책방.

알테 내셔널갤러리의 천장과 아르놀트 뵈클린의 〈망자의 섬〉.

볼트 대학으로 개칭하게 된 사연이 되기도 한다. 안뜰에 들어서니 헌책방이 펼쳐져 대학 앞마당다운 분위기다.

　뮤지엄 아일랜드는 좋은 산책 코스다. 볼거리가 많아 며칠을 두고야 둘러볼 수 있는 곳이지만 나는 19세기 회화 작품들이 전시된 알테 내셔널갤러리만을 염두에 두었다. 대표적인 독일 낭만파 화가 카스파르 다비트 프리드리히는 비극적인 세계관 속에 파묻힌 사람이었다. 구름을 물들이는 달빛 앞에, 폐허가 된 고딕 사원 아래, 인간은 그저 바위 위에 웅크리고 있거나 관을 끌고 가는 쓸쓸한 행렬을 계속할 뿐이었다. 죽음의 문턱에서 듣는 한 편의 장대한 레퀴엠 같은 소름 끼치는 장면이 이어졌다. 프리드리히 그림에 심취한 히틀러가 그의 그림을 다수 소장하고 있었다는 이야기를 들은 적이 있었기 때문에, 그의 그림을 직접 보면서 독일인의 나르시시즘을 떠올리지 않을 수 없었다. 불가사의한 고양감 속에서 인간은 쉽게 몰아의 경지로 나아간다.

　낯선 두려움은 아르놀트 뵈클린의 그림에서도 계속되었다. 작품 대부분은 도판으로 보았던 것보다 조금 더 밝은 색조였다. 19세기 유럽의 화가들에게 브뤼셀과 안트베르펜, 파리는 성지와도 같았던 모양인지 뵈클린 역시 그 도시들을 두루 돌며 활동했다고 한다. 그의 대표작이라 할 〈망자의 섬〉은 죽음을 더욱 섬뜩하게 바라보게 했다. 대단히 사실적인 묘사라서 무엇이 그 안에 있는지 찬찬히 살펴보게 되는데 그러다보면 죽음의 사자를 싣고 가는 나룻배 한 척이 거의 다다른 섬이라는 게 사이프러스 나무로 빽빽하게 채워져 뒤가 보이지 않는 암흑이다. 미지의 세계는 두려움을 주는 동시에 동경의 대상이 되기도 하던가. 작가가 애써 표현한 '절대 고요'의 상태가 거기 있었다. 꿈인지 실제인지 모를 이런 모호한 분위기로부터 살바도르 달리나 막스 에른스트가 영향을 받았으리라 쉽게 짐작되었다.

　뮤지엄 아일랜드에서 멀지 않은 독일연방 의회 건물 라이히스탁 유리돔은 좀 특별한 공간이다. 19세기 말에 지어진 제국의회 건물은 대단한 일들을 겪었다. 바이마르 공화국 선포, 대화재로 인한 메인 홀 소실, 히틀러의 연설과 소비에트기가 휘날리던 1945년, 그리고 재통일 직후인 1990년 새로이 선출된 의원들로 구성, 소집된 최초의 회의 장면까지. 철근과 유리로 된 돔은 1999년 모던한 회의 장소로 재건축되면서 덧붙여진 것이다. 우주선 같

독일연방 의회 건물인 라이히스탁의 유리돔.

이 생긴 이곳이 좋은지 아이들이 재빠르게 앞서 올라가 판테온 천장을 연상시키는 꼭대기에 멈춰서 고개를 든다. 밀실을 멀리하고 서로 말조심하는 독일의 분위기를 그대로 보여주듯 의정 활동 전체를 기꺼이 감시받겠다는 의지가 대단하다. 무료로 개방해 베를린의 미래를 희망적으로 바라보게 하겠다는 포부도 넘치고, 공중을 걷듯 조화롭게 올라가는 사람들이 아름답다. 이곳이 오늘날 EU라는 공룡을 어깨에 둘러맨 독일이구나 실감하는 순간이었다.

베를린을 방문하기 전 독일 북서부의 작은 마을인 오베른키르헨에서 카우치 호스트였던 레나와 마틴 부부가 들려준 통독 후 실감하는 변화란 이런 것이었다. 이 마을에서 나고 자란 레나와 달리 마틴은 옛 동독 예나Jena 출신이다. 전투기 파일럿이 되겠다고 마을 어귀에 있는 미국, 영국, 프랑스 연합 공군 훈련장에 와 있던 마틴이 사고로 꿈을 이룰 수 없게 되면서 당시 사귀고 있던 레나와 결혼해 이곳에 정착하게 되었고 이후 마틴의 부모님도 이곳으로 이주해 왔다.

"늘 옛날 얘기에 젖어 사시기는 해요. 예전엔 어렵지 않게 이것도 저것도 가질 수 있었는데 지금은 별별 것에 다 돈이 필요하다면서 한숨이죠. 독일적인 것에 대한 까다로움도 대단하셔서 제가 오리엔탈 음식을 좋아해 마늘을 자주 사용하는 것에 대해서도 불만이 많으십니다. 독일 음식엔 마늘이 필요 없다면서요. 사실 옛 서독 사람들은 동에 비해 서가 어떻고 하는 식의 얘기를 거의 하지 않아요. 의식적이든 무의식적이든. 오히려 북과 남의 차이가 있다면 그게 더 현실적이죠. 문화적으로나 경제적으로나 북독일과 남독일은 경계가 뚜렷한 편이니까요."

레나의 발랄한 의견을 듣고 보니 변화의 전면에 서서 동에서 서로 움직여온 마틴의 견해가 나는 궁금했다.

독일 북서부 오베른키르헨의 호스트 레나와 마틴의 집.

"글쎄, 통일 당시 난 어린 나이였으니까 뭐라 말하기 힘들어요. 내 것이라
고집할 만한 것이 별로 없었어요. 알고 싶은 세상, 새롭게 익혀야 할 것들이
눈앞에 펼쳐져 있을 뿐이었다고나 할까요? 그에 비해 부모님은 많이 힘드셨
을 겁니다. 모든 것이 변했으니까요. 모든 것이."

그는 온갖 종류의 펌프 장치를 다루는 엔지니어로 일하고 있다.

그렇다면 베를린의 보통 가정에서는 어떤 대답을 들을 수 있을까? 서부와
남부 독일을 돌아 다시 찾은 베를린에서 우리를 맞아준 것은 역시 카우치서
핑으로 알게 된 사십대 부부 카트린과 악셀이었다. 널찍한 방 두 개와 작은
방 하나가 있고 거실과 부엌, 욕실이 각 모서리를 차지하고 있는 그들의 집
은 베를린 최고 중심가 미테로부터 남동쪽에 위치해 있는 주택가였다. 동네
를 둘레둘레 다니다보니 제법 넓은 개천이 흐르고 있고 공립학교와 공원이
근처에 있다는 걸 알게 되었다. 높은 건물들과 다양한 가게들이 들어찬 바
쁜 거리로부터 그리 멀지 않은 곳인데 생각보다 고요하고 아늑한 공기가 흘
렀다. 방학철, 휴가철이라서 도시도 함께 잠들어버렸던 것일까.

베를린 호스트 카트린과 악셀의 서재 겸 거실.

　베를린에 대한 환상, 그런 게 있다면 보통의 가정집을 찾을 경우 어렵지 않게 그 너머의 실상을 보게 되리라 기대한 면도 없지 않았다. 그러나 카트린과 악셀의 이 엉성한 듯 꼼꼼한 아파트는 그런 환상을 오히려 부추길 뿐이었다. 우선 거실 벽을 채운 서가에 빼곡한 책들은 정확히 반쯤은 독일어로, 나머지 반은 프랑스어와 영어로 쓰인 것들이었다. 카트린은 영화를 전공하고 몇 가지 흥미로운 다큐멘터리를 직접 찍은 경력을 가진데다 평론가로, 영화제의 프로그래머로도 활동영역을 넓혀가는 중이어서 방문자는 책 제목을 한번 훑어보기만 해도 베를린이라는 도시가 매우 이성적이면서도 독특한 패치워크적 감성의 도시라는 걸 금세 알아차릴 수 있다. 게다가 악셀은 어떤 사람인가 하면, 대학 시절엔 철학과 저널리즘을 공부했지만 밥벌이를 위해 프리랜서 컴퓨터 프로그래머로 일하고 있었는데 뼛속까지 자유로운 영혼의 소유자였다. 비트 세대의 대표 주자 잭 케루악도 울고 갈. 그런 그가 아무렇게나 자리에 털썩 주저앉아 칸트나 헤겔의 저서들을 쭉쭉 읽어 내려간다. 더위에 쭉 뻗어 신발 냄새를 맡으며 잠들어 있는 고양이를 한 번씩 슬쩍

키쉬를 굽고 있는 카트린과 악셀.

걷어차주면서.

악셀이 키쉬를 굽는다고 나섰다. 조리기구들은 전부 부엌 벽이나 선반 밑으로 주렁주렁 내걸린 채였다. 거품기며 나무주걱뿐 아니라 스테인리스 냄비부터 동 프라이팬까지 죄다. 싱크대와 주방설비들은 평범하기 이를 데 없으나 조리기구들이 허공에 매달린 덕에 이 끝부터 저 끝까지 방해물이 없는 조리대는 그야말로 장관이었다. 그 운동장 길은 조리내 상판에 밀가루를 척 뿌리고 도우를 만들기 시작한다. 순식간에 아늑한 바구니 같은 조형물을 완성하고 곧바로 속을 채울 재료들을 손질하는 솜씨 또한 기막히다. 빠른 칼질은 능숙한 솜씨를 보여주는 척도 중 하나다. 키쉬는 고소하고도 담백했고, 옆에서 쉬엄쉬엄 샐러드를 한가득 만들던 카트린 덕에 식탁은 더욱 풍성해졌다.

"그러니까 한국 국민은 정말 북한과의 결합을 원하기는 합니까?" 그러면서 시작된 악셀의 말인즉슨, 요즘 같은 세상에 옛 동독, 서독 시대 얘기하면서 이념이니 뭐니 하는 말들을 입에 올리는 자들을 찾는 것은 헛수고라는 것이다. 그저 소득과 세금, 그리고 비용에만 관심이 있다는 것. 물론 악셀은 그런 세대에 대해 매우 비판적인 입장을 취하고 있었다. 국내 정치며 국제 정세, 실업 문제와 복지의 여러 국면, 또 교육(개인의 신념 차원이 아닌 제도로서의 그것) 등에 대해 이들처럼 거침없이 의견을 피력하는, 또 논쟁의 장으로 상대방을 기어이 끌어들이는 호스트들을 나는 예전 카우치서핑을 통해서는 경험하지 못했다.

"파리에서 일자리를 가질 수 있는 기회가 있어요. 그러면 한 사오 년간 터전을 옮겨보려고 해요. 카트린의 가족들이 거기 많이 살고 있거든요. 아이들과도 어릴 때부터 프랑스어와 독일어로 동시에 대화해왔어요."

"알다시피 한국은 지정학적으로 고립되다시피 살아온 시간이 길어 해외에서 제법 오랜 기간을 살아온 저조차도 그런 사고방식이 익숙하지가 않아요. 그런데 카트린은 어떤 계기로 이디시* 영화들을 공부하게 되었어요?"

"글쎄요. 사람들이 기대하는 것처럼 어떤 극적인 사건이 벌어졌던 건 아니에요. 혈통적으로 프랑스와 독일이 내 몸에 섞여 들어간 역사가 있기는 하죠. 하지만 그게 이유라고 볼 수는 없어요. 이질적인 둘이 만나 새로운 무엇이 탄생하는 것 자체에 관심이 많았어요. 게다가 무대가 베를린이고 보면 그게 썩 어울린다는 생각이 들기도 해요."

그랬다. 베를린이니까. 카트린은 폴란드와 우크라이나 등 중·동유럽 거주 유대인들의 독특한 언어문화를 술술 풀어주었다. 그녀는 시중에서 구할 수 있는 기회가 아주 없는 것도 아니니 나중에 한 번씩 찾아보라며 몇 가지 영상의 목록을 손에 쥐어주었다. 모두들 잠자리에 들고 난 이후에도 좀처럼 쉽게 잠이 오지 않았다. 거실에 마련된 나의 침실에 반으로 접혀 있던 소파는 입을 딱 벌리고서 나와 아이를 떠받들고 있었다. 아이는 코를 골았고 반쯤 열린 여닫이문―아이들의 장난감과 선베드, 흔들의자가 뒤엉켜 있는 베

● 중부유럽으로 이주한 유대인이 게르만어를 변형한 것으로 히브리어 및 슬라브어의 영향도 받은 언어다. 독일어와는 달리 히브리문자로 표기한다.

란다로 바로 나갈 수 있는 문―틈으로 개천의 물 흐르는 소리, 풀벌레 우는 소리가 웅웅거렸다.

　베를린이라면 아무튼 유대인이라는 이름을 피해갈 수 없는 것이다. 유대인 박물관을 둘러볼 시간적 여유는 없었으나 비뚤어지고 과장된 다윗의 별을 형상화했다는 박물관 건물의 외관만은 둘러보고 싶어 다음 날 오전 그 근처로 갔다. 뮤지엄숍 옆으로 난 통로를 통해 뒤뜰로 나와 잠시 앉았다. 널찍하고 푸르른 뜰은 평화롭기만 했다. 뜰에서 바라보는 박물관의 은빛 외벽과 가느다란 창은 칸딘스키나 몬드리안의 화면 분할에서 짧고도 강렬한 강조점처럼 멋스러울 뿐이었다. 그러나 암흑뿐인 저 너머에 갇힌 자의 입장에서는 오직 저 강조점을 통해 들어오는 한줄기 빛이 삶의 전부인 것이다. 우리는 잠자코 각자 흩어져 뜰을 거닐다가는 그곳을 빠져나왔다. 아이는 갑자기 작년 이른 여름에 찾아갔던 폴란드 남부의 오슈비엥침(아우슈비츠)의 기억을 떠올리고는 온몸을 부르르 떨었다. 나는 아이가 나치스를 세상에 둘도 없는 괴물 같은 존재로만 인식하는 것이 바람직하지 않다고 여겼고 악의 일상성 내지 평범성에 대해서도 고민할 수 있기를 바랐다.
　독일의 유대계 철학자 한나 아렌트는 『예루살렘의 아이히만』(1963년)●의 후기에서 악이 평범하고 쉽게 접할 수 있는 모습으로 온다면서 악마적이지도 어리석지도 않은 평범한 개인, 그러나 사유 능력이 없는 개인이 저지를 수 있는 악한 행동에 대해 지적하고 있다.

　　아이히만은 이아고도 멕베스도 아니었고, 또한 리처드 3세처럼 "악인임을 입증하기로" 결심하는 것은 그의 마음과는 전혀 동떨어져 있는 일이었다. 자

● 유대인 학살에 대한 핵심 책임자 아이히만이 은신해 있던 아르헨티나에서 체포되고 예루살렘으로 압송되어 재판을 받자 『뉴요커』지의 지원을 받은 아렌트가 예루살렘에 머물면서 그 재판에 대한 보고서로 쓴 글이다.

베를린 유대인 박물관. 입구 건물은 예전에 프로이센 법원으로 쓰이던 것으로 바로크 양식으로 지어졌다. ㄱ 확장판으로 새롭게 지어진 모던한 건물은 다윗의 별을 왜곡시킨 독특한 모양을 하고 있다.

신의 개인적인 발전을 도모하는 데 각별히 근면한 것을 제외하고는 그는 어떠한 동기도 갖고 있지 않았다. 그리고 이러한 근면성 자체는 결코 범죄적인 것이 아니다. 그는 상관을 죽여 그의 자리를 차지하려고 살인을 범하려 하지는 않았을 것이다. 이 문제를 흔히 하는 말로 하면 그는 단지 자기가 무엇을 하고 있는지 결코 깨닫지 못한 것이다. (……) 그는 어리석지 않았다. 그로 하여금 그 시대의 엄청난 범죄자들 가운데 한 사람이 되게 한 것은 (결코 어리석음과 동일한 것이 아닌) 순전한 무사유였다. 그리고 만일 이것이 '평범한' 것이고 심지어 우스꽝스런 것이라면, 만일 이 세상의 최고의 의지를 가지고서도 아이히만에게서 어떠한 극악무도하고 악마적인 심연을 끄집어내지 못한다면, 이는 그것이 일반적인 것이라고 부르는 것과 아직 거리가 멀다는 것이다.[2]

그리고 아렌트는 이 보고서의 에필로그에서 극적인 판결문을 내놓는다. 이것은 유대인 문제에 대한 것일 뿐 아니라 인류의 윤리적 판단의 기준과 인류에게 윤리적 행동이 요구되는 근거에 대한 선언이다.

피고는 또한 최종 해결책(학살)에서 자신이 맡은 역할은 우연적인 것이었으며, 대체로 어느 누구라도 자신의 역할을 떠맡았을 수 있으며, 따라서 잠재적으로는 거의 모든 독일인들이 똑같이 유죄라고 말했습니다. 피고가 말하려는 의도는 모든 사람, 또는 거의 모든 사람들이 유죄인 곳에서는 아무도 유죄가 아니라는 것입니다. 이것은 실로 상당히 일반적인 결론이기는 하지만 우리가 피고에 대해 기꺼이 내주고 싶은 결론은 아닙니다. (……) 피고 자신은 전대미문의 범죄를 저지르는 것이 주된 정치적 목적이 된 국가에서 산 모든 사람의 편에 서서 그 죄가 현실적으로가 아니라 오직 잠재적으로만 유죄라고 주장했습니다. 그리고 내적이고 외적인 어떠한 우연적 상황을 통해 피고가 범죄인이 되는 길로 내몰렸는지 간에, 피고가 행한 일의 현실성과 다른 사람들이 했을지도 모르는 일이라는 잠재성 사이에는 협곡이 있습니다. (……) 이 지구를 유대인 및 수많은 다른 민족 사람들과 함께 공유하기를 원하지 않는 정책을 피고가 지지하고 수행한 것과 마찬가지로, 어느 누구도, 즉 인류 구성원 가운데 어느 누구도 피고와 이 지구를 공유하기를 바란다고 기대할 수 없다는 것을 우리는 발견하게 됩니다. 이것이 바로 당신이 교수형에 처해져야 하는 이유, 유일한 이유입니다.[3]

유대인 박물관에서 나오는 길목에는 베를린 장벽이 부서지다 말다 한 모양으로 위태롭게, 한편으로는 현대적인 설치미술처럼 서 있었다. 지난번 베를린에 들렀을 때 체크포인트 찰리를 방문한 시각이 늦은 저녁이 아니었더라면 아마도 곧바로 걸어서 여기까지 이르는 것이 수순이었을 것이다.

한여름 정오의 태양이 무섭게 이글거렸다. 길 한쪽에 차를 세우고 더위에 지친 가족들을 쉬게 하고는 혼자 철근이 군데군데 드러난 비극의 여배우 같은 모습의 가로막으로 다가갔다. 벽화와 함께 갤러리 형태를 취하고 있는 몇 뼘짜리 벽을 제외하고는, 옛 형태 그대로 가장 길게 남아 있는 분할과 고립

옛 나치의 게슈타포 친위대 본부 건물이 있던 '공포의 지형'.

의 상징, 그 벽을 따라 마련된 야외 박물관에는 나치스 통치 시기와 제2차 세계대전 발발, 독일 분할과 장벽 붕괴, 그 이후를 보도사진과 함께 생생하게 전달하고 있었다.

'공포의 지형'이란 이름의 장소는 옛 나치의 게슈타포 친위대 본부 건물이 있던 곳이다. 나치가 곳곳에 유대인 게토를 만들었던 것과 같은 방식으로 소련은 동베를린을 영국과 미국, 서베를린과 서독으로부터 고립시켰다. 바깥쪽 인도의 높이에 비해 안쪽에 닦인 보도의 높이는 현저하게 낮았다. 그러니 저 우뚝 솟은 장벽의 높이는 두세 배 높아 보였다. 메르켈 총리는 히틀러 총리 즉위 80주년을 맞은 지난 2013년 1월 바로 이곳에서 연설을 한 바 있다.

"인권은 스스로 주장하지 못하고, 자유는 스스로 발현하지 못하고, 민주주의는 스스로 성공하지 못한다."

광기에 휩싸일 위험은 도처에 도사리고 있다. 그러나 3선 총리가 된 앙겔라 메르켈의 존재가 오늘날 독일의 현주소를 말해준다. 그를 두고 한국에서 소위 사회 지도층에 속한다고 자부하는 한 사람이 이렇게 말하는 것을 들었다.

"독일 사람들 정말 대단하네. 우리 같으면 나중에 통일된다고 해도 북한 출신 정치인에게 표를 던지겠어요?"

그녀는 약간 소름이 끼친다는 제스처를 취했다. 아렌트의 분석을 빌린다면, 우리가 가진 말하는 능력, 생각하는 능력, 타인의 입장에서 생각하는 능력의 수준에 대해 생각하지 않을 수 없었다.

남아 있는 베를린 장벽의 일부.

Johann Wolfgang von Goethe, Friedrich von Schiller

문예 도시의 면모

괴테, 실러와 바이마르

그해 여름 우리의 여행 루트는 민스크에서 폴란드 대륙을 가로질러 독일의 동북부를 돌아 서중부로 간 다음 파리를 들렀다가 다시 독일의 중부를 통해 민스크로 되돌아오는 것이었다. 슬라브 문화와 게르만 문화, 라틴 문화에서 그 흔적을 찾고 싶었던 인물들을 중심으로 1차 방문 도시들이 채택되었고, 현지인들의 생활상을 근거리에서 체험하기 위해 카우치서핑을 시도하면서 예상 밖의 초대로 이름 모를 작은 마을들이 추가 방문지가 되기도 했다.

18세기 후반의 유럽이라는 동일한 시공간에서 계몽군주를 자처한 러시아의 예카테리나 여제가 볼테르를 불러들여 지적 만족을 얻으려 했던 것과 비슷한 듯 보이지만 실제로는 다른 이유로 독일의 소공국 바이마르의 대공비 안나 아말리아^{Anna Amalia}는 괴테를 초빙했다. 안나 아말리아는 18세기 바이마르 대공이었던 에른스트 아우구스트 2세의 부인이다. 일찍 세상을 떠난 남편의 뒤를 이어 아들을 대공의 자리에 앉히고 섭정을 하며 어린 아들의 교육에 남다른 안목을 지녔던 이 비범한 여인으로 인해 바이마르는 독일 고전주의의 중심지로 성장해나갔다. 옛 동독 지역의 도시들 중 라이프치히나 드레스덴이 여행의 후보지로 물망에 올랐지만 바이마르를 머릿속에 그릴 때만큼 구체적인 그림이 그려지지는 않았다.

이 작은 도시에 도착했을 때 하늘은 금세 황혼이 깃들 것만 같았다. 여름

노란 벽이 인상적인 괴테하우스.

해바라기같이 노란 집이 더 노랗게 보였다. 순간을 향해 "멈추어라, 너 정말 아름답구나"라고 기어이 말하고 만, 파우스트를 전설로부터 끌어낸 괴테가 살던 집 앞에 어느샌가 서 있었다. 건물 두 채를 잇는 대문 뒤 텅 빈 공간에 쿵쿵거리는 아이의 발소리가 메아리로 울려 퍼졌다. 벽에서는 먼지를 머금어 퀴퀴하고도 오래된 책 냄새 같은 것이 났고, 낡은 나무 바닥은 일정하게 삐걱거리며 지난 시간을 일깨웠다.

안나 아말리아의 아들 카를 아우구스트 대공의 전폭적인 신임과 지지로 1775년 바이마르로 온 괴테는 『젊은 베르테르의 슬픔』으로 대단한 성공을 거둔 스물여섯 살의 젊은이였다. 그는 여행 시기를 제외하고 1832년 임종을 맞이하기까지 대부분의 시간을 이 집에서 보냈다. 한가한 지적 여행으로만 보였던 이탈리아 여행은 사실상 십 년 남짓 바이마르 공국에서 무미건조한 공직생활을 하던 괴테가 예술가로서의 정체성을 되찾고자 감행한 필사의 노력이자 일탈이었다. 환갑 이후의 시간들이 최고의 창작력을 보인 시기라는 것도 그의 인생을 더욱 매력적으로 보이게 한다.

괴테가 오십 년의 세월을 보낸 이곳은 그의 지적 여정에 동행한 수많은 친구들을 위한 공간이기도 했다. 스위스 출신의 화가 요한 하인리히 메이어를 불러와 생활공간을 내어주기도 하고, 아들의 가정교사로 프리드리히 빌헬름 리머를 초청해 머물게 하기도 했다. 왕성한 탐구심의 화신이었던 괴테는 이 바로크풍 저택에 이탈리아를 여행하며 받은 영감으로 르네상스식 옷을 덧입히고자 대대적인 수리를 했고, 색채 연구에 심취했던 탓에 인테리어에도 세심하게 그 이론들을 적용했다. 그리고 뒤채 2층의 볕이 가장 잘 드는 방에 자신의 작업실을 두었다. 손님들의 잦은 방문을 암시하는 티타임용 테이블이 곳곳에 놓인 모습은, 사람을 만나고 대화하는 것을 즐기는 그의 모습을 상상하게 했다. 예술품 수집가로서의 면모를 보여주는 우아한 방들도 지나고, 6천 권의 장서가 모인 서재도 지나 죽음의 방에 이르렀다. 그는 『파우스트』 제2권을 탈고하면서 자신의 죽음을 예견한 듯 보였다고 한다. 1832년 이 작고 조용한 방에서 임종을 기다리면서 작가는 마지막으로 이렇게 외쳤다고 한다. "좀 더 많은 빛을!"

괴테의 예술품 수집가로서의 면모를 보여주는 라지 컬렉션 룸.

1 볕이 잘 드는 괴테의 작업실. 2 괴테가 임종을 맞이한 작고 조용한 침실. 3,4 건물 뒤편의 정원.
형형색색의 꽃들이 식물학과 색채에 관심이 많았던 괴테의 일면을 엿보게 한다.

그러나 괴테하우스에서 제일 멋진 것은 아무래도 뒤채 뒤로 쭉 뻗은 정원
의 풍경이다. 바둑판처럼 네모반듯하게 재단되어 있고 실험실처럼 다양한
식물들이 심겨 있다. 가운데는 잔디만, 그 둘레엔 색색의 꽃들이 줄지어 모
였다. 노랑과 오렌지에 이어 연보라에 빨강이, 그 뒤엔 하양과 파랑, 자줏빛
까지. 호젓한 곳에 테이블과 벤치가 자주 나타나는 것은 집 안의 사정과 다
르지 않았다. 방문객이 많지 않으니 전세 낸 듯 편안하고 느긋하게 머물러
있을 수 있었다. 이 집 주인도 자기 작업실은 정원이 가장 잘 보이는 곳에 정

한 것을 보니 꽃밭을 바라보는 우리들의 흡족한 마음도 여행자의 잠시 달뜬 기분 탓은 아닐 것이다.

이곳에 정착했던 초기에 저택의 일부를 임대했던 괴테에게 1794년 대공은 건물 전체를 주겠노라고 약속했다. 고전에 대한 심취와 더불어 광물학, 식물학 등에도 관심이 많았던 그가 도서관, 실험실 등에 더 넓은 공간을 할애할 수 있게 된 것을 반겼음은 물론이다. 정치적 경력으로는 재상의 자리까지 올랐지만 과학적 지식과 증명 방법에 몰입한 그의 삶은 자연과학자의 그것이었다 해도 지나침이 없을 정도였다. 옆 건물로 이어지는 검은 벽의 전시실에는 과연 그의 연구 자료들과 성과들이 가지런히 정리되어 있었다. 그 와중에 레스보스의 여성 시인 사포의 초상이 걸려 있어, 괴테의 고전세계가 사포에게도 닿아 있음을 확인해주고 있다.

괴테하우스 앞으로 난 좁은 돌길에 발을 내디딜 무렵 저녁거리를 위해 식료품 상점에 들르려고 지도를 펼치니 프라우엔 플란Frauen Plan(여성의 평지)이다. 방황을 끝낸 파우스트에게 울려 퍼진 합창이 바로 "여성적인 것이 우

괴테하우스에서 이어지는 별관 전시실. 사포의 초상이 눈에 띈다.

리를 끌어올리는도다"였으니, 이 거리에 썩 어울리는 작명이 아닐 수 없다.

대충 정리된 잔디밭에 아무렇게나 엎드리고 누워 있는 사람들 가운데 어린아이를 둔 부모들이 유독 눈에 들어왔다. 렌즈 속으로 커다란 미루나무 기둥 앞에서 바지를 내리고 볼일을 보는 귀여운 꼬마의 뒷모습을 보다가 오늘날 통일 독일의 (만일 그런 것이 실제로도 있다면) 표준형 삶보다 조금 더 소박하고 덜 정리된 듯한 이런 분위기가 옛 동독 도시들의 특징이 아닐까 하는 생각도 해본다.

오베른키르헨에서 만난 마틴은 자기 고향 예나를 얘기하면서 우리가 바이마르를 방문할 예정이라고 하자 너무도 멋진 도시라고 칭찬했었다. 그러나 옛 서독 사람들에게 이곳은 쉽게 찾지 않는 미지의 여행지인 모양이었다. 부인인 레나도 바이마르에는 가보지 못했다고 했고, 바덴바덴 인근의 작은 마을 뷜의 제시카와 닐츠도 옛 동독 지역 소도시들로는 미처 여행 계획조차 세워본 적이 없다고 말했었다.

우리가 이곳에서 머물 숙소는 루돌프 브라이차이트Rudolf-Breitscheid 거리

프라우엔 플란. 잔디밭엔 아무렇게나 엎드려 휴식을 취하는 주민들을 볼 수 있다.

에 있는 아파트 꼭대기 층에 있었다. 왼편으로는 아담한 녹지 위에 운명과도 같이 러시아 정교회 건물이 내다보이고, 오른편으로 한 블록만 걸어가면 바우하우스 대학과 리스트 하우스로 갈 수 있었다. 리스트 하우스로 들어서면 이미 공원으로 들어선 셈이었고 그 공원의 이름은 'Park an der Ilm'이다. 그러니 이름만 보아도 바이마르가 일름 강변에 위치한 도시라는 걸 대번에 알 수 있었다. 지척에 있는 동네 식료품점에 들러 마늘과 양파, 토마토, 물 등을 사고 보니 확실히 이제까지 다닌 다른 독일 도시들에 비해 물가가 다소 낮다는 게 실감이 났다. 창을 죄다 열어놓았는데도 거리는 조용했고, 늦은 저녁 공기가 푸르고 낮게 깔려 있었다. 여행 중에 밤 산책을 즐기는 편이 아닌데, 그만 이 푸른빛 때문에 딸아이와 팔짱을 끼고 다시 집을 나섰다. 그해 여름의 여행지들 중 밤 산책을 즐기기에 바르샤바나 베를린, 파리는 너무 거대한 도시였고, 폴란드 서쪽의 작은 마을 오흘라나 독일 니더작센의 오베른키르헨, 바덴 뷔르템베르크의 뷜에서는 밤새 그 지역 사람들과 이야기꽃을 피우느라 다른 생각은 할 겨를이 없었다. 마르크스의 고향인 트리어 같은 도시에서는 구시가지에서 숙소까지의 거리가 상당했다. 그런데 바이마르에서는 그 모든 조건이 저녁 산책에 호의적이었다.

저녁 8시에서 9시로 넘어가는 시각에 구시가를 걷는다는 것은 개인적으로 의미 있는 일이었다. 아이들과 여행하는 사람들은 통상 질펀한 술판이 벌어지는 이 시각의 떠들썩한 분위기나 아예 인적이 끊겨 두려움이 엄습하는 거리로 나서기가 쉽지 않았던 것이다. 16세기부터 20세기까지 무려 4세기 가까이 작센-바이마르 공화국의 수도였던 이곳은 은근한 품위를 지닌 도시였다. 한겨울 에스토니아 탈린의 뒷골목처럼 사람 그림자 하나 없는 담벼락에서도 등골이 오싹해지는 위험 따위는 느껴지지 않았고, 화합의 도시 베를린처럼 끊이지 않는 새로운 시도들에 알 수 없는 긴장감을 안고 스스로를 왜소하게 여기지 않아도 되었다. 그렇다고 이 도시가 화려한 지성사의 견고한 기둥 뒤에 숨어 진보의 시계추를 외면한다고 생각하면 오산이다. 바이마르가 방문객의 뇌리에 크게 각인되는 경우는 크게 세 가지다. 18~19세기 카를 아우구스트 통치시절 괴테와 실러에 대해 논할 때, 20세기 초 독일 공화국 시기의 바이마르 헌법을 떠올릴 때, 그리고 조형학교와 바우하우스 운동을 조명할 때다.

한낮의 뜨거움을 피해 왔으니 나무그늘 밑으로 숨으려 애쓰지 않아도 되었고, 박물관이나 가게에 들어갈 일이 없으니 영업시간을 확인하는 의무감으로부터도 자유로웠다. 숙소에서 소박한 저녁도 손수 지어 먹고 나온 길이니, 길가에 놓인 메뉴판을 보며 들어갈 수 있는 식당인지 아닌지 결정해야 하는 일도 없는 것이다. 게다가 아직도 여름 해의 여운까지 있었다. 지도를 접고 걸어도 이 돌길을 따라가다보면 다시 익숙한 길로 되돌아오게 되리라는 마음이 들 정도로 아담한 시가였다.

현악기들의 합주 소리, 독립적인 건반악기 소리가 들려온다. 프란츠 리스트 음악대학 앞에 이른 것이다. 대학들이 방학에 들어간 기간인데도 밤 시간에 악기 소리가 공기를 덥히는 이유는, 조금 전 뒤뜰 철책에 걸쳐 있던 현수막에 적힌 대로 마스터클래스가 열리고 있기 때문이었다. 새어 나오는 음악 소리를 들으며 학교 앞 광장 한쪽에 아무렇게나 앉아 딸아이와 한밤의 음악회를 즐긴다. 리스트는 혈통적으로는 헝가리인이었으며 정신적으로는 프랑스 낭만주의자로 불릴 정도였으나, 바이마르 궁정의 음악감독으로 취임한 1848년에서 1861년까지의 기간 동안 생애에서 가장 왕성한 작품 활동을 벌였다. 〈파우스트 교향곡〉이 여기서 탄생한 것도 우연은 아닐 것이다. 리스트는 쇼팽, 바그너 등 다른 음악가들을 소개하는 일에도 적극적이었고, 예술의 부흥에 고무된 이들이 "괴테와 실러 시대를 다시 맞이했다"고 말할 정도였다고 하니 세기의 천재들을 불러 모으고 그 가운데 서로의 역량이 기대 이상으로 끌어올려져 최상의 것이 되게 하는 인큐베이터로서 바이마르

1 밤의 괴테하우스. **2** 여름 마스터클래스를 알리는 현수막. **3** 프란츠 리스트 음악대학.

는 그 역할을 면면히 이어나가고 있었다.

> 그렇다! 이 뜻을 위해 나는 모든 걸 바치겠다.
> 지혜의 마지막 결론은 이렇다.
> 자유도 생명도 날마다 싸워서 얻는 자만이
> 그것을 누릴 자격이 있는 것이다.
> 그래서, 위험에 둘러싸이더라도 여기에선
> 남녀노소가 모두 값진 나날을 보내는 것이다.
> 나는 이러한 군중을 지켜보며,
> 자유로운 땅에서 자유로운 백성과 살고 싶다.
> 그러면 순간을 향해 이렇게 말해도 좋으리라.
> "멈추어라, 너 정말 아름답구나!" 내가 세상에 남겨놓은 흔적은
> 영원히 사라지지 않을 것이다─드높은 행복을 예감하면서
> 지금 최고의 순간을 맛보고 있노라.
>
> ─괴테, 『파우스트』 2권 중에서[1]

밤이 가고 아침이 왔다. 애초부터 불가능했던 꿈, 아니 그런 것이 세상에 있기는 한 것인가 의문스러운 대상인 아름다움, 혹은 지식의 정점을 탐하는 파우스트를 가리켜 신은 무어라 했던가. "인간은 노력하는 한 방황하는 법"이라 했다. 음탕함과 숭고함 사이에서 신의 세계를 갈망하고 기어이 빛의 순간을 보려던 그는 악마의 손에 넘겨지려는 찰나 구원으로 인도된다. 인간의 조건이 난관에 봉착해 있는 것이라면 결국 당신은 무엇을 하겠냐는 질문을 괴테는 스스럼없이 모두에게 던져놓고는 그래도 어쨌든 "원하고 바라고 애쓰며 살아가는 것" 아니겠냐고 경험주의자다운 답을 내놓는다.

둘이 하나가 된 것일까

하나가 둘로 나누어진 것인가

그대는 느끼지 않는가

내가 하나이면서 둘인 것을.

—괴테, 「은행나무 잎」, 1815년

가는 곳마다 괴테의 흔적이 이어졌다. 꽃집에는 은행나무 분재가, 찻잎을 파는 가게에는 은행나무 잎으로 만든 차가 넘쳐났다. 둘이 한 몸인 것은 그대와 나뿐 아니라 내 안의 두 갈래이기도 하다고 파우스트가 말한다. 주머니 속에서 작은 나뭇조각 하나가 달그락거렸다. 어제 괴테하우스에서 은행나무 잎이 새겨진 얇은 나무껍질 책갈피를 하나 구입했던 것이 떠올랐다. 주머니 속에서 그걸 만지작거리니 기분이 좋아졌다. 책을 읽다가 귀퉁이를 바로 접어버리는 습관이 고쳐질까 기대해보는 것이었다.

괴테하우스에 면해 있는 프라우엔 플란에서 좌측으로 꺾어 들어가면 우아한 쇼핑의 거리이자 산책로—쇼핑과 산책이 서로에게 어울리게 된 것이 그리 오래된 얘기인 것 같지는 않지만—인 실러 거리를 만나게 된다. 이 거리의 12번지, 전체적으로 노란빛으로 채색된 곳이 실러하우스다. 실제로 극작가 실러가 살았던 집은 지금 정문 역할을 하는 곳의 뒤 건물이다. 1799년 예나 대학 역사학 교수 자리를 박차고 괴테와 작업하기 위해 바이마르로 이주해 와 1802년부터 임종하기까지 실러가 가족들과 머물렀던 곳이다. 안내문에는 이곳이 당시의 전형적인 중산층 주거 공간 형태를 취하고 있다고 씌어 있다. 괴테하우스와는 가옥의 규모에서부터 차이가 났고, 내부 인테리어에 세심하게 멋을 부린 흔적이 역력한 괴테의 집과 달리 실러의 집은 벽지며 가구가 좀 더 단순하고 소박해서 그런 설명이 금세 이해될 만했다.

아우구스트 대공에게 집을 통째로 선물 받은 괴테와는 달리, 그는 이 집

전형적인 중신층주거 공간을 보여주는 소박한 리셉션 룸과 침실.

을 구입하기 위해 얼마만큼의 빚을 진 채 바이마르에서의 살림을 시작했고, 성실한 작업과 치밀한 재정 계획으로 서서히 그 빚을 갚아나갔다고 기록되어 있다. 다른 가문의 손으로 넘어갔던 이곳은 1847년 바이마르 시가 사들여 박물관으로 개관했는데, 이는 독일 전체에서 최초의 문학박물관이라고 한다. 흔히 괴테와 함께 고전주의 예술이론을 확립한 것으로 평가되지만, 실러는 낭만주의적 경향을 띠었고 이상향을 그리며 자신의 글쓰기가 그에 부합하기를 바랐다. 괴테와 전혀 다른 지점에서 출발했지만 서로를 격려하는 자리에서 만났다는 점이 이 바이마르를 좀 더 특별하게 바라보게 한다.

펜글씨 워크숍에 열중하는 아이들.

『오를레앙의 처녀』나 『군도』 등 많은 작품들이 있지만, 실러를 가깝게 느끼려면 모두들 잘 아는 이야기 『빌헬름 텔』을 떠올리면 된다. 석궁으로 아들의 머리 위에 놓인 사과를 맞춘 남자의 이야기 말이다. 실제로 실러는 스위스에 가본 적이 없다고 한다. 오로지 자료를 읽고 분석해 묘사해냈지만, 언제나 천재들의 역량이 그렇듯 통찰력은 물리적 한계를 극복할 수 있었다.

관람 후반부, 깃털 펜으로 필기체 영문자를 흘려 쓰는 방이 마련되어 있었다. 창가에서 조용히 책을 읽고 있던 여인이 다가와 아이들에게 펜을 쥐어주고 견본으로 삼을 만한 서체를 제시한다. 천방지축 뛰놀던 아들 녀석까지도 제법 진지하게 글자 하나를 쓰기 위해 집중하는 것을 보고 적잖이 놀랐다.

기념관을 나와 다시 돌길을 터벅터벅 걷는데 뒤에서 잰걸음으로 뛰어오다시피 급하게 쫓아오는 소리가 들렸다. 폭이 좁은 면바지에 얇은 면 재킷을 멋스럽게 걸친 중년의 남자가 아마도 이걸 두고 간 것 같다며 까만 메모 수첩을 내민다. 그제야 어느 방에선가 몇 자 적으려 주저앉았던 시간들이 떠올랐다. 고맙다며 손을 내밀어보는데 우리를 지켜보았던 것인지, 문득 스쳐가는 예감 같은 것이 있었던 것인지 확신할 수 없으나 모른 척해도 그만일 일에 서두르고 애써준 그 마음이 또 대단해 보였다. 사실 지갑이나 여권을 잃어버렸을 때와는 다르게 떠오르는 생각을 그때마다 적어둔 메모장을 잃어버릴 때의 당혹감은 당해본 사람만 알 것이다. 그런데 우리 가족에게는 이런 일이 드물지 않았다. 딸아이가 어렸을 적 빈의 예술사박물관에 갔을 때도 다이어리를 어느 전시실 벤치에 두고 나왔다가 직원이 입구까지 쫓아 나와 전해준 적이 있었고, 심지어는 모스크바에 살 때 메모장을 버스 안에 놓고 내렸다가 나중에 별 탈 없이 찾은 적도 있었다. 이럴 때면 세상이 메모의 습관을 격려하는 듯 여겨지기도 한다. 이런저런 감상에 젖는 사이 그 신사는 자취를 감춰버렸다.

그다음엔 이른 아침 미리 들러 예약을 해두었던 안나 아말리아 대공비 도서관을 찾아 숨소리를 죽여가며 우아한 책의 공간을 둘러보았다. 도서관이 처음 건립된 때는 17세기로 거슬러 올라가지만 안나 아말리아의 아들 칼 아우구스트가 대공의 자리에 있던 기간에 장서의 규모가 괄목한 만큼 성장했고, 문학 연구의 중심지로서 바이마르가 주목받는 데 결정적인 장소가 되었다. 괴테가 도서관장으로서 무려 35년간 복무했던 곳이기도 하다.

아름다운 도서관 건물과 더불어 루터가 번역한 『성서』 초판본과 『파우스트』 완판본을 비롯해 독 문학과 관련한 귀한 초판본과 희귀본이 나 모인 책 세상이 펼쳐진다. 이곳이 최근 들어 더 극적인 장소로 회자된 이유는 바로 2004년에 일어난 화재 사건과 그에 따른 도서 복구 작업 때문이다. 확장과 신관 이전 계획 중 화재를 당한 이 도서관은 화재로 인해 소실된 장서가 5만 권, 화재 및 진압 과정에서 물에 입은 피해로 훼손된 장서가 6만 권에 달했다. 화재 발생 직후 직원들과 주민들이 인간 띠를 이루어 단 시간 내에 필사적으로 장서를 화재 현장 밖으로 빼내어 그나마 극히 일부를 구할 수 있었다. 주민들의 성금과 독일 정부의 지원뿐만 아니라 세계 각지에서 도움의 손길이 이어졌는데 이를 바탕으로 소실된 도서와 같은 도서를 재구매하고 훼손된 장서를 약품 처리와 건조 과정 등을 통해 복구해냈다. 우리가 방문

2004년의 화재를 극복한 안나 아말리아 대공비 도서관 서가.

했던 당시에는 이미 피해 장서의 반수 이상이 제자리를 찾은 상태라고 했다. 복구 스토리 자체가 어찌나 극적이고 감동적인지 전실前室에서 영상과 이미지에 몰입해 있다가 2층으로 올라가 우아한 서가들을 대면했을 때는 감정이 복받치기도 했다. 직접 방문하지는 못했지만 뒤편에 새로 지어 넣은 서고의 이미지를 책자에서 보았을 때도 감동은 배가되었다.

바우하우스 대학 주변을 서성이다 일름 공원 입구의 리스트하우스 정원에 들어가 잠깐의 시간을 더 보냈다. 미적 교육을 통해 총체적인 인간상이 실현될 것으로 본 이상주의자 실러와 분업화된 직업세계를 냉철하게 분석해 근대적 인간형의 책임과 한계를 파악한 현실주의자 괴테. 이 두 사람이 지척의 거리에 살며 서로가 서로에게 절실한 존재임을 확인하고 동행했다는 사실은 이 아름다운 소도시의 모습과 더불어 두고두고 이상향의 한 현실태로서 기억에 남을 듯하다.

리스트하우스 입구.

Vincent van Gogh

절정의 순간

고흐와 남프랑스

수년 전 암스테르담으로 몇 차례 출장을 다녀온 적이 있다. 매번 늦은 가을이었기 때문에 살갗을 찌르는 듯 축축하고 싸늘한 공기가 그 계절의 특별한 옷이라 여겼지만 그곳에 살았거나 지금도 살고 있는 사람들의 얘기로는 일 년 내내 그런 날씨인 곳이 암스테르담이라는 것이다. 그래도 비가 잠깐 내린 후 햇살이 반짝 비칠 때 운하 사이에 걸쳐둔 도개교가 시간 맞춰 내려온 틈으로 유유자적 걸어 다니는 산뜻한 맛이 있었다. 잘 정리된 실내 전시 공간들로 가득 찬 도시라고 기억되는 데는 렘브란트 하우스라든가 고흐 박물관 등이 한몫한다.

암스테르담의 반 고흐 뮤지엄.

한 사람의 일생을 회고하는 방법은 여러 가지가 있겠으나 고흐의 경우엔 거주지를 옮겨 다닌 역사를 되짚으며 작품 활동의 시기를 구분 짓는 것이 일반적인 전시 기획의 흐름인 모양이다. 서른일곱 해를 살면서 옮겨 다닌 주소지가 스무 곳에 이른다 하니 그럴 만도 하다. 실제 모습이 궁금한 곳은 단연 남프랑스였다. 어떤 곳이기에 〈해바라기〉나 〈추수〉같이 만개한 노란빛의 그림들이 그려진 것일까? 충만한 생명력은 분명 그 풍광에서 연원을 찾을 수 있을 터였다. 박물관을 나오다가 서점에서 사진집을 한 권 구입했다. 한 네덜란드 사진가가 반 고흐의 흔적을 좇는다. 고흐가 나고 자란, 그래서 유년의 기억들이 보물상자처럼 담긴 준데르트Zundert, 미술품 딜러가 되고자 수련을 쌓았던 헤이그Hague와 런던, 예술품 거래에 흥미를 잃고 가난한 소년들을 위한 기숙학교 조교로 일했던 런던 교외, 설교자와 전도사로서 살기 위해 찾아 들어갔던 벨기에의 탄광마을 보리나주Borinage, 그리고 오직 그림에만 집중한 시간을 보냈던 앤트워프Antwerp와 파리, 남프랑스 등 그가 머물렀던 장소들을 지금의 시점에서 바라본 것이다. 사진작가의 눈은 21세기에 환생한 고흐의 시선처럼 느껴진다. 19세기와 21세기의 간극만큼 고흐의 그림들과 는 사뭇 다른 풍경들이 담겨 있지만 지극한 고독과 고통의 늪에서 잠깐씩 반짝이는 희망의 순간이 눈물겹게 느껴지기는 매한가지다.

종잡을 수 없는 여행이 시작되었다. 잊지 않고 늘 염두에 두고 있었다고 말하기는 뭣하지만 남프랑스로 행선지를 잡은 것이 아마도 저 사진집에 실린 이미지가 주는 세상 끝 느낌 때문이 아니었을까 하는 생각이 나중에서야 들었다. 프렌치 리비에라를 서성이다가 엑상프로방스를 살짝 지나쳐 갈리시안이라는 마을의 브루노네 농가 숙소에 트렁크를 내려놓았다. 생질과 보베 사이 갈대밭에 쑥 들어가 숨은 이 작은 마을 입구에는 잘생긴 말 몇 필이 풀을 뜯고 있었고, 그 뒤로 반 고흐 학교Ecole Van Gogh라는 이름에 어울리는 푸르고 노란 빛의 전면 벽화가 펼쳐져 있었다.

갈리시안 마을의 반 고흐 학교와 브루노네 농가 숙소.

아직 완전히 어두워지지 않은 저녁 시간, 자갈 마당에 빌린 차를 대놓고 집주인이 있을 만한 공간을 찾아 바삐 움직여보지만 주인공을 만나기는 쉽지 않았다. 손님이 든 방은 문단속이 단단히 되어 있었지만, 정작 이 집 주인의 공간은 어디나 열려 있었다. 그러나 사무실에는 사람 그림자 하나 없었고 가지고 있던 전화번호로는 아무리 통화를 시도해도 소용이 없었다. 십여 분이 지나 어디선가 까무잡잡하고 동글동글한 얼굴을 한 남자가 나와 아무렇지도 않게 악수를 청하는데 그 표정이 너무도 순진무구해 순간 그때까지의 당황스러움을 잊게 되었다. 기다리게 해서 미안하다는 말은 하지 않았지만 내심 미안해서였는지 아니면 제법 긴 기간 숙박을 하니 감사의 표시로서 그랬는지 아무튼 이 농가의 라벨이 붙은 로제와인 한 병을 건네주었다. 사실 그는 미안하다는 말을 내게 할 수 없는 처지였다. 그는 몇몇 외국어를 구사할 수 있었지만 영어는 아니었고 나 또한 불어는 간단한 단어 몇 개와 주워들은 문장 몇 가지밖에는 몰랐다. 그의 얼굴이 순진무구하다는 인상을 받은 데는 물론 시골사람 특유의 순박함이 묻어 있기도 했거니와 말이 통하지 않아 혀의 사악함이 작동할 여지가 전혀 없었던 이유도 있겠다. 처음에 이 집을 찾을 때 주소가 갈리시안-보베Gallician-Vauvert라고 다른 지명과 혼동하기 쉽게 되어 있던 탓에 보베로 직행했다가 길을 잘못 들어 애를 먹었다. 피자가게에 모여 앉아 축구 경기를 보고 있는 남자들 무리가 있기에 들어가 길을 물었는데 그들 역시 영어는 몰랐으나 어찌나 정성스럽게 길을 알려주는지 그 말을 그만 알아듣고 말았다.

피천득 선생은 "싱싱하고 윤백한 것"의 대명사로 5월을 즐겨 빗댄다. 그래서 그가 쓴 춘원 이광수를 추억하는 글에서 "낡아 빠지거나 시들지 않는" 마음의 평화를 일컬어 "5월의 잉어" 같다고 했다.[1] 고흐에게 이 남프랑스 시절은 그러한 5월이 아니었을까? 물론 고흐에게 잔잔한 마음의 평화 따위는 어울리는 수식어가 아니다.

잘 알려진 대로 빈센트 반 고흐는 1853년 벨기에 국경에 가까운 네덜란드의 작은 마을에서 보수적인 개신교 목사의 아들로 태어났다. 1880년에 이르러서야 화가로 살아야겠다는 결심을 했고 그때 그의 나이는 스물일곱 살이었다. 집안의 종교적 성향에 맞추어 자녀를 양육하겠다는 아버지의 결심에 따라 다양한 기숙학교를 다녔고 예술품 거래 분야에서 영향력을 행사하던 집안사람들의 배려로 갤러리에서 처음 직장 생활을 시작했으나 얼마 지나지 않아 그에 대한 흥미를 잃거나 회의를 느꼈다. 중학교 이후에는 시작하는 학업마다 중단되곤 했고, 여러 직종을 넘나들었으나 견습 기간을 마치고 조수 딱지를 떼는 일은 일어나지 않았다. 본인이 먼저 심드렁해지는 경우도 있었고 그 반대의 경우도 물론 있었다. 전도사로서 탄광 지역에서 사역할 때는 비참한 사람들의 삶 가운데로 너무 깊이 파고들어 그들의 인간적인 필요까지 채워주려 하는 그와 계약 갱신을 원치 않았던 쪽은 교회와 교단이었다. 평생 화가로 살 결심을 한 것도 동생 테오의 눈물 나는 권유와 설득 때문이었다. 오랜 기간 동안 방황하며 기이한 행태를 보이는 아들을 재정적으로 후원하던 아버지와는 끝끝내 불화할 수밖에 없었기에, 고흐가 화가가 되기로 결심한 이후부터는 동생 테오가 나서서 돌보게 되었다. 고흐가 에밀 졸라나 빅토르 위고에 심취해 있는 것을 보수적인 그의 아버지가 도저히 참지 못했다고도 한다. 그러니까 남프랑스가 고흐에게 5월이라는 이야기의 의미는 그 마음이 잔잔한 호수와 같았다는 것이 아니라 오히려 그 반대이다. 격정적인 감흥에 휩말려 미친 듯 붓을 들었던, 그러지 않고는 배길 수 없었던 생생한 마음상태를 일컫는 것이다. 나는 이 공간을 휘휘 바람 타고 넘어 다니고 싶었다.

아를에 방문한 날은 드물게 아침부터 촉촉한 비가 내렸다. 6월 하순의 프로방스는 때론 봄이기도 했다가 어느새 한여름처럼 뜨거워지기도 했지만 그 오전만은 가을 같았다. 로마 제국을 떠올리게 하는 거대한 유적 두 가지가 압도적으로 눈에 담겼다. 로마식 극장과 원형경기장이다. 그러나 이보다 더 압도적인 루트가 있는데, 노란색 돌이 박혀 들어간 자리를 찾아다니며 외로운 영혼을 추억하는 고흐 루트다. 고흐가 아를에 도착한 것은 1888년 2월의 일이었다. 1889년 5월까지 머물렀으니 그 기간은 15개월가량 되는데 이때 그린 유화만 2백여 점에 달했고 〈노란 집〉, 〈포름 광장의 카페 테라스〉,

아를로 가는 길과 아를의 공화국 광장.

〈해바라기〉 같은 유명한 작품들이 이 시기에 그려졌다. 화가로서 첫발을 내딛던 네덜란드 시기의 〈감자 먹는 사람들〉 같은 어두운 색조를 조금씩 탈피하기 시작한 고흐는 파리에서 다양한 인상주의, 후기 인상주의 화가들을 접하는 한편, 일본 판화 등 당시 유행하던 최신 화풍까지 섭렵하게 되었다. 당시 남프랑스는 떠오르는 인기 휴양지였다고 한다. 고흐가 남프랑스를 배경

반 고흐, 〈아를의 원형경기장〉, 캔버스에 유채, 73×92cm, 1888.

으로 한 알퐁스 도데의 『타르스콩의 타르타랭*Tartarin de Tarascon*』을 아주 좋아했고 그가 매우 존경했던 화가 아돌프 몽티셀리가 마르세유에서 작업했다는 사실이 그의 아를 행을 부추겼으리라고 추측해볼 수도 있겠다.

관광안내소에서 나누어준 종이에 씌어진 대로 고흐 루트를 쫓아다니다가 이내 심드렁해져 중도에 그만두었다. 원형경기장을 찾아가서 에르미타주 미술관에서 본 〈아를의 원형경기장〉을 떠올리며 투우사와 성난 소의 흙먼지 따위는 아랑곳하지 않고 무슨 생각에선지 몸을 돌려 화면 밖으로 사라지려고 하는 몇몇 관객의 모습이 강조된 이미지를 계속 재생해보는 시간, 혹은 아무렇게나 걷다가 우연히 공원에 들어갔는데 마침 이곳에서 〈아를 공원 입구〉가 그려졌다고 알려주는 안내 패널을 본 것까지는 좋았다. 그러나 제2차 세계대전 당시 폭격으로 공중분해되고 없는 자리에 억지로, 화가의 숨결을 느낄 수 없는 '노란 집'을 다시 세워놓은 것이나 그림보다 더 그림처럼 노랗게 열심히 칠해놓은 '카페 테라스'를 서성이는 일은 어쩐지 마음

1 여름 정원 입구에 서 있는 고흐의 그림 〈아를 공원 입구〉 안내판.
2 〈포룸 광장의 카페 테라스〉의 모델이 된 카페.

을 불편하게 했다. 차라리 론 강을 따라 나 있는 산책로를 걸으며 생각에 잠기는 편이 좋았다. 고흐가 사랑했던 색감의 조화가 거리 곳곳에서 느껴질 만큼 아를의 골목들은 운치 있는 산책로가 되었다. 강렬한 원색의 목재 문 뒤로는 어김없이 빛바랜 상아색, 연회색의 벽재가 버티고 있었다.

고흐 재단에서 마련한 전시 공간에서 들라크루아의 색채 이론을 자기화한 고흐에 대한 설명을 들은 것이나, 프랜시스 베이컨같이 고흐의 영향을 받은 이들의 그림을 연이어 감상할 수 있었던 것은 뜻밖의 선물이었다. 그러나 마지막으로 들르지 않을 수 없는 곳이 있었으니 바로 '에스파스 반 고흐Espace Van Gogh'라고 불리는, 고갱과의 다툼 끝에 귀 한쪽을 잘라낸 고흐가 입원해 치료를 받았던 병원과 그 정원 자리다. 여기도 어김없이 그림과 꼭 같은 색감으로 원색의 식물들이 심겨 있었고, 사진 찍기 바쁜 관광객들을 향해 호객행위를 하는 상인들의 외침이 귀를 멍멍하게 했다. 하지만 심신이 지친 채 세상 끝에 홀로 내던져졌음을 뼈저리게 느꼈을 화가와 밑바닥까지 내려간 감정상태에서도 기어코 그려낸 곱디고운 색감의 그림을 생각하니 그마저도 크게 신경 쓰이지 않았다. 이상적인 예술 공동체를 꿈꾸며 노란 집에 열세 개의 의자(열두 사도를 상징하는 예술인 열두 명을 위한 것과 그가

1 론 강변 산책로. **2** 아를의 낡은 뒷골목. **3** 빈센트 반 고흐 재단.

한쪽 귀를 잘라낸 고흐가 입원해 치료받았던 병원 '에스파스 반 고흐'의 안뜰.

'구원자'라고 표현했던 고갱을 위한 의자)를 마련해두었지만 실제로 그를 찾아온 유일한 화가였던 고갱으로부터도 외면당한 그는, 그러나 이 그림을 그리는 순간만큼은 위로와 희망을 보았음이 분명하다. 그렇지 않다면 이 같은 색감의 그림을 그릴 수는 없었을 것이다. 귀가 잘린 자신의 모습조차도 재빨리 그려낸 사람이 아니던가. 런던의 코톨드갤러리에서 본 이 사람의 모습은 최대한 모든 의미를 지워버리려는 듯 무표정에 가까웠다.(280쪽 참조) 작가라면 펜을 잡고 글을 쓰는 것이, 화가라면 붓을 잡고 그림을 그리는 것이 예술가에게 허락된 유일한 발광의 방법일 것이다. "바로 그 이야기가 내게 주어졌다"라는 것이야말로 예술가에게 한 줄기 빛과 같은 명제인 동시에 지옥의 시작점이 되는 것이 아닐까. 그 이야기 말고는 할 이야기가 없는 단 하나의 관심사.

프로방스의 6월은 다양한 식물들이 뛰어난 색을 뿜내는 때이기도 했다. 먼저 퐁텐 드 보클뤼스 이야기를 하지 않을 수 없다. 소르그 강의 수원지인 이곳은 그 신비한 물빛으로 인해 사람들을 끌어모은다. 정확하게 말한다면

물의 색깔이 유별나다기보다 물속에 흐드러지게 핀 수초들이 빠른 물살에 흔들리며 햇빛에 반사돼 다양한 녹색의 잔치가 벌어지는 것이다. 계곡의 상부로 올라가 어머니의 자궁처럼 산속 깊숙이 들어앉은 발원지를 확인하면 또 한 번 놀라게 된다. 청록색을 띤 저 탁한 물웅덩이에서 샘이 솟아올라 아래로 흐르면서 이토록 맑고 투명해져 현실을 잊게 하는 수초들의 합창을 들

퐁텐 드 보클뤼스의 수초와 어머니의 자궁 같은 그 수원.

1 동화 같은 언덕마을 고르드. **2** 라벤더 밭이 장관을 이루는 세냥크 수도원.

려주다니.

지척의 고르드를 넘어 세냥크 수도원으로 향했다. 12세기의 요새가 있던 터에 16세기에 중후한 성채가 지어지면서 발달하기 시작한 고르드는 세련된 언덕마을이다. 예상치 못했던 장소에서 동화 같은 언덕 마을을 맞이한 여행자들의 마음은 달뜨기 십상이지만 부호들의 별장지이기도 한 만큼 꽤 비싼 가격을 치르고서야 한 끼 식사, 하룻밤 잠자리를 제공받을 수 있는 곳이기도 하다.

이 고르드를 유유히 빠져나오다 보면 언덕 꼭대기에서부터 한눈에 들어오는 보라색 물결을 외면할 수 없다. 세낭크 수도원에서 돌보는 라벤더 밭이 장관을 이루는 것이다. 고흐가 그린 관목도 바로 저렇게 진한 보랏빛이었다. 사실은 라벤더가 아니라 라일락 같은 형상의 키 작은 나무였지만 드문드문 섞인 노란색과의 대비 때문에 그 보라색이 그렇게 도드라져 보일 수 없었다. 고흐가 남프랑스에 거주할 시기에 그린 그림들이 이전 시기와 크게 다른 점이라면 밝은 원색의 색깔들을 즐겨 사용했다는 것과 풍경화를 적극적으로 그렸다는 것이다.

미스트랄이 여기까지 불어 내려오면, 더 이상 달콤한 시골의 모습과는 정반대의 경우가 돼. 미스트랄은 완전히 극으로 몰아가고 말거든. 그렇기는 해도, 정말이지 이 모든 걸 상쇄시켜주는 건 바람 한 점 없는 날의 그것이야. 또

반 고흐, 〈라일락 덤불〉, 캔버스에 유채, 72×92cm, 1889.

렷한 색깔, 순수한 공기, 일렁이는 고요함의 그것 말이야.

—아를, 1888년 9월 17일2

그러나 남프랑스 여행 최고의 순간은 레보^{Les-Baux-de-Provence}에서 맞이했다. 산세를 잘 이용해 극적으로 세워진 성채를 비롯해 그 아래쪽으로 발달해 있는 마을의 모습이 한 폭의 그림 같다. 고르드처럼 세련되고 윤택한 성채가 아니라 영광이 허물어져내린 빈자리에 흙먼지가 켜켜이 내려앉은 요새를 머리 위에 얹고 있는 마을이다. 폐허가 된 석회암 덩어리들이 서로 대립하고 때로 기대며 만들어내는 그림자가 분주한 아랫마을에 무언의 위로처럼 드리운다. '보^{Baux}'는 10세기에 이 성을 축조한 가문의 이름이고, 그들은 베들레헴에서 아기 예수에게 예물을 바쳤던 세 현인 중 한 명이 자신들의 조상이라고 주장한다. 이를 크게 외치기라도 하듯 가문의 문장에는 베들레헴의 별이 새겨져 있다.

맨몸을 드러낸 석회암 산등허리에서 원시적 감성에 젖어 있다가 문득 파리의 대규모 미술관도 전해주지 못했던 감흥을 느끼게 하는 전시회를 접하면 놀라지 않을 수 없다. '빛의 채석장^{Carrières de Lumières}'이라 불리는 영상 기획 때문이다. 레보 마을 바깥쪽으로 빠져나온 뒤 도로를 따라 십여 분쯤 걸어가면 바로 이 채석장을 만난다. 돌을 캐내던 곳에서 이제는 빛을 캐낸다. 입장료를 내고 어둠 속을 더듬어 높이도 너비도 가늠할 수 없는 거대한 입 같은 석회암 동굴 속으로 들어가면 위대한 예술가들의 고뇌가 깃든 세기의 회화작품들이 영사기를 통해 동굴 벽으로 비춰진다. 발걸음을 옮길 때마다 머리카락과 어깨를 타고 내려 벽으로 땅으로 떨어지는 빛줄기들은 극적인 음악과 더불어 수시로 섬뜩하게도 황홀하게도 변했다. 구스타프 클림트와 에곤 실레, 프리덴슈라이히 훈데르트바서의 작품들이 차례로 등장한다. 현란한 빛의 세례를 받는 순간이다. 어둠 속에서 빛을, 바위틈에서 생명

레보드프로방스 성채와 소리와 빛의 향연이 벌어지는 '빛의 채석장'.

수를, 퇴락과 허무 속에서 환희를 맛보게 된다. 간담을 서늘하게 하는 석회암 동굴의 온도, 압도적인 규모로 그 속에 발을 들여놓은 이를 단번에 제압하는 동굴의 위용, 바위 속에서 웅성거리며 퍼져 나가는 소리의 향연, 다양한 공간감을 주는 능수능란한 영사기술, 이 모든 것이 한 몸이 되었다. 빛의 채석장의 존재야말로 프로방스가 여전히 예술적 영감을 주는 곳으로서 건재하다는 것을 증명하고 있는 셈이다.

　주말 아침, 생질의 장터로 나섰다. 카마르그의 관문과도 같은 이 작은 마을은 어릴 때 방학마다 가서 한참을 있다 오던 외갓집이 있는 읍내 같았다. 우리나라 동해에 면한 항구 가까이에 있던 그곳과 프티 론 강이 지나면서 작은 항구를 만들고 줄줄이 세워놓은 고깃배가 평화로워 보이는 이 마을이 어떤 면에서 닮은 것인지 정확히 짚어내기는 어렵다. 그러나 싸구려 공산품들이 아무렇게나 쌓인 채로 헐값에 팔리고 어물전, 청과물 시장이 그렇게 활기찰 수 없던, 세련된 포장을 걷어낸 자리에 그저 수확의 기쁨으로 가득 찬 그곳에서 걸쭉한 한국식 사투리가 들릴 법도 했던 것이다.
　장터에서는 올리브 절임 종류를 열 가지도 넘게 차례차례 주문해 용기에 담아 값을 치르고 자리를 뜨는 부부를 보았다. 갖가지 올리브를 맛보기 좋아하는 내게는 여기가 천국일 테고 남편이나 아이들에겐 멜론이나 체리라든가 새우, 도미가 있는 옆 가게가 그랬을 것이다. 싱싱한 식재료를 직접 고르는 기쁨은 이름난 식당에 앉아 근사하게 보이는 메뉴를 고르는 설렘보다 한 수 위다. 물론 그보다야 정직한 농부가 되는 편이 삶의 온전한 보람을 거둘 수 있을 것임은 분명해 보인다.
　그곳에서는 아주 이른 아침에 눈을 뜨곤 했다. 커다란 돌덩이를 다듬어 만든 개수대에서 쌀을 씻고 나면 돌 표면에 물기가 스며드는 소리가 사악사악 들리는 것도 듣기 좋았고 개수대 위로 난 커다란 창가에서 이웃들이 가

1 생질의 주말 장터. 2 고깃배가 한가로이 떠 있는 작은 항구.

끔 바게트며 크루아상을 사러 길 건너 동네 빵집을 왔다 갔다 하는 풍경을
보는 것도 흐뭇했다. 낮 동안 밖에 나갔다가 저녁밥을 지으러 다시 개수대
앞에 서면 촉촉이 젖어 있던 움푹한 돌덩이가 바싹 말라 있는 것이 신기했
고 아이들은 중세 기사들이 출동하는 그림판에 색깔 펜으로 알록달록 색칠
을 해가며 저녁밥이 다 지어지기를 목이 빠져라 기다렸다. 그러면 남편은 식

사 후에 먹을 카바이용 멜론을 미리 씻어놓고는 옆방에 널어놓은 빨래가 잘 마르고 있는지를 확인하곤 했다. 일상의 재발견. 여행의 종착점은 늘 거기에 있었다.

유럽에서 손꼽히는 자연사의 보고, 카마르그의 습지.

우리는 론 강의 삼각주 카마르그 평원의 시작섬에 자리 잡고 있었다. 고흐의 뒤를 따르자면 생 레미를 거쳐 오베르쉬르와즈까지 가는 북쪽 루트를 택해야 했으나 더는 그럴 수가 없었다. 선들이 구불거리는 생 폴 병원의 정원, 까마귀가 날아오르는 밀밭과 대면할 자신이 없었다. 대신에 더 남으로 내려갔다. 기왕에 태양의 나날을 찾아든 여행이니 카마르그 탐험에 나서기로 한 것이다. 카마르그는 유럽에서 손꼽히는 습지이자 자연사의 보고로 알려져 있다. 염전과 호수, 초원과 사구가 교대로 펼쳐지는 풍경이 14만 헥타르에 이어진다. 거대한 조류 보호 구역으로 지정되어 있는 만큼 여기저기서 희귀한 새떼가 유유자적하는 모습을 관찰할 수 있고 잘생긴 뿔을 머리에 올린 검은 황소 떼와도 곧잘 마주친다. 모든 것이 흐드러져 있고 사람의 접근을 최대한 막고 있는 곳이 많아 상대적으로 자연스럽고 평온하다. 그러니 길에 머무르는 자도 급할 것이 없다.

생트 마리 드 라메르Saintes-Maries-de-La-Mer에 먼저 닿았다. 코트다쥐르의 화려함과 대조되는 소박하고 툭 트인 맛의 지중해가 눈앞에 펼쳐졌다. 바다로부터 온 성 마리아들이라니, 이런 이름은 어디에서 온 것일까? 예수 사후, 기독교인들에 대한 핍박을 피해 지중해를 떠돌던 뗏목 하나가 카마르그 해안에 정박했다. AD 40년경의 일인데, 그 배에는 야고베 마리아, 살로메 마리아, 막달라 마리아 그리고 그들의 시중을 들던 사라가 타고 있었다고 한다. 정착한 곳에 교회를 짓고 예수의 가르침을 전하는 데 힘쓰다 생을 마감한 세 마리아들 때문에 그러한 이름이 붙었던 것이다. 시녀 사라 또한 희생적인 삶을 살아 성인의 반열에 올랐는데, 흑인이었던 그녀는 특히 전 세계에 흩어져 있는 집시들의 수호성인이기도 해서 매년 5월이면 이곳에서 집시 축제가 열린다고 한다.

물론 아를에 살았던 고흐는 지척에 있는 이 해변에도 들렀다. 1888년 5월, 지중해를 보기 위해 승합마차를 타고서. 당시의 생트 마리는 고기잡이 배가 떠 있는 어촌의 분위기가 생생했던 모양이다. 모스크바의 푸시킨 미술관은 이를 묘사한 소박한 고흐의 그림을 소장하고 있다. 그림으로 볼 때도 파도가 잔잔한 곳은 아니겠구나 싶었는데 과연 대단한 바람이 수시로 바닷물을 자극하고 있었다.

벌써부터 프랑스 북쪽 지방에서 부리나케 내려온 휴양객들이 제법 되었다. 뜨겁게 내리쬐는 태양빛, 몸이 떠밀려 갈 것만 같은 강력한 바람이 한데 모이니 거대한 소금밭이 인근에 있다는 것이 실감 나고 곳곳에 세워진 풍력 발전이 에너지원으로 제격이겠다 싶다. 한데 바람이라는 것이 늘 사람들이 이용하기 편한 만큼만 부는 것은 아닐 테고 삶을 송두리째 뽑아버릴 정도의 괴력도 지닌 것인데 이 삼각주로 불어온다는 건조한 북풍 미스트랄이 겨

반 고흐, 〈생트 마리의 바다 풍경〉, 캔버스에 유채, 44×53cm, 1888.

울엔 실로 무시무시하다고 들었다. 교회를 중심으로 아담한 투우장과 시청사가 들어선 구시가는 제법 볼 것들이 있었다. 그러나 끝없이 펼쳐진 곱디고운 모래밭에 앉아 울렁기리는 바다 물결을 바라보는 것만큼 마음이 시원해지는 순간도 없었다.

> 생트 마리에서 일주일을 보냈다네. 거기로 가려고 마치 네덜란드처럼 포도밭과 늪지대와 편평한 들판이 있는 카마르그를 신나게 가로질렀겠지. 그곳, 생트 마리에는 치마부에나 조토를 떠올리게 하는 소녀들이 있었다네. 마르고 곧고 다소 슬프고 우수에 차 있는 듯한.
>
> —아를, 1888년 6월 6~11일 에밀 베르나르에게 쓴 편지[3]

땅끝 마을이니 들고나는 길은 단 하나. 속도를 낼 것도 없이 달구지마냥

카마르그 평원을 달리다가 만난 아찔한 노란색의 해바라기 밭.

차를 몰고 바다를 등진 채 늪지대로 들어선다. 흰 말과 검은 소를 만나나 싶더니 다시 해바라기 밭에 떨어진다. 큰 구름이 머리 위를 지나고 있을 때는 그저 진노랑의 바탕색 위에 서 있다고 생각했던 우리는 구름이 지나고 난 자리에 햇빛 광선이 노란 바탕색 위로 쐐기를 박자 그만 투명한 꽃잎을 저마다 바짝 세운 노란 형광빛 바다에 던져진 듯했다.

한적한 도로를 따라 달리다가 길가에 차 한두 대가 서 있으면 그곳엔 어김없이 전망대가 설치되어 있었다. 늪은 보호되고 있었고 철모르는 어린아이들도 저편에 물 먹는 플라밍고나 쇠백로, 제비물떼새를 방해하지 않기 위해 큰 소리를 내면 안 된다는 것을 잘 알고 있었다. 발뒤꿈치까지 들고 나무 데크 위를 살살 걸어 다니는 아이들과 그저 말없이 먼 곳을 바라보는 어른들과 내가 나란히 서 있는 시간이 좋았다. 몇 가족이 더 모여들어도 바람 따라 갈대가 넘겨졌다 일어나는 소리는 더욱 선명해질 뿐이었고, 물색과 풀색이 태양과 구름의 움직임에 따라 다양하게 변해갔다.

라벤더 밭보다 더한 보랏빛 충격은 소금 언덕 살랭 드 지로에서 왔다. 강

1 보랏빛 충격을 안겨준 살랭 드 지로의 염전.
2 에그모르트 성벽에서 바라본 염전.

풍에 모두가 날아가버릴 듯했다. 왼편에 긁어모아 쌓아놓은 소금산은 분명 고운 흰색인데 물이 찰랑거리는 소금밭은 여린 보랏빛을 띠고 있다. 얕은 석호가 바닷물을 가두고 강한 햇빛이 수분을 모두 빨아들인 자리에 남은 고운 소금. 염전의 사람들은 "소금이 온다"라고 말한다던가. 이러한 염전은 살

에그 모르트 사블롱의 노트르담 교회.

랭 드 지로에만 있는 것은 아니다. 서쪽으로 계속 이동해서 중세도시 에그 모르트의 성벽에 올라도 비슷한 색감의 드넓은 염전이 눈에 들어온다. 그 곳엔 론 강의 토사가 쌓여 항구로서의 기능을 상실한 해안 성곽 도시가 신 비롭게 서 있다. 프로방스어로 '괸 물dead waters'이라는 뜻의 에그 모르트는 성왕이라 불리는 루이 9세가 13세기에 축조한 네모반듯한 성곽으로 두 차 례 십자군이 파병된 적이 있다. 유독 종교전쟁에 휩쓸린 적이 많아 성벽 한 쪽의 콩스탕스 탑Tour de Constance에 처음에는 구교도가 다음에는 칼뱅파와 재세례파들이 투옥된 역사가 있다는데, 예나 지금이나 변함없이 부는 바람, 흔들리는 물결, 바싹 마르는 소금을 보고 있자니 복잡한 세상사가 덧없게 느껴졌다.

마지막으로 생 루이 광장 한쪽에 서 있는 작고 아름다운 교회 사블롱의 노트르담에 들어가 앉았다. 스테인드글라스가 사뭇 새로웠다. 성화가 아닌 추상화로, 단순한 색과 형태로 신성을 표현하고 있었다.

아를을 떠난 고흐는 생 레미의 정신병원에서 지냈다. 그는 환자들이 동물원의 동물들같이 끔찍한 울음소리를 냈다고도 했고 혼자 그림을 그리도록 자신을 내버려두는 매너가 아를 사람들보다 훨씬 낫다고도 했다. 그곳에서 지낸 일 년 동안 처음이자 마지막으로 그림이 팔렸다는 기막힌 소식도 들었다. 이후 파리로 가서 동생을 잠시 만나고는 그나마 꾸준히 교류했던 인상파 화가 카미유 피사로의 권유로 예술가들이 여럿 있던 오베르쉬르와즈로 간다. 그리고 2개월 후인 1890년 7월 권총 자살로 생을 마감한다. 평생을 고독과 고통의 표현에 바쳤던 그가 동생 테오에게 남긴 마지막 말은 이것이다.

"슬픔은 영원히 계속된다."

계속되는 발작에 대한 공포, 예술가로서 인정받지 못하는 것에서 오는 낙망, 그리고 무엇보다 동생에게 짐이 되고 있다는 미안함이 그런 결심을 하게 했던 것일까? 실의에 빠진 동생도 얼마 후 죽음에 이르렀다. 오베르쉬르와즈의 묘지에는 두 형제가 나란히 함께 묻혀 있다.

인생의 5월을 그리며 설익은 마음으로 달려왔던 프로방스에서 나는 크나큰 숙제 하나를 얻어간다. 아직도 철모르고 빛을 찾아 세상 끝으로 달려보고자 했던 내 마음은 풋사과 같다기보다는 떫은 감 같기만 하다. 고흐의 남은 일 녀 이 개월을 나는 언제나 제대로 마주할 수 있을 것인지.

에그모르트의 성문.

베네치아 대운하.

Venezia

물길에 비친 젊음

토마스 만, 혹은 루치노 비스콘티와 베네치아

　　좋은 평을 받았던 소설을 영화로 만드는 감독들은 욕을 먹는 경우가 많다. 문자로 풍부한 의미를 지녔던 작품이 영상으로 옮겨지면서 지나치게 단순화되거나 말초적 감각만을 공략하다 끝날 때가 많아서다. 사실『베네치아에서의 죽음』은 토마스 만이 비슷한 주제의식을 가지고 쓴『토니오 크뢰거』나『트리스탄』에 비해 특별히 더 기억에 남는 작품은 아니었다. 한참 빠져들어 읽었을 때가 시간 아쉬운 줄 모르던 이십대 초반이었다는 게 그 이유가 될 수도 있다. 그러다 몇 년 전 루치노 비스콘티가 스크린으로 옮긴 〈베네치아에서의 죽음〉을 다시 접했을 때는, 주인공의 설움과 절망이 더 이상 남의 것이 아님을 알게 되었다.

　　소설에서 요양차 베네치아를 찾았던 작가 구스타프 아셴바흐가 영화에서는 작곡가로 변해 있다. 토마스 만 자신이 베네치아로 향하던 중 구스타프 말러의 부음을 듣고 작품의 영감을 얻었다고 하는데다, 시각과 청각을 자극하는 매체에서 주인공이 작곡가로 대체된 것은 적절한 선택이라고 여겨진다. 주제 음악인 말러의 교향곡 5번 4악장은 러닝타임 내내 귓전을 맴돈다. 소설에서는 고국인 독일에서 아셴바흐가 누리는 명성과 베네치아로 목적지를 선택하기까지의 우여곡절이 앞서 소개되고 있지만 영화에서는 간간이 짧은 회상 장면으로 등장할 뿐이다.

견고한 이성의 지배를 받는 조화로운 세계관을 가꾸어오던 주인공이 문득 파토스와는 거리가 먼 자신의 일상에 권태를 느끼면서 어떤 충동 같은 것을 예감하는 대목은 이렇다.

한데 그 기이한 사람의 모습에서 엿보인 방랑기가 아셴바흐의 공상력을 자극한 건지 아니면 신체적으로든 정신적으로든 어떤 영향을 미친 때문인지 정말 놀랍게도 그는 자기 내면이 확장되는 듯한 기이한 기분을 느꼈다. 그것은 일종의 정처 없는 마음의 동요나 젊은 시절의 미지의 세계에 대한 목마른 갈망 같은 느낌이었다. 너무나 생명력 넘치고 신선한 것이지만 이미 오래 전에 떨쳐버려서 잊혀진 것이었다.[1]

그러면서 그는 여행에 대한 욕구를 느낀다. 그리고 태곳적 모습을 간직하고 있는 열대의 늪지대를 마음속에 그리다 몇 가지 사정으로 목적지를 베네치아로 옮긴다. 그는 평생을 끊임없는 긴장감 속에서 지혜와 진리에 이르는 최고의 예술에 대한 소명감만을 가지고 살아왔다. 우연한, 충동적인, 속박을 벗어던지는, 내밀한 기쁨을 누리는 기대에 휩싸여 아셴바흐는 여행 준비를 마친다. 긴장의 수준에 차이가 있을지라도 우리가 여행을 떠올릴 때 기대하는 것 또한 이와 다르지 않을 것이다.

심신이 지친 그는 요양을 위해 베네치아가 아닌 토마스 만의 다른 작품 『마의 산』에서처럼 스위스 산장 혹은 독일 온천지대 같은 곳으로 움직였어야 했다. 베네치아란 어떤 도시인가? 아드리아 해로 통하는 아름다운 해안이 드넓게 펼쳐지는 리도 섬이 있는가 하면, 좁은 운하 사이로 묘기를 선보이며 물살을 가르는 곤돌라 무리 뒤로는 대공국 시대의 영화를 기억하는 화려한 건축물들이 동화처럼 펼쳐져 있다. 그러나 이곳은 긴장감을 일시에 무장 해제시켜버리는 남국이 신기루처럼 그 모습을 드러냈다가 사라져버리는 곳이기도 하다. 진흙과 안개가 자취도 없이 존재를 삼켜버리는 늪지대의 도시가 바로 베네치아인 까닭이다.

이것이 베네치아였다. 아첨을 잘하는, 믿기 어려운 미녀와도 같은 도시. 어쩌면 동화 같고 어쩌면 나그네를 유혹하는 함정 같은 도시. 이 도시의 썩어가는 공기 중에서 한때 예술이 향락적으로 번성했던 것이다. 이 도시는 자장가를 불러주며 유혹하는 멜로디를 음악가들에게 주었던 것이다. 모험을 하고 있는 아셴바흐에게도 왠지 눈이 그와 같은 풍성함을 보고 있는 것 같고 귀가 그와 같은 멜로디를 듣고 있는 듯한 기분이 들었다.[2]

좁은 물길을 책임지는 곤돌라 사공.

어느 무더운 여름날이었다. 증기선에서 내린 아셴바흐는 곤돌라를 타고 리도로 향했지만, 우리는 섬 입구 마지막 차도에 거대하게 서 있는 주차 빌딩에 차를 세우고 구름다리를 건너 숙소에 짐을 풀었다. 이제 네 바퀴로 하

성 안드레아의 집 창문에서 내려다본 풍경.

는 여행은 끝났다. 좁은 운하 이쪽과 저쪽을 연결하는 잔교들을 헛갈리지 않고 무사히 건너다녀야 할 뿐이고 다른 섬으로 가려면 수상버스인 바포레토를 타야만 했다.

성 안드레아의 집이란 이름이 붙은 숙소는 16세기에 수도원 건물로 지어졌다가 18세기에 전형적인 베네치아식 저택으로 리노베이션된 곳이다. 화려한 대운하의 풍광이 미처 시작되기 전 구석진 골목에 은둔자처럼 하얗게 웅크린 숙소에서 아침마다 무뚝뚝하고 청렴하게 울려 퍼지는 종소리를 들으며 잠에서 깨어나게 될 것이었다. 비릿한 물 냄새와 축축한 공기를 가르며 바포레토를 타고 대운하를 통과해 산마르코 광장으로 향한 것이 베네치아를 처음 만난 그 저녁의 일정이었다. 희고 붉은 대리석 궁전들은 바다 위에 둥둥 떠 있고 그 안쪽에서 흘러나오는 요염한 불빛들이 점점 어두워져가는 물결 위로 사정없이 흔들렸다. 화려하기 이를 데 없는 리알토 다리를 마주쳐도 이 흔들리는 불빛의 유혹을 따라오지는 못했다.

골목을 걸어보자고 중간에 내렸다가 금세 길을 잃어 그 김에 아무 식당이

불빛 아래 흔들리는 대운하의 물결.

나 들어갔더니 하필 러시아 가족이 운영하는 곳이다. 쾌활하지만 친절하다고는 볼 수 없는 태도로 손님을 맞더니 한참 있다 내온 음식 속에는 상한 조개가 섞여 있었다. 관광지에선 어디나 속임수가 있는 법이지만 이 뒷골목은 어쩐지 더 수상했다. 아셴바흐가 묵고 있던 리도 섬의 호텔로 찾아와 악극을 한판 벌이면서 온갖 비웃음을 숨기지 않던 광대들과 다를 바 없다. 서둘러 식당을 빠져나왔다. 어느 정도 불쾌감이 섞인 흥분 상태에 길을 잃을지도 모른다는 긴장감까지 더해져 몸이 땀으로 흠뻑 젖을 즈음 갑자기 시야가 확 트이면서 첨탑 하나와 달무리가 눈에 들어왔다. 유럽의 응접실이라는 산마르코 광장이다.

　밤의 산마르코 대성당과 두칼레 궁전, 그리고 산마르코 광장은 러시아의 화가 브루벨의 〈데몬〉 시리즈를 보는 것 같았다. 고독하고 신비로우면서 치명적인 아름다움이 거기에 있었다. 두칼레 궁전의 장밋빛 대리석만 해도 그렇다. 달빛에 비친 모습이 그렇게 유혹적일 수 없다. 홀린 듯 바다 끝까지 나

밤의 두칼레 궁전. 달빛에 비친 분홍빛 대리석이 유혹적이다.

아가느라 인파가 대단한 것도 나중에야 깨달았다.

　다음 날 낮에 찾은 산마르코 광장은 완전히 다른 옷을 입은 귀부인이 되어 있었다. 정숙하고 위엄 있는 표정으로 격정 따위는 꿈꾸어본 적도 없다는 듯이. 그러나 9세기부터 16세기에 이르기까지 비잔틴 양식의 기본 틀 위에 동양적 요소를 띤 다양한 장식들을 덧붙여온 탓에 이 건축물은 동양인에게도, 서양인에게도 묘한 아름다움을 선사한다. 콘스탄티노플에서 13세기에 가져왔다는 청동의 말 조각들이며, 성 마가의 유골에 얽힌 에피소드를 재현한 모자이크에 이르기까지 외부와 내부의 이력은 끝 간 데 없이 화려하지만 여전히 아름답다고밖에는 말할 수 없다. 그러니 아셴바흐의 견고한 정신세계를 무너뜨리기에 이보다 좋은 무대가 또 어디 있겠는가.

　아셴바흐는 소년이 완벽하게 아름답다는 걸 알아차리고는 흠칫 놀랐다. 창백하면서도 우아함이 깃들이고 내성적 면모를 보이는 얼굴은 연한 금발머리에 둘러싸여 있었다. 곧게 뻗은 코와 사랑스런 입술, 우아하고 신성한 진지함

산마르코 대성당과 외벽 상단의 모자이크.

이 어린 표정을 담은 그의 얼굴은 가장 고귀했던 시대의 그리스 조각품을 연상시켰다. 그것은 가장 완벽하게 형식을 완성시킨 모습이었다.[3]

그는 예술가였다. "분류가 되지 않고, 절도가 없고, 영원하고, 무無인 것에 대한 애착" 때문에 바다를 좋아하지만 이런 경험을 늘 경계하면서 쾌감의 구렁텅이에 빠지지 않도록 자신을 다듬고 공을 들여 성을 쌓듯 그렇게 작품을 내놓았던 것이다. 그러던 그에게 한순간 완벽한 모습을 한 인간이 눈앞에 나타난다. 사랑에 빠진 아셴바흐는 이 폴란드계 미소년 타치오를 볼 수 있는 아침의 해변이나 정찬이 차려진 식당에서 오로지 그 아이를 기다리는 것, 그리고 그날 바라본 그 아이에 대한 잔상을 더욱 뚜렷한 이미지로 조합해내는 것으로 하루를 채워간다. 전에 없던 창작 욕구로 정신에 활기가 돌 무렵 신체는 때마침 유럽에서 창궐하던 콜레라균의 침입으로 서서히 무너져 내린다. 그는 위험을 감지하면서도 전염병 때문에 그 폴란드 가족이 리도섬을 떠나버릴까봐 걱정이다. 타치오의 완벽함에 비해 자신에게 남은 것은 늙고 무력한 육체뿐이라며 짙은 화장으로 어릿광대가 되어버리는 이 노인의 처절함은 가면을 쓰고 벌이는 이 도시의 유명한 카니발과 닮았다.

그러나 우리 앞에 펼쳐진 베네치아의 때는 여름 한가운데였고 카니발 대신 이 년마다 열리는 미술 행사인 비엔날레가 한창이었다. 정해진 행사장의 수가 적지 않았고 본래 축제라는 것이 그렇듯 공식행사 말고도 일시적, 즉흥적으로 아마추어 예술가들이 벌이는 전시와 퍼포먼스도 줄을 이었다. 사실 비엔날레가 아니어도 회화를 비롯한 미술작품들을 둘러볼 공간들이 제법 있었다. 아카데미아Accademia와 페기 구겐하임 컬렉션Peggy Guggenheim Collection, 스쿠올라 그란데 디 산로코Scuola Grande di San Rocco, 프라다 파운데이션Fondazione Prada 등은 접근 방법부터 남달랐다. 주소를 가지고 골목을 따라 걷다보면 늘 길을 잃고 주변을 빙빙 돌고는 했는데 그 이유는 어렵사리 찾은 목적지의 뒤뜰로 나가보면 금세 알 수 있었다. 뒤뜰이라고 생각했던 그곳이 사실은 앞마당이었던 것. 대운하와 그로부터 갈라져 나오는 좁은 물길

비잔틴에서 바로크까지 베네치아 화파의 작품이 총망라된 아카데미아.

들이 베네치아의 본래 길인 셈이니 물길로 건물을 확인해 집집마다 마련된 작은 선착장에 배를 대면 그것으로 그만인 것이었다.

우선 아카데미아는 18세기의 컬렉션을 기반으로 하고 있고 그 컬렉션들이 지금의 장소에 보관되고 전시되기 시작한 것은 19세기 초 나폴레옹 때의 일이다. 비잔틴에서 바로크에 이르기까지 베네치아 화파에 속하는 화가들의 작품이 총망라되어 있어 리알토 다리와 산조르조마조레 성당, 산마르코 대성당 주변의 변화하는 풍경을 생생하게 관찰할 수도 있다.

규모에 비해 가장 많은 관람객들이 몰려 있는 곳은 구겐하임 미술관이었다. 18세기의 저택을 매입해 미술관으로 꾸민 페기 구겐하임이 미술 애호가이자 미술품 딜러로서의 역량을 최대한 발휘하고 있는 곳이다. 두말할 필요 없이 유력한 현대미술 작품들이 즐비한데 파블로 피카소와 잭슨 폴록, 달리와 뒤샹, 칸딘스키, 몬드리안, 미로, 르네 마그리트 등 리스트가 줄줄이 이어진다. 운하를 향해 난 진짜 대문 앞에는 말을 타고 두 팔을 벌린 채 은밀한 부위를 당당히 세우고서 지나가는 사람들을 조롱하는 듯한 조각이 터줏대감처럼 서 있다. 1952년 베네치아 비엔날레에서 조각으로 그랑프리를 차지한 마리오 마리니Mario Marini의 〈도시의 천사The Angel of the City〉다. 그런데 가만 보니 보는 이를 조롱하고 있는 것 같다고 느낀 것은 이쪽의 자격지심 때문이 아닌가 싶기도 하다. 그는 온몸으로 태양의 세례를 받고 있으며, 말 위에 타고 있다는 긴장감에도 불구하고 극도의 자유를 누리고 있을 뿐이다. 은밀한 부위의 과감한 표현은 그러한 황홀경을 즉각적으로 보여준다. 이것이야말로 예술가 아셴바흐의 처지가 아니겠는가.

젊고 감각적인 패션회사의 미술관답게 프라다 파운데이션의 전시에는 제프 쿤스, 데이미언 허스트, 엔리코 카스텔라니 등의 이름이 눈에 들어온다. 개인적으로 가장 극적인 회화작품을 맞이한 것은 아무래도 스쿠올라 그란데 디 산로코에서였는데, 16세기에 틴토레토가 이 신도회관 건물

1 구겐하임 미술관에 전시된 〈도시의 천사〉.
2 패션회사답게 트렌디한 현대미술을 보여주는 프라다 파운데이션.
3 16세기에 틴토레토가 25년간 천장과 벽을 그림으로 장식한 스쿠올라 그란데 디 산로코.

을 장식하기 위해 헌신의 마음으로 무려 25년간 그려낸 천장화와 벽화, 캔버스 작품이 오십여 점에 이른다. 높은 천장화를 어둠 속에서 감상할 수 있게 하기 위해 백과사전만 한 거울 책 한 권씩이 관람객에게 주어진다. 돋보기 거울이 붙은 그 나무판을 손바닥 위에 올려놓고 어둠 속을 더듬어 빛을 모으면 기막힌 성화들이 천천히 눈에 담긴다. 단 한 면도 허투루 취급할 것이 없지만 그래도 주인공 역할을 하는 것은 단연 〈그리스도의 십자가 처형 Crucifixion〉이다. 별실 한 면을 가득 메운 이 그림은 방 입구에 붙어서 보아도 전체를 한눈에 조망하기 어려울 만큼 거대하다. 그런데 이 스쿠올라 그란데 디 산로코란 무엇을 하는 곳이던가? 신자들의 봉사단체를 통상 '스쿠올라'라 불렀고 대규모인 경우 '그란데'란 수식어가 붙었다고 할 때, 로코 성인의 이름이 함께 따라다니는 데는 특별한 이유가 있다. 15세기 후반 베네치아를 휩쓸고 간 전염병에 대처하는 과정에서 이 단체가 설립되었기 때문이다. 전염병을 이기는 능력이 있다고 믿어진 로코 성인을 전면에 내세운 이 단체는 이후로도 꾸준히 회원 수와 부를 늘려갔는데, 이는 베네치아와 전염병이 떼려야 뗄 수 없는 관계에 있었다는 반증이기도 하다.

골목들마다 역겨운 무더위가 깔려 있었다. 공기가 너무나 텁텁했기 때문에 가정집과 상점, 음식점에서 새어 나온 냄새들과 기름 냄새, 향수 내음, 그리고 많은 다른 종류의 기체들이 흩어지지 못하고 증기와 뒤섞여 가라앉아 있었다. (……) 그는 도망치듯이 붐비는 상가 골목에서 빠져나와 다리를 건너 빈민가 골목으로 들어가게 되었다. 그곳에서는 거지가 그를 성가시게 했다. 더구나 하수구에서 올라온 매스꺼운 악취가 호흡을 곤란하게 만들었다.[4]

악취와 연기를 더하는 데는 유리공장들도 한몫했다. 예전엔 베네치아 본토에 있었던 모양이지만 화재의 위험 등을 고려해 지금 유리공장들은 모두 무라노 섬으로 옮겨져 있다. 유리에 색을 더하고 모양을 잡는 일이야말로 극도의 섬세함을 요하는 일이다. 평소 유리라는 재질에 크게 관심이 없던 사람조차도 무라노 유리 박물관을 한 바퀴 돌고 나오면 색유리 물병 하나쯤

무라노 유리 박물관.

있어도 좋지 않을까 하고 생각하게 될 것이다. 그렇지만 유리 공예가들의 공간이 가지는 특별함을 제외한다면 무라노 섬은 그저 베네치아 본토의 축소판이라 할 만큼 별다른 개성은 찾아보기 힘들다. 그에 비하면 좀 더 멀찍이 떨어져 있는 부라노 섬이야말로 신기루 같은 관광지로서가 아니라 소박한 섬사람들의 일상을 엿보기에 적절한 곳이다. 화려한 레이스 가게가 줄지어 서 있고, 집집마다 발랄하게 외벽을 원색으로 칠해놓았음에도 의외의 소박함이 느껴지는 이유는 뱃놀이를 위한 곤돌라가 아니라 작은 고기잡이배로 물가가 가득 채워져 있었다는 것, 너른 포도밭을 가꾸는 아낙들 여럿과 이야기를 나눌 수 있었다는 것, 먼 바다를 바라보며 아이들이 뛰노는 놀이터가 더없이 친근하게 보였다는 것으로 설명될 수 있을까?

그것은 도취였다. 그리하여 그 늙어가는 예술가는 여러 생각할 것 없이, 아니, 탐욕적으로 그 도취를 기꺼이 받아들였다. 그의 정신은 산고의 고통을 겪게 되었고, 그의 교양은 격랑에 휩쓸렸으며, 그의 기억은 아주 오래된 사고,

소박한 섬사람들의 일상을 엿볼 수 있는 한적한 부라노 섬.

즉 젊은 시절에 섭렵은 해놓았지만 지금까지 한 번도 자기 자신의 점화로 불꽃을 댕기지는 않았던 사고들을 새로이 떠올리게 되었다. 태양은 우리의 주의력을 지적인 것에서 감각적인 것으로 돌려놓는다고 어딘가 씌어 있지 않던가?[5]

영화에서 아셴바흐가 베네치아까지 타고 온 증기선의 이름은 에스메랄다다. 에스메랄다는 노트르담 사원의 종치기 콰지모도의 눈에 핏발이 서게 한 치명적인 매력을 지닌 집시여인의 이름 아니던가? 회상 장면에서 아셴바흐가 사창가를 찾았을 때 만난 창녀의 이름도 에스메랄다다. 그는 수치심 때문에 일을 치르지도 못하고 방을 뛰쳐나오고 말았지만 그녀는 베토벤의 서정적인 피아노곡 〈엘리제를 위하여〉를 유유히 연주하고 있었다. 공교롭게도 아셴바흐가 고백을 망설이고 있는 사이 호텔 로비에서 타치오가 피아노로 연주하고 있던 노래도 〈엘리제를 위하여〉였다. 그러니 타치오와의 만남은 아셴바흐에게 에로틱한 감각의 세계와의 마주침이라고 해도 좋을 것이다.

우물이 있는 베네치아의 뒷골목 풍경.

그 이유는, 파이드로스여, 잘 명심해라, 아름다움만이 사랑스러운 동시에 눈에 보일 수 있는 것이기 때문이다. 그러니까 아름다움은 느낄 수 있는 자의 것이란다, 어린 파이드로스여, 예술가가 정신에 이르는 길이란다. 그렇지만, 귀여운 얘야, 이제 너는, 정신적인 것으로 가기 위해 감각적인 것을 통과하는 길을 걸어온 사람이 언젠가는 지혜와 진정한 품위를 얻을 수 있을 거라고 생각하느냐? 아니면, 너는 이것이 오히려—결정은 네게 맡기마—위험스럽고도 쾌적한 길, 즉 필연적으로 잘못에 이르게 하고 마는 정말 잘못된 길, 죄악의 길이라고 생각하느냐?[6]

소설에서는 소크라테스의 입을 빌려 주인공이 고백하는 형식이지만 영화에서는 아셴바흐의 친구 알프레드가 기억 속에서 일침을 가한다. 아름다움은 노력의 산물이 아니며 태어나는 것일 뿐이라고 외치는 알프레드에 반해 아셴바흐는 감각을 통해서는 정신에 도달할 수 없기 때문에 감각을 마비시킬 때만 지혜를 이야기할 수 있는 것이라고 주장한다. 알프레드는 예술이 지닌 악마적인 힘을 인정해야 한다고 말하고 아셴바흐는 더 이상 자신을 괴롭히지 말라고 한다. 예술은 모호한 것을 노래하는 것이며 음악이야말로 모든 예술 중에서 가장 모호하다는 친구의 말을 거부해온 아셴바흐는 소년의 아름다움과 젊음—그에게 이것은 다른 것이 아니라 하나다—을 탐하는 순간 천국과 지옥을 오가게 되었다. 모래시계의 마지막 모래가 아래쪽으로 떨어지는 순간 낯선 신을 향해 스스로 몸을 날린 이 노인은 디오니소스 축제에서 갈기갈기 사지가 찢어져 울부짖는 꿈에 시달리다가 두려움과 기쁨과 공포와 호기심 속에 최고의 노래를 부르며 생을 마친다. 구스타프 말러와 토마스 만, 루키노 비스콘티의 예술가적 자의식이 모두 여기에 녹아 있다.

물론 일반 여행자들에게도 치명적인 유혹이 일상적으로 일어나는 곳이 베네치아다. 파스타를 아주 좋아해서 이탈리아 중북부를 여행하는 내내 다

황혼 무렵의 운하를 통과하는 곤돌라.

양한 고장의 파스타를 맛본 바로는 볼로냐의 것과 베네치아의 것이 가장 잊지 못할 맛이었다. 볼로냐라면야 만두 같은 파스타 토르텔리니가 시작된 도시이기도 하고 자기 이름이 붙은 파스타도 있을뿐더러 워낙 풍성한 먹을거리의 도시로 이름이 나 있지만 베네치아는 좀 의외의 경우였다.

시로코 열풍이 부는 가운데 병색이 완연한 얼굴을 한 채로 "밭에서 갓 딴 신선한 딸기"를 아주 맛있게 먹던 아셴바흐의 모습이 떠오른다. 그러니 삶에 생기를 잃었다고 여기는 사람이라면 이 도시를 한 번쯤 탐할 만도 하다. 물론 주의를 요한다. 실제로 베네치아에서의 첫 식사는 상한 조개가 들어 있는 봉골레였으니까.

Athenae

그리스 삶의 진열장

아테네 플라카에서

신다그마, 혹은 신타그마 광장은 아테네 관광의 일번지라 할 만하다. 공항에서 버스를 타고 아테네 시내로 들어와 숙소로 가기 위해 대부분의 방문객들이 처음 발을 내딛는 곳이기도 하고, 조금 멀찍이 숙소를 잡은 경우라도 아크로폴리스로 오르기 위해서는 대부분 지하철 신타그마 역에 내려 산책을 시작하기 때문이다. 영자 표기로 Syntagma이니 그대로 읽으면 '신타그마'가 되지만, 그리스어에서 N과 T가 연이어 나올 땐 앞의 N 발음은 약해지고 T도 D에 가깝게 소리가 변하니 현지인들이 발음하는 것을 들으면 '신다그마'에 가까운 소리가 들릴 것이다.

신타그마 광장과 국회의사당.

그리스의 비운의 근현대사를 상징하는 그랑 브레타뉴 호텔.

그 광장에 있는 국회의사당 앞에서는 혼란스런 경제 상황에 대해 울분을 토로하는 시위가 끊이지 않는다. 모처럼 에게 해의 푸른 바다를 그리며 휴가 길에 오른 사람들에게 하필이면 최고의 고대 유적지와 최대의 시위 장소가 지척에 자리 잡고 있다는 것은 당혹스러운 일일 수도 있다. 그러나 '신타그마'라는 말 자체가 '헌법 또는 그것의 제정'이라는 뜻을 가진 만큼, 그리고 근대 그리스가 새로이 공표된 곳인 만큼, 오히려 현재의 그리스를 그대로 보고 느낄 수 있다고 생각하면 속이 좀 편해질지 모른다.

지하철 신타그마 역에서 가장 큰 중앙 출구로 나오면 국회의사당을 등지게 되고 그때 오른편에 등장하는 것이 유서 깊은 그랑 브레타뉴 호텔이다. 1866년 최고 중심가에 문을 열었다고 하니 아테네를 찾은 유명 인사들의 이름이 역대 숙박객 리스트에 열거되고 있는 것도 무리가 아니다. 최초의 근대올림픽 경기, 즉 1896년 제1회 올림픽 대회를 위한 조직위원회의 회의가 이곳에서 열렸고, 제2차 세계대전 중에는 그리스, 독일, 영국의 군대가 차례로 이곳을 사령부로 사용했다. 그러나 1944년 좌우익의 무력 충돌로 그만 건물의 대부분이 파괴되고 1957년에는 그나마 철거되기에 이르렀으니 비

운의 근현대사의 상징물과도 같은 이 호텔은 그 후 신고전주의 양식으로 재
탄생해 몇 번의 리노베이션을 거쳤다. 부활절이나 크리스마스 즈음 특별한
계절 장식을 해놓은 내부를 둘러보러 일부러 들르는 방문객들이 있을 정도
로 박물관 역할도 충실히 하는 호텔이다.

그리고 앞으로 쭉 뻗은 길 에르무Ermou 거리로 들어서면 본격적인 플라
카Plaka 탐험이 시작된다. 아크로폴리스의 높다란 성벽 아래 옹기종기 모여
앉은 집들과 미로처럼 그들을 구분 짓고 이어가는 골목들로 이루어진 플라
카는 아테네에서 가장 오래된 지구 중 하나다. 심심하지만 고소하고 바삭
바삭한 고리 모양의 참깨 빵 쿨루리는 대표적인 길거리 음식이다. 생각보다
든든해서 바쁜 아침 공복을 채우기에 그만이다. 굽자마자 바로 들고 나와
탑을 쌓아 진열하기가 무섭게 팔려나가기에 쿨루리 장수들인 쿨루라스들
의 자부심 또한 대단하다. 단순한 참깨 빵 하나로 그리스 전역이 고리로 연
결되는 것이라는 믿음이 분명 이들에게 있는 듯하다.

또 하나의 길거리 명물은 바로 복권 장수들. 목 좋은 곳에 보란 듯이 자리

대표적인 길거리 음식인 쿨루리를 파는 상인들.

쿨루리 장수 옆 복권 장수.

잡고 있기도 하지만, 식당이나 카페에 앉아 있으면 손에 복권표를 주렁주렁 달고 다니며 호객행위를 하는 이들의 모습을 심심찮게 볼 수 있다. 누가 살까 싶어 의심의 눈초리로 그들의 발걸음을 따라가보지만, 예상외로 어르신들이 열 장, 스무 장씩 연결되어 있는 종이 꾸러미를 통째로 구입하는 걸 여러 번 본 적이 있다.

사실 에르무 거리는 명동 중심가처럼 널따란 보도 양쪽으로 세계 어느 도시에서나 볼 수 있는 유명 브랜드 상점들이 늘어선 평범한 쇼핑거리다. 그러니 플라카를 제대로 즐기려면 길 잃을 각오를 하고서라도 옆길로 빠져들어야 한다. 좌우로 평행하게 나 있는 좁은 길들에는 예를 들면 옛날식 포목점들과 골동품 가게들이 즐비하다. 이른 아침, 아직 보도를 거니는 사람들의 그림자가 드물 때, 가끔 길을 치우는 빗자루 소리와 가게 문을 한둘씩 여는 부지런한 발걸음만이 오갈 때, 가장 번화한 쇼핑가를 빗겨나 뒷골목을 걷는 것은 도시 산책의 작은 기쁨이다.

아직 열리지 않은 오래된 가게의 창문을 유심히 들여다보다 때마침 가게

에르무 곁길의 골동품 상점.

문을 여는 주인이 어깨를 툭 치는 바람에 놀랐다. 잠깐 들어와보라 어쩌라는 대화로 이어지는 시간들. 그렇게 해서 알게 된 고운 할머니가 엘레니였다. 남편과 사별한 지 십 년이 넘었다는 그녀는 판매하는 엔티크들 사이사이에 화가였던 남편이 남기고 간 추상화풍의 유화들을 둘러 세워놓았다.

　전통 사회에 대한 신뢰도가 높은 노파들은 원래 남편과 사별하면 검은 천으로 된 옷 속에 자신을 가두어 죽음의 그림자와 함께 평생을 살아간다. 지역별로 일주일에 한 번씩 열리는 노천시장인 라이키에 가면 수많은 정조貞操의 여인들을 만날 수 있다. 스스로의 의지로 그림자의 삶을 선택한 게 아니라면 인권 침해라고 할 수도 있어 여성계에서 반발의 목소리를 내기도 한다. 그런데 내가 만난 엘레니는 그와는 반대로 늘 화사한 파스텔 계열의 옷과 그에 어울리는 장신구까지 갖추고서 오래된 물건들을 들이고 손질하는 일을 해나갔다. "남편과 나는 여행도 많이 다녔어요. 이탈리아며 스페인이며. 그래도 그이는 그리스를 사랑했어. 산도 바다도 더 거칠다는 거야. 자식들은 다들 외국에 나가 살지만 나는 그이의 그림들을 안고 이렇게 매일 대화를

영문 서적을 갖춘 컴펜디엄 서점과 니키스 거리의 골동품 상점 아모르고스.

나누는 거예요. 그러니 밝은 옷차림을 하지 않을 이유가 없지."

서점 체인으로 규모가 상당하기로는 폴리테이아Politeia, 엘레프테루다키스Eleftheroudakis 등이 있지만, 영문 서적으로 특화된 곳이나 작고 특색 있는 책방을 플라카 안에서 찾고 싶다면 컴펜디엄Compendium을 들러보아도 좋다. 고색창연한 건물들 속에 둘러싸여 있고 서점 자체도 오래된 건축물 안에 세 들어 있다보니 조금은 어수선한 듯, 덜 정리된 듯 자유분방한 모습이다. 사실 말이 좋아 '고색창연'이지 그 역사를 떠안고 있는 당사자들은 끊임없는 보수공사에 불편한 동선을 감수하면서 살아야 하는 세월이 이어져왔고 앞으로도 그럴 것이다. 헌책의 비율도 상당해서 여행자의 신분으로 부담없이 가벼운 책 한 권을 얻어가는 재미도 만만치 않다.

그러다 니키스Nikis 거리 허리 부분쯤에 오면 갑자기 경사가 급해지면서 언덕을 오르게 된다. 조금 전까지만 해도 사람들로 북적거리는 카페와 식당, 인테리어 소품점들로 화려하던 분위기는 간데없고 여느 주택가로 들어선 기분이다. 집 가꾸기에 유난히 관심이 많은 그리스 사람들에게 발코니의 최대 장식은 풍성한 화초다. 그러니 화분을 난간 아래쪽으로 늘어놓고 난간 위로도 걸쳐놓아 작은 숲을 이루는 초록의 향연은 지면에서 아지랑이를 피우며 이글거리고 올라오는 열기를 상쇄해주기도 한다. 한 골동품 가게에 들어가 신기한 물건들을 들여다보다가 그림자 인형극인 카라기오지스Karagkiozis 이야기도 주워듣는다. 철물을 두드려 신체의 일부를 형상화한 납작한 물건들이 있어 기괴한 느낌에 오싹해지는데, 아이가 태어나면 액운을 물리치길 기원하는 염원을 담아 부적처럼 매달아두던 것이라고 설명해준다. 모두 가격이 만만치 않은데다 기념품이랍시고 사오기에는 적절치 않은 아이템들이지만 둘러보며 그에 얽힌 이야기를 들을 수 있기에 조금 눈치를 보면서라도 몇 번이고 들르고 싶어지는 장소다.

선물 가게들이 즐비하고 관광객들이 바글거리는 올드타운이지만 평범하게 개를 산책시키고 접시를 닦고 베란다에 의자를 끌고 나와 아침 신문을 읽는 주민들이 있는 곳이라 정감이 있다. 짧고 좁은 골목마다 나름의 권리를 보장받고 살아가는 모습이다. 호텔이라고 붙어 있는 명패가 하나 보인다.

아도니스라는 이름의 호텔이 있는 골목.

아이들을 대상으로 다양한 미술활동을 체험하게 하는 어린이 미술 박물관.

아마도 가정집을 개조해서 만들었을 법한 이 저렴한 숙소는 아프로디테와 페르세포네를 꼼짝 못하게 만들었던 미소년의 대명사 아도니스^Adonis로부터 이름을 따왔다. 골동품 가게와 민가 사이에 보일 듯 말 듯 숨어 있는 아도니스 호텔은 몇 번이고 앞을 지나칠 때마다 그 이름에 어울릴 법한 무언가를 찾아 두리번거리게 된다. 어쩌면 주인이나 아들의 이름이 아도니스인지도 모를 일이다.

니키스 거리가 다 끝나갈 무렵 어디선가 새소리 같은 아이들의 재잘거림이 들려온다. '어린이 미술 박물관'이라는 명패가 보인다. 박물관이라고는 하지만 전시물을 감상하는 장소라기보다는 아이들을 대상으로 다양한 미술활동을 체험하게 하는 일종의 학교라 부르는 편이 더 어울릴 것이다. 박물관이라는 말에 발을 들여놓았다가 분위기를 눈치채고 멈칫하는 사이 직원의 친절한 안내를 받고 아이들의 수업을 얼떨결에 참관하게 되었다. 온몸에 물감을 묻히고 애벌레처럼 기어가는가 하면, 소리를 시각화하는 것의 기본을 배우는 아이들 틈에서 즐거운 시간을 보낸 후 다시 밟은 돌길. 지팡이에

도자기, 자수 장식, 그림자 인형극 등의 전시물을 볼 수 있는 민속 박물관.

몸의 균형을 의지한 채 천천히 갈 길을 가는 노인을 바라보며 이 좁은 골목
에 생로병사가 전부 녹아 있는 듯했다.

　민속 박물관이 있는 키다티나이온^{Kydathinaion}에 이르면 갑자기 거리가
소란스러워진다. 행인의 수가 급격히 많아지는 이유는 아크로폴리스 관람
을 마치고 플라카로 들어오려면 이 길이 제일 쉽게 눈에 띄기 때문이기도 하
고, 목이 좋으니 타베르나(선술집 분위기의 대중음식점)의 호객행위 또한 극성
을 부리기 때문이다. 그럴 때 아직 오후 2시가 되지 않았다면 다행이다. 하
얀 벽에 빨간 문이 달린 민속 박물관 안으로 숨어들 수 있기 때문이다.

　"어, 코스탄디! 재미가 어떤가?" 하늘색 외투 차림의 늙은 뱃사람 하나가 소
리쳤다. 코스탄디라고 불린 사람이 침을 뱉고는 말을 받았다. "그래, 어떨 것
같나? 아침 인사는 술집에 나와 하고, 저녁 인사는 하숙집에 가서 하지! 내
사는 게 이 모양이야. 일거리가 있어야지." 몇 사람이 웃었고 또 몇 사람은 고
개를 가로저으며 불경한 소리를 했다. "산다는 게 감옥이지." 카라기오즈 극

1 테오필로스 하지미할리, 〈앙드레 캄바 영지의 와인 축제〉, 1930.
2 테오필로스 하지미할리, 〈테오필로스와 그의 누이 이레네〉, 1904.

장에서 개똥철학 나부랭이를 주워들은 듯한 턱석부리가 말했다. "암, 그것도 종신형이고말고, 빌어먹을." 창백하고 푸르스름한 빛줄기가 카페의 지저분한 창문을 뚫고 손이며 콧잔등이며 이마를 비추었다.[1]

5층 건물의 1, 2층을 차지하고 있는 전시물은 그리스 본토와 에게 해 가섬으로부터 온 도자기, 자수 장식, 그리고 그림자 인형극이다. 『그리스인 조르바』 도입 부분에 끼어들어간 '개똥철학'을 지껄이는 그림자극 카라기오즈에 대한 자세한 설명을 들을 수 있다. 그리스 본토와 에게 해, 이오니아 해에 떠 있는 도서 지역의 특징들을 의식주와 지형, 역사적 사건 등을 기준으로 잘 정리해놓아 그리스 속의 다양한 삶의 양태를 학습하기에 좋다.

그림자극 재연과 더불어 가장 강렬했던 기억은 필리오 지역에서 가져와 전시했던 방랑화가 테오필로스 하지미할리Theofilos Chatzimichail의 벽화다. 테오필로스는 마치 오늘날 코스프레를 즐기는 사람들마냥 알렉산더 대왕 차림으로 살았고, 그리스적인 것을 찾아 민화풍의 벽화를 많이 남겼다. 1873년 에게 해의 섬 레스보스에서 태어난 그는 터키에 대항에 레지스탕스

활동을 하다가 펠리온 반도로 접어들었다. 그가 캔버스 대신 삼은 것은 벽, 도자기, 고기잡이배 혹은 짐마차의 옆면 등이었다. 우스꽝스러운 차림새 때문에 당시 주민들로부터 조롱거리가 되기도 했다고는 하나 지금도 볼로스나 아나카시아, 마크리니차의 곳곳에서 만날 수 있는 그의 그림에 대한 그리스인들의 애정은 각별하다. 저 기막힌 풍자화 덕분에 결국 어느 가을날 아테네 북쪽의 필리오 반도 산골마을을 찾아들어간 적도 있다.

언덕에서 평지로 내달리다가 다시 언덕으로 이어지는 좁은 골목이 주는 매력이란 이런 것이다. 짧은 시간 안에 많은 것을, 기왕이면 전체를 개괄하고 싶다는 방문객의 목마름을 결코 단번에 해갈하도록 놓아두지 않는 켜켜이 쌓인 시간의 흔적. 그리고 그 흔적마저도 드러내놓기보다는 꼭꼭 숨겨두고 싶은 듯한 지독한 비밀스러움. 그러니 지도를 손에 들고 일일이 표시하며 다닌다 해도 놓치는 것이 없을 수 없다. '무궁화 꽃이 피었습니다' 같은 놀이를 하는 동네 아이들을 따라가다보니 에게 해 키클라데스 섬 사람들이 그들의 고향을 그리며 흰 벽에 초록, 파랑으로 나무문을 칠해놓은 미니어처 같

플라카의 골목과 노천 카페.

은 마을을 만나기도 하고, 가파른 아크로폴리스 성벽 바로 밑에서 암벽을 타야 하는 위기에 봉착하기도 한다.

그리스 사람들의 야외활동에서 가장 많은 시간을 차지하는 것은 바다에 뛰어들어 물속에서 고개를 내밀고 둥둥 뜬 채로 지내는 것과, 도시생활에서라면 아무래도 카페 생활이 아닐까 한다. 파리의 카페가 우아하게 차려입고 신문 한 장, 책 한 권에 기대어 자신의 시간을 보내는 데 썩 어울리는 장소라면, 그리스의 카페는 항상 떠들썩한 편이다. 어르신들이 많이 모이는 동네 카페에는 약속이나 한 듯 장기판이 펼쳐지고 자연스레 언성이 높아진다. 젊은이들이 좋아하는 세련된 카페에도 혼자 책을 읽고 있는 사람은 좀처럼 보이지 않는다. 어울려 떠드는 것을 좋아하는 화끈한 사람들이다.

잠시 가던 길을 멈추고 아래 골목 이야기를 하자면 또 이렇다. 아폴로노스Apollonos 4번지, 플라카에서 해산물을 찾는다면 단연 이곳을 찾곤 했다. 아테네에 도착한 지 얼마 되지 않았을 때 골목길을 탐험하며 우연히 들른 곳인데 신선한 재료에 넉넉한 인심, 비교적 합리적이라고 생각되는 가격 때문에 계절마다 한 번씩은 생각나는 곳이다.

다양한 생선 종류가 적힌 메뉴를 보고 잘 모르겠다고 고개를 갸웃거리니 아예 주방으로 데리고 가서 어패류를 하나하나 보여주는 통에 기겁했던 기

아폴로노스 거리의 타베르나와 토마토를 곁들인 문어 구이.

억도 있다. 문어 구이와 도미 구이는 단골 메뉴. 테이블 간 거리가 좁은 것쯤은 오히려 그리스 타베르나의 특징이라 여기고 이웃과 사귀는 적극적인 기회로 삼아야 한다. 등을 맞대고 앉았다가 그리스 전통 술인 우조가 오가기도 하고, 난데없이 일어나 춤을 추는 옆 테이블의 기운에 엉겁결에 박자라도 맞추어야 하는 게 타베르나니까.

비잔틴 유적을 제대로 들여다보려면 펠로폰네소스 남단의 미스트라 Mystras나 에게 해 북쪽의 아토스 산으로 가는 것이 제일 좋지만 아테네 안에서도 비잔틴 문화의 흔적들을 만날 수 있다. 에르무 거리에서 모나스티라키로 곧장 가지 않고 왼편으로 비켜 나오면 커다란 교회와 마주치게 되는데 이 주교좌 교회에만 신경 쓴 나머지 오른편에 조그마하게 자리 잡고 있는 건물엔 눈길도 주지 않고 지나치는 사람이 대부분이다. 미크리 미트로폴리(작은 교회라는 뜻)라 불리는 이 파나기아 고르고에피쿠스Panagia Gorgoepikoos는 12세기의 건축물로 아테네가 작은 마을에 불과했을 당시, 마을의 규모에 맞게 앙증맞은 크기로 지어진 것이다. 펜텔리 대리석으로 정교하게 만들어

에르무 거리에서 만나는 파나기아 고르고에피쿠스 교회와 파나기아 카프니카레아 교회.

판드로수 거리 크래프트 센터에서 판매하는 독특한 디자인의 물건들과 2층 빈티지 찻집.

진 건물의 외형, 외벽을 장식하고 있는 정교한 프리즈와 장식 아치 등은 눈여겨볼 만하다. 이밖에도 에르무 거리 한가운데에서도 전형적인 비잔틴 양식의 교회를 만날 수 있다.

플라카에서 모나스티라키로 넘어가는 가교 역할을 하는 판드로수 Pandrosou 거리는 그야말로 시장통이다. 각종 기념품 가게들이 빼곡히 들어찬데다 호객행위가 말도 못해서 여간해서는 지나치고 싶지 않은 곳인데 그래도 이 거리를 용케 파고드는 이유는 한가운데 있는 크래프트 센터에 들르기 위해서다. 가격은 조금 비싸지만 공인예술가 그룹이 조합을 이루어 작품을 만들고 판매하는 까닭에 믿을 만한 품질에 독특한 디자인의 물건을 구입할 수 있고, 공방별로 전시가 잘 되어 있어 박물관에 들르는 셈치고 둘러보아도 좋다. 그리스어 수업을 마치면 아지트 삼아 숨어들던 2층 빈티지 찻집은 저렴한 가격에 그리스식 커피와 디저트, 간단한 식사를 즐기기에 손색이 없다. 예스런 나무 창틀을 그대로 간직한 창문 바깥 풍경 또한 백만 불짜리. 아래로는 좁은 골목, 눈높이에는 겹겹이 둘러친 붉은 지붕들, 그 위로는 우

타베르나 플라타노스. 두 남자의 대화가 궁금하다.

뚝 솟은 파르테논 신전이 있다.

로만 아고라에서 바람의 탑 뒤쪽으로 보일 듯 말 듯 조그마하게 난 골목 길 끝에는 타베르나 오 플라타노스O Platanos가 있다. 이름 앞에 붙은 O는 그리스어에서 관사이다. 누구에게도 익숙한 나무 플라타너스에서 이름을 따온 이 유서 깊은 타베르나의 주 종목은 뭉근한 불에 오래도록 끓인 스튜와 라데라Ladera라고 불리는 익힌 채소 요리다. 그리스식 요리의 기본인 호리아티키 살라타(그릭 샐러드)와 차지키(요거트 베이스 딥)도 훌륭하거니와 멜리차노 살라타(딥 형태의 가지 샐러드)와 삶아서 올리브유에 버무린 채소류 호르타는 어느 메인 요리에도 잘 어울린다. 네임데이(정교식 명명축일)를 기념해 가족 식사를 하는 사람들로 테이블은 늘 만원이고 나이 든 웨이터들은 손님들의 이름을 다 알고 있는 듯 스스럼없이 대한다.

고대 아고라 앞쪽 아드리아누Adrianou 거리 한쪽에는 여장부 멜리나 메르쿠리Melina Merkouri의 현수막이 크게 붙어 있고 주말이면 그 부근에서 행위예술가들의 행진이 이어진다. 칸 영화제 여우주연상에 빛나는 여배우, 쿠데

타로 정권을 잡은 군부에 저항한 재야 정치가, 망명기에도 정치활동과 더불어 여전히 배우생활에 충실했던 여인, 군사정권 붕괴 후 귀국해 문화부장관을 지낸 사람. 엄청난 프로필이 이어지는 대배우에 대한 그리스인들의 사랑은 대단한 것이어서 그녀의 이름을 딴 문화단체와 회관이 줄을 잇는다.

러시아 소설을 읽다보면 심하다 싶을 정도로 실내 인테리어며 조리도구, 음식에 대한 묘사가 세세하게 이어지는 경우가 있다. 그 광경 속에 발을 들여놓아본 적이 없는 상태에서는 지루하기만 했던 설명들은 일단 경험해보면 정황상 그렇게 착착 맞아떨어지는 설명이 아닐 수 없다고 무릎을 치게 된다. 처음으로 모스크바에서 셋집을 얻었을 때 부엌에 있는 조리도구들을 다 써도 좋다며 집주인인 나탈리아 예브게니에브나가 두 손으로 번쩍 들었다 놨던 냄비는 중간 크기의 편수 범랑 냄비였다. '스뵤클라(비트)' 끓이는 용이라며 애써 설명을 덧붙이던 모습은 이어 보르쉬며 각종 샐러드에 거의 빠지지 않는 재료가 삶은 스뵤클라라는 사실을 알게 되면서 바로 이해가 되었다. 그리스인들의 삶에서 빼놓을 수 없는 올리브유, 그림자극, 날 저문 후의 만찬, 이 모든 것을 플라카에서는 얼마간 맛볼 수 있다.

페타치즈를 판으로 얹은 그리스식 샐러드.

nikos
kazantzakis

어떤 자유

카잔차키스의 조르바, 그리고 그리스

고대 신화의 세계를 빠져나온 현대 그리스를 과감하게 형상화한 작가가 있다. 니코스 카잔차키스다. 아름다움으로 나아가기 위해 금욕의 틀에 자신을 가두는 것이 아니라 그 어느 것에도 얽매이지 않는 자유를 쟁취하는 것만이 인간다운 것이라는, 생의 긍정으로 가득 찬 인물 조르바는 카잔차키스의 생의 철학을 온몸으로 보여준 실존 인물이다. 『그리스인 조르바』가 드러내는 생의 긍정이 어떻게 가능한가는 고요하게 빛나는 에게 해, 메마른 돌산을 비웃듯 탐스럽게 열매 맺는 과실들로 가득한 그리스의 비탈진 마을들에 발을 들여놓고서야 비로소 이해할 수 있게 된다. 바꿔 말하면 조르바야말로 그리스적인 인물인 것이다.

영국을 여행하고 쓴 『영국 기행』 중 청교도에 대한 글에서 카잔차키스는 주일 예배를 마치고 교회를 빠져나오는 영국의 한 소도시 교인들의 표정이 마치 끔찍한 쇼라도 보고 나온 듯했다며 그 심각하게 굳어버린 표정의 연유를 지인에게 묻자 이런 대답을 들었다고 적는다.

태양의 나라 그리스에서 온 당신이 북부의 공포를 어떻게 이해하겠습니까? 당신들이 종교를 마음대로 바꾼다고 해도 여전히 하나의 신은 남는데, 그게 바로 태양의 신 아폴론이지요. 당신들은 물을 말리고 살을 썩히는 사나운 아프리카의 태양이 아니라, 시원한 물과 서늘한 그늘과 인간들을 사랑하

343

는 유쾌한 태양을 생각하지요. 하지만 우리의 사정은 다릅니다. (……) 우리의 하느님은 어둠과 비와 추위의 신입니다. 저 길고 긴 겨울밤이면 내 청교도 선조들은 한자리에 모여 앉아, 책등을 사슬로 조여 놓은 두툼한 성서를 낭독하곤 했지요. 둘러앉은 사람들이 하느님의 말씀에 대해 나름대로 설명을 덧붙이는 가운데 공포감은 끝없이 쌓여 갔지요. 선조들이 읽은 것은 그리스도의 말씀이 아니라 야훼의 말씀이었습니다. 결국 영국인들의 진정한 신은 야훼입니다.[1]

이오니아 해 자킨토스 섬의 난파선 해변.

카잔차키스의 다소 성급한 듯한 표현들도 발견되곤 하지만, 적어도 자연환경이 세계관에 미치는 지대한 영향을 부인할 필요는 없어 보인다. 5월에서 10월까지, 에게 해와 이오니아 해에 흩뿌려져 있는 눈부신 푸르름의 세계로 빠져드는 것은 외인에겐 커다란 유혹의 이름이겠으나 그리스인들에겐 그저 마당을 쓸고 개를 산책시키는 것과 같은 일상이다. 백사장에 부드러운 수건을 깔고 엎드려서 챙이 넓은 모자로 머리만 슬쩍 가리고 누웠다가 이따금 그 좋아하는 다디단 아이스커피 프라페를 홀짝이는 시간들 속에선 두려운 절대자의 모습도 인자한 구원자의 모습도 신기루처럼 사라져버리고 마는 것 아닌가. 그 와중에 혹 애써 땀 흘리며 아토스 산이나 메테오라 같은 돌산을 오르는 사람들이 있다면 비록 영국인들처럼 안개비로 옷을 입은 채 무시무시한 심판을 내리려는 야훼는 아니어도 경외감이란 무엇인지를 태양신의 나라에서도 경험하는 계기가 되기는 하겠다.

강렬한 태양 아래서 낮게 포복한 채 그 대지로부터의 열기를 용케도 식혀내는 미니어처 같은 집들이 모여 앉은 아테네만 해도 한 나라의 수도라고는 하지만 무척 고요한 도시다. 그런데 그러한 아테네 생활이 극도의 혼란 상태로 여겨질 만큼 하늘로 하늘로 홀연히 올라앉은 공중 도시가 있으니 바로 메테오라다.

어느 새해 벽두에 찾은 메테오라의 하늘은 묵직하게 내려앉아 있었다. 깎아지른 절벽 위에 지어진 수도원들이 있는 이곳에서 수도승들은 생각에 지혜를 더하고 의지에서는 힘을 덜어내려 애썼다. AD 985년 바나바라는 이름의 은둔자가 어느 한 동굴에 들어앉은 것이 이 샌드스톤 타워 역사의 시작이다. 14세기 중반 조그만 교회 하나가 지어졌고 이후 1382년 북녘의 아토스 산으로부터 내려온 아타나시우스 수사가 기괴하게 솟은 돌기둥들 중 하나에 거대한 수도원 '메갈로 메테오로'를 건립하면서 23개 수도원이 줄줄이 지어졌다. 19세기까지 이르는 동안 대부분의 수도원들이 허물어지고 폐쇄되어가던 중 1920년대에 그중 여섯 개의 수도원에 계단이 설치되었다. 도르래의 원리로 누군가 끌어당겨주어야만, 철저한 통제 아래 출입이 허용되던 메테오라의 수도원들은, 그래서 그 이름처럼 '공중에 매달려 있는' 곳이었던 셈인데, 이제는 예를 갖춘 누구에게나 열린 공간으로 변모할 채비를 갖추었다. 루사노, 발람 수도원 같은 곳의 이콘을 보다가 문득 블레이크의

〈욥을 치는 사탄〉이란 그림이 떠올랐는데, 김윤식 선생은 이에 대해 오래전에 다음과 같은 감상을 남겼다.

악마는, 당당한 체구에 아름다움의 화신으로 그려져 있지 않는가. 선이라든가 악이라는 이항대립의 근거 없음을 그는 저도 모르게 강렬하게 드러낸 것이 아니었을까. (……) 흡사 그것은 단테의 '신곡'을 읽는 기분이라 할 것이다. 거기에는 천당도 지옥도 있는 것이 아니며, 그들이 함께 섞여 있는 것도 아니다. 화려한 지옥이 펼쳐져 있는 것처럼 내게는 느껴졌다. 천신이 아담을 창조하는 과정에서부터, 인간의 타락과, 그것을 딛고 일어서는 인간 자체의 기괴하고도 힘찬 사업들은 결국 악마적인 현상이 아니었을까.[2]

이것이야말로 조르바가 입버릇처럼 외치던 "하느님과 악마는 다르지 않다"는 말에 부합하는 것 아닐까? 카잔차키스는 젊은 날 아토스 산에 오른 적이 있었다. 그는 육체를 정복하기 원했고 무구의 영혼을 쟁취하고자 투쟁했다. "최후의 적, 희망과 더불어 추락하라. 그리고 아무 보상 없이 깊은 어둠 속에서 나를 태워술 신의 불꽃과 더불어 높이 솟아오르라!"[3] 은둔자적인 삶으로는 구원에 이를 수 없다고 느낀 그는 다시 세상 밖으로 나온다. 그의 이러한 경험은 시나이 반도를 여행하면서 적은 메모에서 일종의 반골 기질로 드러나기도 한다. 탕자의 비유를 낭독하는 수도승의 목소리를 듣다가 든 생각을 기록한 것이다.

지친 탕자가 패배감과 절망감에 젖어 아버지의 집으로 돌아왔다. 그날 밤 잠을 자려고 푹신한 침대에 몸을 뻗고 누웠을 때 방문이 조용히 열리더니 그의 남동생이 들어왔다. (……) "나는 비록 이런 꼴이 되었지만 너는 꼭 성공하여라. 이렇게 하는 거다. 나는 비록 패배했지만 너는 강한 마음을 잃지 마라.

메테오라 성니콜라스 아나파프사스 수도원.

나처럼 스스로를 망신시키지 말라고. 다신 이 집으로 돌아오지 마!"(……)
나는 이렇게 루시퍼처럼, 신부들과 나란히 앉아 미소 띤 얼굴로 그 비유를 들
으며 마음속으로는 내 식대로 줄거리를 바꾸어 놓고 있었다.[4]

그러고는 신에 대해 최후까지도 당당히 맞설 수 있는 인간의 대변자로 그
는 다시 한 번 조르바를 소환한다.

> 만약 나에게 아들이 둘 있는데, 하나는 예의 바르고 가정적이고 검약하고
> 정의롭고 하느님을 두려워하고, 다른 하나는 건들거리고 사악하며 여자 꽁무
> 니나 뒤쫓고 도망자 신세라고 한다면—나는 분명 그 둘 다 내 식탁에 앉힐 것
> 이오. 하지만 내 마음이 둘째 쪽으로 더 기울지 않는다고는 장담하지 못하겠
> 소. 물론 그 아이가 나하고 닮았기 때문일지도 모르지. 그러나 감히 누가 나
> 더러, 밤낮으로 경의를 표하면서 푼돈이나 끌어모으는 우리의 사제에 비해
> 신과 덜 닮았다고 말할 수 있겠소?[5]

그러나 동방 성교의 나라 그리스에는 직장을 오가며 수시로 늘려 성호를
그으며 짧은 기도를 드리는 신도들이 여전히 수도 없이 많다. 살림살이가 넉
넉지 못한 사람일수록 빵을 달라는 기도 소리로 가득할 법하지만 그들이 일
종의 노래처럼 읽어 내려가는 기도문은 참으로 놀랍기만 하다. 느끼지 못하
는 죄에 대한 회개, 불화의 종식, 마음의 평화를 갈구하기까지 그들은 얼마
나 많은 죽음의 현장을 목격해온 것일까. 경외감은 두려움에 바탕을 둔 것
이고 두려움의 궁극이 죽음 아니던가. 카잔차키스 자신도 그리스 민중의 순
박한 종교심을 모르지 않았다. 때문에 종교화된 민중이 일상에서 드러내는
노골적인 속물적 근성까지도 애정 어린 풍자로 엮어내는 것이다. 그러나 그
가 마주친 조르바는 그들과는 다른 인간형이었다.

카잔차키스의 피부에 내려앉은 크레타적 기질이란 에게 해의 한 섬 크레타의 지역적 특성에 한정되지 않는다. 그는 차라리 자신이 아랍계 혈통이었으면 좋겠다고까지 말한다.

대 메테오라 예수 변용 수도원.

내 조상들은 모두 크레타 섬 어느 마을의 야만인 집안에서 태어났다. 그 옛날 아랍인들의 손아귀에서 크레타를 해방시킨 니키포로스 포카스가 이교도 사라센인들을 몇몇 마을에 강제로 집어넣었고 이 마을들은 '바바로이'로 불리게 되었다. 그러므로 나는 내 피가 순수한 그리스인이 아니라 베두인의 후손이라고 상상하고 싶다. 먼 옛날, 초승달과 예언자 무함마드의 녹색 기를 따르던 나이 많은 선조가 아라비아 함대에 뛰어들었다. 함대는 젖과 꿀이 흐르는 섬 크레타를 정복하고자 스페인에서 출발했다. 섬에 내린 그는 자신의 전함을 모래사장으로 끌어올려 불태워 버렸다. 퇴각할 수 있다는 희망을 잘라 버림으로써 필사적인 각오를 방패 삼아 싸우기 위함이었다. 자기 속의 절망적인 능력들이 승리하게끔 만든 것이다![6]

그는 기독교적인 것과 그리스적인 것이 마음속에서 불꽃처럼 일어나 신비한 합일을 이룬다고 말한다. 순간이 영원에 희생당하지 않고, 순간에 현혹되어 영원을 지나치지도 않는다고 말한다. 그렇다면 그가 모든 의지를 불태워 응답하고자 한 그 시대의 진실이란 무엇이었을까? 제1차 세계대전 이후 모든 민족들이 부글부글 끓고 있다고, 옛 사상들을 휩쓸어버릴 광풍이 불어오고 있다고 외치던 카잔차키스는 노동자들이 세계의 전복을 꿈꾸고 있는 러시아를 바라보고 있었다. 타고난 모험가인 카잔차키스는 러시아 여행 중 친구에게 이렇게 말한다.

때때로 불의와 굶주림이 굳어져 가는 사회 질서를 파괴한다네. 그것이 새로운 욕구와 미움, 희망들을 야기하거든. 그것들은 피를 일깨우고 새로운 전망을 창조하지. 그러면 억압받는 자들이 새로운 신화에 사로잡혀서 나서게 되고, 억압하는 자들을 전복시키기 위해 투쟁하게 되는 거야. 행복과 정의를 가져올 수 있다고 진지하게, 또 순진하게 믿으면서 말이야. 그리고 바로 이때가 인간들에게는 최고의 순간들이네. 물밀듯 쇄도하는 순간들. 인류는 더 이상 노예 상태의 늪에서 침체되지 않지.[7]

그리스에서 생활하다보면 조르바의 왕성한 식욕을 눈으로 확인할 기회가 얼마든지 있다. 가족 단위로 모여서 밤새 떠들썩한 파티를 즐기기는 러시아인이나 그리스인이나 둘째가라면 서러울 정도다. 막 새해가 시작된 이 메테오라 발치의 마을 칼람바카도 마찬가지다. 연휴의 오후에는 취기가 채 가시지 않은 사람들이 적당히 풀린 눈으로 나른한 쉼을 즐긴다. 그런데 뉘엿뉘엿 해가 저물고 원색 조명이 명절 분위기를 제대로 내는 그런 밤이 되면 요란한 세속의 삶은 다시 시작된다. 길에서 오가는 사람을 몇 명 못 본 것이 분명한데 칼람바카의 어느 평범한 타베르나 안은 어느새 차디찬 우조가 얼음같이 투명하고 자그마한 잔에 담겨 쉴 새 없이 기울여지는 것이다. 금욕이 아이콘이 된 마을이건만 수행마저도 저 돌기둥 위의 사람들에게 몽땅 몰아 위임해버린 이 땅의 사람들, 혹은 거룩함의 옷 끝자락이라도 만지고자 돌 틈에 기어든 여행자들은 고단한 삶을 두툼한 고깃살과 짜릿한 독주로 대담하게 즐기고 있다.

별이 총총 떠 있는 숯 같은 밤길을 발까지 헛디뎌가며 겨우 숙소로 올라오니 주인장이 옥외에 따로 설치되어 있는 페치카에서 얼굴이 벌개져서 고기를 굽고 있다. 방금 도착한 여행자들이 혈기 왕성한 젊은이들인데 밖으로 밥 먹으러 나가기도 애매한 시각이라며 고기를 구워달라고 청했다는 것이다. 그때 양념에 재워놓은 날고기의 양이란 사람 수의 서너 배는 족히 되어 보였다. 자정이 넘자, 벽난로 주변엔 주인장 가족에 그들의 친구까지 더해져 잔치가 한판 벌어졌다. 어디나 동물의 살을 먹는 모습이 넘쳐나니 소화불량에 걸릴 지경이었다. 축제의 현장에서 투덜거리는 내 꼴이라니. 조르바를 경이에 찬 눈으로 바라보는 소심한 화자조차도 과부가 보낸 오렌지 꽃물을 받아 들고 그토록 황홀해하지 않았던가!

나는 행복했고, 그 사실을 알고 있었다. 행복을 체험하면서 그것을 의식하기란 쉽지 않다. 행복한 순간이 과거로 지나가고, 그것을 되돌아보면서 우리는 갑자기(이따금 놀라면서) 그 순간이 얼마나 행복했던가를 깨닫는 것이다. 그러나 그 크레타 해안에서 나는 행복을 경험하면서, 내가 행복하다는 걸 실감하고 있었다.[8]

조르바는 미처 말로 설명할 수 없는 감정들을 춤으로 표현한다. 그 표현이 어찌나 격렬한지 화자는 "그의 늙은 육신이 그 난폭한 폭력을 견디지 못하고 공중에서 수천 조각으로 찢어져 바람에 사방으로 날릴 것만 같다"고 말한다. 조르바는 순간을 최대치로 사는 것이다. 그는 순간순간 놀란다. 별 똥별이 떨어지는 것에 놀라고 사면을 굴러가는 돌멩이를 보고 놀란다. 그를 본 화자 카잔차키스는 순간순간이 영원과 다르지 않음을 재차 확인한다. 오 렌지 향기가 진동하고, 레몬 꽃이 바람에 날리는 거리에 설 때마다 조르바 와 같은 낯선 설렘이 다가오지 않을 리 없었다. 흐드러지게 피어 내리는 부 겐빌리아의 핏빛 풍성함 앞에서 생명력이 무엇인지 구태여 설명할 필요가 없는 것이다. 새초롬한 이파리에서 탐스럽게 열리는 올리브 열매가 장식하 는 일상은 또 어떤가. 카잔차키스의 감탄사 속에서 인간 조르바는 후광을 더해간다.

그는 공중으로 뛰어올랐다. 팔다리에 날개가 달린 것 같았다. 바다와 하늘 을 등지고 날아오르자 그는 흡사 반란을 일으킨 대천사 같았다. 그는 하늘에 다 대고 이렇게 외치는 것 같았다. "전능하신 하느님, 당신이 날 어쩔 수 있다 는 것이오? 죽이기밖에 더 하겠소? 그래요, 죽여요. 상관 않을 테니까. 나는 분풀이도 실컷 했고 하고 싶은 말도 실컷 했고 춤 출 시간도 있으니…… 더 이 상 당신은 필요 없어요!"
조르바의 춤을 바라보며 나는 처음으로 무게를 극복하려는 인간의 처절 한 노력을 이해했다. 나는 조르바의 인내와 그 날램, 긍지에 찬 모습에 감탄했 다. 그의 기민하고 맹렬한 스텝은 모래 위에다 인간의 신들린 역사를 기록하 고 있었다.[9]

내친 김에 메테오라뿐 아니라 본토 구석구석을 내달렸다. 그리스 북서부 의 에피루스 지역은 첩첩산중 깊은 계곡을 따라 흐르는 물이 큰 자랑거리 다. 물 좋은 곳에 먹을거리도 넘쳐나고 생의 순간을 살뜰하게 즐기는 이들 또한 많다. 자고리Zagori, 비코스Vikos 같은 생수 브랜드가 이곳 출신이니 청정 지역 인증마크가 따로 필요 없다. 투명한 공기, 아치를 이루며 우아하게 하늘로 봉긋 솟아오른 야리야리한 생김새의 돌다리, 오래된 저택과 아름다운 교회, 여기에 무성한 초목이 더해진다. 요거트와 치즈, 송아지 고기와 수제 소시지, 크림과 꿀로 맛을 낸 달콤한 디저트, 팜보티스 호수에서 건져 올린 잉어와 송어 등이 에피루스의 식탁을 책임진다. 빗장을 걸어 잠근 시크릿 가든의 정적으로부터 조용히 걸어 나와 지팡이에 의지해 동네에 마실 나온 늙은 목동은 고령에도 굽지 않은 꼿꼿한 허리와 깊은 주름으로, 삶의 지혜가 더해진 이마로, 자고리 산중과 자신의 삶을 드러낸다.

에피루스 지역 비코스 계곡과 모노덴드리의 싱그러운 초목.

올림푸스 산의 신들이 내려와 목욕을 하고, 반인반마의 현자 켄타우로스가 걸출한 영웅들을 길러냈다는 필리오Pelion에서도 인생 예찬은 계속된다. 필리오 반도로 들어가는 초입에는 주도州都 볼로스Volos가 있다. 그리스 신화에서 이아손이 아르고선을 타고 황금 양털을 찾아 항해를 시작한 이올코스Iolkos는 오늘날 이 볼로스 인근으로 해석되고 있다. 숙소로 삼은 비지차

1 필리오 반도의 마크리니차. 2 비지차 맨션.
3 밀리에스 산악열차. 4 켄타우로스라는 이름의 식당 표지판.

의 중앙 광장에서 언덕으로 이어지는 길을 따라 걷다가 자신들의 성씨를 내
건 식당에 들어갔다. 한두 시간 전에 마을 저쪽에서 뵈었던 동네 어른들이
가게 앞에 내놓은 나무 식탁에 기대어 장기를 두면서 우조 잔을 기울인다.
렌틸콩 퓨레인 파바Fava, 토마토소스와 허브로 간을 한 병아리콩 요리인 레
비티아Revithia, 노랗고 기다란 파솔라키아Fasolakia, 크기가 무척 큰 기간테
스Gigandes 등 그리스인들의 콩 요리 리스트는 끝이 없다.

　그렇다면 황량한 벌판과 폐허가 되어버린 유적지에서는 어떤 그리스적
서정이 드러난다고 볼 것인가?

　　폐허가 된 소도시가 내 눈에 들어왔을 때 나는 그만 주문에 걸린 듯이 그
　　자리에 얼어붙고 말았다. 정오 가까이 되었을까. 햇빛이 쏟아져 빛으로 바위
　　를 씻어 내고 있었다. 폐허가 된 도시에서 정오는 위험한 시각이다. 정오의 대
　　기는 망령의 함성과 소란으로 가득했기 때문이었다. 나뭇가지가 부러져도,

도마뱀이 달려 나가도, 지나는 길 위로 구름이 그림자를 던져도 깜짝깜짝 놀랐다. 밟는 땅마다 무덤이요, 듣는 소리마다 사자死者의 비명이었다.

천천히 내 눈은 밝은 빛에 길들었다. 나는 폐허 속에서 인간의 손이 지나간 흔적을 볼 수 있었다.[10]

인간 의지에 대한 결의에 찬 확신 같은 것을 가질 수 없는 나 같은 사람조차 카잔차키스의 저 흔적을 더듬는 묘사에는 금세 무장 해제 상태가 된다. 피할 곳이라고는 아예 없는 한낮의 폐허에서 맞이하는 정적, 그 속에서 망자를 불러일으키고 정신의 높이에 가닿는 것이야말로 진정 그리스적이지 않은가.

하루는 저 미노안 시대부터 방어기지로 사용되어왔다는 모넴바시아•에 가보았다. 비잔틴 유적들과 베네치아 공국 지배 시기의 성벽, 터키 지배 시기의 모스크 등으로 시간의 무상함을 느끼기에 충분했다. 여전히 많은 부분이 폐허로 남아 있는 윗마을과 달리 아랫마을은 복원사업이 빠르게 진행되고 있다. 상업지구로 번성한 아랫마을과 달리 훨씬 이전 시기부터 형성되기 시작한 윗마을은 높은 신분 계층의 사람들이 모여 사는 행정의 중심지였다. 복구 노력이 계속되고 관광객을 불러 모으면서 자연히 돌길을 따라 카페와 레스토랑, 갤러리가 형형색색 들어차 있지만, 복잡한 주요 행로를 벗어나 두세 코너만 돌면 이내 한적한 시골길에 들어서게 되고 그 적막함 속에서 우리는 빛나는 바다의 수면에 비로소 집중하게 된다.

윗마을로 오르기는 그리 수월하지 않았다. 길이 지그재그로 나 있어 한참 올라왔다 싶어도 정작 올라온 높이는 얼마 되지 않았던 것이다. 아이들은 덤불 위로 벌렁 드러눕기도 하고, 돌길 위를 신나게 내달리다 벌레 한 마

• 펠로폰네소스 반도 남동부 라코니아 주의 도시. 비잔틴 제국, 베네치아 공국, 오스만튀르크의 지배를 차례로 받았다. 중세 유적이 보존된 역사 도시다.

베네치아 공국 지배 시기의 성벽, 터키 지배 시기의 모스크 등을 볼 수 있는 모넴바시아.

리를 따라 나무그늘 아래 숨기도 했다. 그 장면들이 낯설고도 놀라웠다. 요새 꼭대기에 위치한 아기야 소피아Ayia Sophia 성당에 도착하기까지는 뜨거운 태양을 피할 길이 없다. 땀을 뻘뻘 흘리며 올라가면 만나게 되는 허망한 풍경—돌무더기와 건물터, 칠이 벗겨진 낡은 교회—에 상심할 필요는 없었다. 올라온 길을 돌아 내려다보면 어디선가 들려오는 새소리, 시원한 바람 한 자락, 눈부신 바다색으로 충만한 평화가 깃들 것이기 때문에. 흔적을 더듬고, 폐허를 통해 시간을 읽어내고, 고요와 무위 속에 상상력을 길러내는 것, 그리스에서 연습하게 되는 것들이다.

펠로폰네소스 반도 남단, 세 개의 손가락처럼 생긴 지형 중 가운데 부분에 해당하는 마니Mani에서의 일이다. 아레오폴리Areopoli에 다다른 것은 이른 봄이었다. 아레오폴리란 아레스의 도시란 뜻으로 아레스는 전쟁의 신이다. 15세기 비잔틴 제국 멸망 후, 그 잔존 세력이 피난해 뿌리내린 곳이 이 마니 지역이며 이곳에 사는 이들을 마니오트Maniot라고 부른다. 척박한 땅에서 마니오트들이 살아남기란 쉽지 않았다. 이들은 독립심이 강하고 싸움에

능했다. 그들의 저항적 전통은 튀르크에 맞서 독립전쟁을 선포하고 숱한 게 릴라전을 치를 수 있게 했던 것이다. 조르바가 불가리아에서 산적 떼 노릇을 했다고 말하는 것도 저러한 게릴라적 성격과 무관하지 않다. 무엇보다 카잔 차키스가 실존 인물 조르바와 탄광 사업을 했다가 몽땅 말아먹은 장소가 바로 이 마니 지역이다.

우리는 날 밝을 때 반도 남단 끝까지 다녀오기로 하고 크레타 사람들이 건설했다는 바티아Vatheia로 향했다. 최남단 테나로 곶이 훤하게 내려다보이 는 곳에 꼿꼿하게 솟은 탑 형태의 건물들이 가득한 무인 도시. 그 폐허와 같 은 적막감 속에서 마니 사람들의 질긴 생명력이 바람 소리를 타고 온몸으로 스며드는 것만 같았다.

마니 지역의 탑 마을 바티아.

여행 시기가 봄이라는 것은 우리에게 큰 행운이었다. 예기치 않은 곳에서 그 질긴 생명력이 부활하는 현장을 목격할 수 있었다. 돌 틈에서 여린 꽃대 를 디밀고 나와 세상을 향해 손짓하는 들꽃은 아무도 보아주는 이 없는 이

척박한 땅에 피어오르는 봄의 들꽃.

무인 도시에서 방문객을 맞는 유일한 생명체였다. 도시는 복구 작업이 한창인 듯했다. 메마르고 버려진 땅에 움트는 그토록 화려한 빛깔의 들꽃을 일찍이 경험하지 못했다. 다시 아레오폴리 시내로 들어오니 독립기념일 행사가 한창이다. 그리스 독립에 특별한 역할을 해온 지역민으로서 이들이 가지는 자부심이란 대단한 것이다. 중앙광장 카페에 앉아 커피를 마시며 장기 훈수를 두던 노인이 페트로베이 마브로미할리스●의 동상을 가리키며 자꾸만 사진을 찍으라고 한다. 마니오트의 불같은 성정과 자유를 향한 의지에 감탄한 이들이 적지 않다. 타고난 모험가였던 영국인 패트릭 리 퍼머는 펠로폰네소스 남부 여행기에서 "산악지대 도처에 흩어진 마니의 작은 부락들이 불화하

● 그리스 독립전쟁에서 마니 지역을 중심으로 한 게릴라전을 이끈 영웅. 터키인들이 이 같은 게릴라 전사들을 산적이라 불렀기에 마니 산적 떼의 두목이라 불리기도 한다. 척박한 환경 탓에 마니 사람들이 생계형 도적질을 벌인 것도 사실이긴 하다. 타이게토스 산맥이라는 험준한 지형적 특성 때문에 멸망한 스파르타와 비잔틴의 최후 수도였던 미스트라의 귀족들이 마니 지역으로 숨어들었다고 한다. 튀르크에 의해 정복당한 크레타의 저항 세력 또한 이곳으로 숨어들었다 하니 마니는 명실상부 자유를 쟁취하기 위한 거점이라 할 만했다. 이 마니오트들의 활동은 비잔틴 제국의 회복이라는 목표를 가졌던 이 지역 전통과 맥을 같이한다.

아레오폴리의 마브로미할리스 동상. 독립기념일 행사가 한창이다.

는 수십 개의 말벌 둥지처럼 끊임없이 서로 반목했고 튀르크군의 침략만이 그 불화를 잠재울 수 있었다"[11]면서 심지어 평원 지대로 내려가 세속적인 안락함 속에 젖어 사는 이들을 변절자로 여겼다고 말하고 있다. 같은 골목에 있는 두 교회에선 각각 장례식과 결혼식이 진행되고 있었다. 골목에는 갓 수확한 오렌지와 레몬이 상자에 그득 담겨 싱그러운 향기가 코끝을 간질이고 두 교회에서 몰려나온 사람들은 울다가 웃다가 통닭구이를 먹다가 과실로 목을 축이고는 흩어져 갔다. 해가 저물어가도 서두르는 사람 하나 없었다.

소설에서 금욕적인 문자를 대표하는 화자는 자유로운 육체인 조르바를 부러워하나 그 자신은 선뜻 조르바의 길을 따라나서지 못한다. 금욕을 통해 해탈을 찾았던 붓다라는 스승과 회의하는 인간이 그의 중심에 자리 잡고 있었다. 조르바는 대지의 명령에 충실하고 죄의식을 느끼지 않는다. 그에게 인간은 무엇보다 짐승이다. 살과 피로 싸운 인간 조르바를 카잔차키스는 자유인의 전형으로서 주조해냈다. 나사렛 예수 당시 유대교가 가식과 위선의 종교였듯 오늘날의 기독교가 그러하다면 조르바는 그에 맞서 싸운다.

조르바는 자신의 유언에서 "나는 무슨 짓을 했건 후회는 없다"라고 대담하게 말한다. 그는 "침대에서 일어나 시트를 걷어붙이며 일어서 창틀을 거머쥐고 먼 산을 바라보다 눈을 크게 뜨고 웃다가 말처럼 울다가"[12] 죽음을 맞이한다. 유일하게 아쉬운 것은 못다 한 일들이 너무나 많다는 그 사실 하나뿐이라면서. 나는 이토록 삶을 뜨겁게 사랑하는 인간을 본 적이 없다. 그래서 동시에 조르바라는 인물은 인간의 유한성을 새삼 일깨운다. 그의 자유가 서글픈 이유다.

자유를 향해 거침없는 행보를 보이는 조르바의 모습은 크레타 섬 이라클리온 베네치아인들의 성터 높은 언덕배기에 그저 돌무더기 하나로 남은 카잔차키스의 무덤에서도 찾아볼 수 있다. 영국, 프랑스, 독일, 이탈리아, 러시아, 중국, 일본, 이집트 등을 제집 드나들 듯 누비며 해당 사회에 대한 통찰을 글로 전했을 뿐 아니라, 인간의 고통에 가장 따뜻하게, 가장 가까이 다가가 있는 사람을 존경했다는 그의 무덤에는 정작 간소한 나무 십자가 하나가 서 있을 뿐이다.

크레타 사람이지만, 그 크레타를 통해 그리스 전체의 저항 정신을 눈으로 보게 만든 이 사람, 신성모독죄로 그리스 정교로부터 내침을 당해 시신조차 아테네로부터 거부당하고 무덤에 정교 십자가도 세울 수 없었다는 이 사람의 흔적을 앞에 두고 드는 생각은 단 한 가지. 삶에 대한 기쁨을, 인간에 대한 연민을 이 사람처럼 열렬히 느끼고 표현한 적이 있었던가. 의지적 행동의 부메랑을 이토록 살갗 깊숙이 파인 상처로 다 받아낸 사람을 본 적이 있었던가. 나무 십자가는 그토록 찬란했던 이생 너머에 대해서는 침묵한 채 그렇게 서 있을 뿐이었다.

크레타 섬 이라클리온에 있는 카잔차키스의 묘.

러시아인 푸시킨

1 Пушкин А. С. Полн. собр. соч. в 16-ти тт. М.-Л., 1937~1959, т. 3(1), с. 63.
2 Пушкин А. С. Собрание сочинений в 10 томах. М.: ГИХЛ, 1959~1962, т. 2, с. 7.
3 푸시킨 지음, 최선 옮김, 『벨킨 이야기·스페이드 여왕』, 민음사, 2002, 121쪽.
4 Пушкин А. С. Собрание сочинений в 10 томах. М.: ГИХЛ, 1959~1962, т.2, с. 89.
5 푸시킨 지음, 최선 옮김, 『벨킨 이야기·스페이드 여왕』, 민음사, 2002, 20쪽.
6 Пушкин А. С. Собрание сочинений в 10 томах. М.: ГИХЛ, 1959~1962, т. 1, с. 80.

신산한 일생과 말년의 안식

1 안나 그리고리예브나 도스토옙스카야 지음, 최호정 옮김, 『도스또예프스끼와 함께한 나날들』, 그린비,
   2003, 35쪽.
2 도스토옙스키 지음, 이철 옮김, 『악령(상)』, 범우사, 1988, 150~151쪽.
3 도스토옙스키 지음, 이대우 옮김, 『까라마조프 씨네 형제들(상)』, 열린책들, 2000, 98쪽.
4 도스토옙스키 지음, 이상룡 옮김, 『미성년(하)』, 열린책들, 2000, 810쪽.
5 도스토옙스키 지음, 이대우 옮김, 『까라마조프 씨네 형제들(상)』, 열린책들, 2000, 197~198쪽.
6 도스토옙스키 지음, 석영중 옮김, 『분신, 가난한 사람들』, 열린책들, 2000, 151~152쪽.
7 도스토옙스키 지음, 홍대화 옮김, 『죄와 벌』, 열린책들, 2000, 12~13쪽.

열병을 지나 다다른 곳

1 레오니드 치프킨 지음, 이장욱 옮김, 『바덴바덴에서의 여름』, 민음사, 2006, 102쪽.
2 위의 책, 157쪽.
3 위의 책, 150쪽.
4 안드레이 타르콥스키 지음, 김창우 옮김, 『타르코프스키의 순교일기』, 두레, 1997, 75쪽.
5 Достоевский Ф. М. Полн. собр. соч. в 30-и тт. Л., 1972~1990, т.5, с.219.
6 Там же, с.225.
7 Там же, с.317.
8 레오니드 치프킨 지음, 이장욱 옮김, 『바덴바덴에서의 여름』, 민음사, 2006, 102쪽.
9 안나 그리고리예브나 도스토옙스카야 지음, 최호정 옮김, 『도스또예프스끼와 함께한 나날들』, 그린비,
   2003, 283쪽.
10 위의 책, 284쪽.
11 Достоевский Ф.М. Полн. собр. соч. в 30-и тт. Л., 1972-1990, т.29(1), с.199.

깨어 있는 불안한 양심이 갈망한 것은

1 Толстой Л. Н. Собр. соч. в 22-х тт., М., 1978~1985, т.3, с.161.
2 Толстой Л. Н. Собр. соч. в 22-х тт., М., 1978~1985, т.15, с.211.
3 Толстой Л. Н. и Веригин П.В. Переписка. СПб., 1995, с.25~45.
4 Толстой Л. Н. Собр. соч. в 22-х тт., М., 1978~1985, т.12, с.131.
5 Там же, с.189.
6 Там же, с.179.
7 안드레이 타르콥스키 지음, 김창우 옮김, 『봉인된 시간』, 분도출판사, 1991, 266쪽.
8 Франк С. Л. Русское мировоззрение. СПб., 1996, с.450.

9   Толстой Л. Н. и Веригин П.В. Переписка. СПб., 1995, с.7.

10   콘스탄틴 모출스키 지음, 김현택 옮김, 「도스토예프스키 2: 영혼의 심연을 파헤친 잔인한 천재」, 책세상, 2000, 734쪽.

11   Иванов Вяч. "Лев Толстой и культура," Родное и вселенское. М.: Республика, 1994, с.273.

12   Толстой Л. Н. Собр. соч. в 22-х тт., М., 1978~1985, т.12, с.107.

망자들의 숲

1   Есенин С. А. Стихотворения. Поэмы. М., 1973, с.35.

2   보리스 파스테르나크 지음, 안정효 옮김, 「어느 시인의 죽음」, 까치글방, 2011, 13쪽.

3   Мемориальная квартира Святослава Рихтера. Путеводитель составлен Кренкелей Л.Е. М., 2004, с.28.

4   황현산 지음, 「밤이 선생이다」, 난다, 2013, 262쪽.

리얼리즘의 대가를 넘어 자조自助의 사상가로

1   Чурак С. Г. Илья Репин. Альбом. ГТГ. М., 2000, с.11.

2   Там же, с.25.

소비에트와 불화하다

1   Ахматова А. А. Стихотворения. Поэмы. М., 2014, с.664.

2   Гумилёв Н. С. Полн. собр. соч. в 10 тт. М., 2001, т.2, с.145.

3   Ахматова А. А. в фонтанном доме. Путеводитель составлен Артемовой Л.З. СПб., 2003, с.5.

4   Там же, с.9.

5   Ахматова А. А. Стихотворения. Поэмы. М., 2014, с.361.

6   Там же, с.664.

7   Александр Блок. Эхо. Стихотворения 1898~1908гг. М., 1995, с.122.

잃어지지 않는 고향

1   Марк Шагал. Моя жизнь. Перевод с французского Мавлевичом Н. СПб., 2013, с.71.

2   Там же, с.88.

3   Там же, с.120.

4   Шагал. Мастера живописи. Перевод с Итальянсклого Сабашниковой. М., 1998, с.36.

5   Марк Шагал. Моя жизнь. Перевод с французского Мавлевичом Н. СПб., 2013, с.118.

폴란드의 얼굴

1   김윤식 지음, 「낯선 신을 찾아서」, 일지사, 1988, 142~145쪽 참고.

견고한 사람들이 꾸는 꿈

1   에른스트 블로흐 지음, 박설호 옮김, 「희망의 원리」 1권, 솔, 1995, 45쪽.

2   한나 아렌트 지음, 김선욱 옮김, 「예루살렘의 아이히만」, 한길사, 2006, 391~392쪽.

3   위의 책, 381~382쪽.

문예 도시의 면모

1   요한 볼프강 괴테 지음, 정서웅 옮김, 「파우스트」 2권, 민음사, 1999, 363~364쪽.

절정의 순간

1 피천득, 「인연」, 샘터, 1996, 150~151쪽 참조.
2 Vincent van de Wijngaard and Jack Nouws, *Following Van Gogh*, Amsterdam : Uitgeverij Waanders b.v., Zwolle/ Van Gogh Museum, 2003, p. 100.
3 Ibid., p.110.

물길에 비친 젊음

1 토마스 만 지음, 안삼환 외 옮김, 「토니오 크뢰거 · 트리스탄 · 베네치아에서의 죽음」, 민음사, 1998, 420~421쪽.
2 위의 책, 498쪽.
3 위의 책, 451쪽.
4 위의 책, 466쪽.
5 위의 책, 480쪽.
6 위의 책, 524~525쪽.

그리스 삶의 진열장

1 니코스 카잔차키스 지음, 이윤기 옮김, 「그리스인 조르바」, 열린책들, 2000, 8쪽.

어떤 자유

1 니코스 카잔차키스 지음, 이종인 옮김, 「영국 기행」, 열린책들, 2008, 164~165쪽.
2 김윤식 지음, 「낯선 신을 찾아서」, 일지사, 1988, 207쪽.
3 니코스 카잔차키스 지음, 송은경 옮김, 「지중해 기행」, 열린책들, 2008, 193쪽.
4 위의 책, 131~132쪽.
5 위의 책, 143쪽.
6 위의 책, 162쪽.
7 니코스 카잔차키스 지음, 오숙은 옮김, 「러시아 기행」, 열린책들, 2008, 321~322쪽.
8 니코스 카잔차키스 지음, 이윤기 옮김, 「그리스인 조르바」, 열린책들, 2000, 98쪽.
9 위의 책, 416쪽.
10 위의 책, 243쪽.
11 패트릭 리 퍼머 지음, 강경이 옮김, 「그리스의 끝, 마니」, 봄날의책, 2014, 96쪽.
12 니코스 카잔차키스 지음, 이윤기 옮김, 「그리스인 조르바」, 열린책들, 2000, 443쪽.

참고문헌

러시아인 푸시킨

푸시킨 지음, 최선 옮김, 『벨킨 이야기 · 스페이드 여왕』, 민음사, 2002.

프리드리히 니체 지음, 백승영 옮김, 『바그너의 경우 · 우상의 황혼 · 안티크리스트 · 이 사람을 보라 · 디오니소스 송가 · 니체 대 바그너』, 책세상, 2002.

Пушкин А. С. Полн. собр. соч. в 16—ти тт. М.—Л., 1937~1959.

Пушкин А. С. Собрание сочинений в 10 томах. М.: ГИХЛ, 1959~1962.

Мемориальный музей—квартира А.С. Пушкина. Путеводитель составлен Седовой Г.М. СПб., 2013.

신산한 일생과 말년의 안식

도스토옙스키 지음, 이상룡 옮김, 『미성년(하)』, 열린책들, 2000.

도스토옙스키 지음, 석영중 옮김, 『분신 · 가난한 사람들』, 열린책들, 2000.

도스토옙스키 지음, 이철 옮김, 『악령(상)』, 범우사, 1988.

도스토옙스키 지음, 홍대화 옮김, 『죄와 벌』, 열린책들, 2000.

도스토옙스키 지음, 이대우 옮김, 『까라마조프 씨네 형제들(상)』, 열린책들, 2000.

안나 그리고리예브나 도스토옙스카야 지음, 최호정 옮김, 『도스또예프스끼와 함께한 나날들』, 그린비, 2003.

Бердяев Н. А. Миросозерцание Достоевского. М.: Высшая школа, 1993.

Зеньковский В. История русской философии. т.1. Л.: ЭГО, 1991.

Лаут Р. Философия Достоевского в систематическом изложении. М.: Республика, 1996.

Наседкин Н. Достоевский. Энциклопедия. М.: АЛГОРИТМ, 2003.

Тихомиров Б. Петербургские адреса Достоевского или пешком вокруг Владимирского собора. СПб.: Серебряный век, 2009.

열병을 지나 다다른 곳

레오니드 치프킨 지음, 이장욱 옮김, 『바덴바덴에서의 여름』, 민음사, 2006.

안나 그리고리예브나 도스토옙스카야 지음, 최호정 옮김, 『도스또예프스끼와 함께한 나날들』, 그린비, 2003.

안드레이 타르콥스키 지음, 김창우 옮김, 『타르코프스키의 순교일기』, 두레, 1997.

에마뉘엘 레비나스 지음, 서동욱 옮김, 『존재에서 존재자로』, 민음사, 2003.

Достоевский Ф.М. Полн. собр. соч. в 30—и тт. Л., 1972~1990.

Бердяев. Н. А. "Миросозерцание Достоевского," О русских классиках. М.: Высшая школа, 1993. с.186.

Иванов Вяч. "Достоевский и роман— трагедия," Родное и вселенское. М.: Республика, 1994. с.285.

Трубецкой Е. "Умозрение в красках," Философия русского религиозного искусства. М., 1993. с.202.

깨어 있는 불안한 양심이 갈망한 것은

안드레이 타르콥스키 지음, 김창우 옮김, 『봉인된 시간』, 분도출판사, 1991.

제이 파리니 지음, 김소영 옮김, 『톨스토이의 마지막 정거장』, 궁리, 2004.

콘스탄틴 모출스키 지음, 김현택 옮김, 『도스토예프스키 2: 영혼의 심연을 파헤친 잔인한 천재』, 책세상, 2000.

Зеньковский В. В. "Критика европейской культуры у русских мыслителей," Русские мыслители и

Европа. М.: Республика, 1997, с.90~101.

Толстой Л. Н. Собр. соч. в 22-х тт., М., 1978~1985.

Иванов Вяч. "Лев Толстой и культура," Родное и вселенское. М.: Республика, 1994, с.273.

Франк С. Л. Русское мировоззрение. СПб., 1996, с.450.

Толстой Л. Н. и Веригин П.В. Переписка. СПб., 1995, с.25~45.

Мережковский Д. С. "Л.Толстой и Достоевский: жизнь и творчество," Л.Толстой и Достоевский. Вечные спутники. М.: Республика, 1995, с.56~61.

망자들의 숲
류드밀라 울리츠카야 지음, 박종소·최종술 옮김, 「소네치카: 류드밀라 울리츠카야 걸작선」, 비채, 2012.
보리스 파스테르나크 지음, 안정효 옮김, 「어느 시인의 죽음」, 까치글방, 2011.
황현산 지음, 「밤이 선생이다」, 난다, 2013.
Есенин С. А. Стихотворения. Поэмы. М., 1973, с.35.
Мемориальная квартира Святослава Рихтера. Путеводитель составлен Кренкелей Л.Е. М., 2004, с.28.

리얼리즘의 대가를 넘어 자조自嘲의 사상가로
Леняшин В. Илья Репин. М.: Арт-Родник, 2004.
Чурак С. Г. Илья Репин.Альбо м. ГТГ. М., 2000, с.11.

소비에트와 불화하다
Ахматова А. А. Стихотворения. Поэмы. М., 2014.
Гумилёв Н. С. Полн. собр. соч. в 10 тт. М., 2001.
Ахматова А. А. в фонтанном доме. Путеводитель составлен Артемовой Л.З. СПб., 2003.
Александр Блок. Эхо. Стихотворения 1898~1908гг. М., 1995.

잊어지지 않는 고향
Марк Шагал. Моя жизнь. Перевод с французского Мавлевичом Н. СПб., 2013.
Шагал. Мастера живописи. Перевод с Итальянсклого Сабашниковой. М., 1998.

폴란드의 얼굴
김윤식 지음, 「낯선 신을 찾아서」, 일지사, 1988.

견고한 사람들이 꾸는 꿈
에른스트 블로흐 지음, 박설호 옮김, 「희망의 원리」 1권, 솔, 1995.
한나 아렌트 지음, 김선욱 옮김, 「예루살렘의 아이히만」, 한길사, 2006.

문예 도시의 면모
요한 볼프강 괴테 지음, 정서웅 옮김, 「파우스트」 2권, 민음사, 1999.

절정의 순간
피천득, 「인연」, 샘터, 1996.
Vincent van de Wijngaard and Jack Nouws, Following Van Gogh, Amsterdam : Uitgeverij Waanders b.v., Zwolle / Van Gogh Museum, 2003.

물길에 비친 젊음
토마스 만 지음, 안삼환 외 옮김, 「토니오 크뢰거·트리스탄·베네치아에서의 죽음」, 민음사, 1998.

그리스 삶의 진열장
니코스 카잔차키스 지음, 이윤기 옮김, 「그리스인 조르바」, 열린책들, 2000.

어떤 자유
김윤식 지음, 「낯선 신을 찾아서」, 일지사, 1988.
니코스 카잔차키스 지음, 이윤기 옮김, 「그리스인 조르바」, 열린책들, 2000.
니코스 카잔차키스 지음, 오숙은 옮김, 「러시아 기행」, 열린책들, 2008.
니코스 카잔차키스 지음, 이종인 옮김, 「영국 기행」, 열린책들, 2008.
니코스 카잔차키스 지음, 송은경 옮김, 「지중해 기행」, 열린책들, 2008.
패트릭 리 퍼머 지음, 강경이 옮김, 「그리스의 끝 마니」, 봄날의책, 2014.

그들을 따라 유럽의 변경을 걸었다

© 서정, 2016

초판 1쇄 발행 2016년 2월 25일
초판 4쇄 발행 2017년 12월 21일

지은이   서정
펴낸이   김철식
펴낸곳   모요사
출판등록   2009년 3월 11일(제410-2008-000077호)
주소   10209 경기도 고양시 일산서구 가좌3로 45 203동 1801호
전화   031 915 6777
팩스   031 915 6775
이메일   mojosa7@gmail.com

ISBN   978-89-97066-27-8 03810